AF631897

Javier Más

La reina de espadas

ALMUZARA

© Javier Más 2021
© Editorial Almuzara, s.l., 2021

Primera edición: junio de 2021

Reservados todos los derechos. «No está permitida la reproducción total o parcial de este libro, ni su tratamiento informático, ni la transmisión de ninguna forma o por cualquier medio, ya sea mecánico, electrónico, por fotocopia, por registro u otros métodos, sin el permiso previo y por escrito de los titulares del *copyright*.»

COLECCIÓN NOVELA HISTÓRICA
EDITORIAL ALMUZARA
Director editorial: Antonio E. Cuesta López
Edición al cuidado de Rosa García Perea

www.editorialalmuzara.com
pedidos@almuzaralibros.com — info@almuzaralibros.com

Imprime: Romanyá Valls
ISBN: 978-84-18709-85-2
Depósito Legal: CO-459-2021
Hecho e impreso en España — *Made and printed in Spain*

Siempre están a tu lado, aun en los momentos en los que parece que caminas solo por un mar de letras. Pero de repente, un día, te descubren. Y a partir de entonces te sientes más seguro, más fuerte.

A mi familia.

Índice

Entrevista a:
María de Trastámara
Reina de la Corona de Aragón

Todo en el ajedrez es dual, como un espejo en el que podemos construir nuestro propio futuro. Lo difícil es distinguir si juegas con la realidad o con su reflejo.

PRIMERA PARTE

1

Sevilla, agosto de 1448

El portón se cerró de un fuerte golpe. Don Alonso, capitán de los Trainers, entró en silencio y se dirigió hacia la mesa. Tenía prisa. La declaración dejaba entrever lagunas inquietantes que quería resolver antes de que su compañera tomase las riendas.

El detenido se puso en pie. Estaba confuso. No sabía si por fin le iban a poner en libertad. Cuando el capitán creyó que ya le había hecho esperar lo suficiente, con una tranquilidad impostada, se acercó a la silla, la separó de la mesa, tomó asiento y aguardó unos segundos antes de hablar. En cualquier otro momento, le hubiera bastado con la fuerza, pero se contuvo. Sor Isabel no le perdonaría usar la violencia sin motivo aparente.

—¡Póngase cómodo! —hizo una breve pausa—. Empecemos por lo más fácil. ¿Quién le ha ayudado a matar al Maestro?

—¿Cree que esto es así de sencillo? No sabe aún dónde se ha metido ni las consecuencias que le va a acarrear.

—Si es más complicado de lo que parece, comience a explicármelo —contestó con soberbia el capitán.

—Ya me hicieron escribir ayer una declaración en la que conté lo ocurrido. ¿No sabe leer? —El detenido se sentó frente a la mesa y miró a don Alonso—. A usted no lo conozco y tampoco entiendo por qué sigo aquí. Le exijo que hable con el legado papal. Él le ordenará que me liberen de inmediato.

—Le voy a refrescar la memoria, ya que parece no querer usarla. Hace casi cuarenta y ocho horas fue apresado por dos hombres al servicio del Adelantado de Andalucía. Estaba usted borracho en una taberna cercana al Puente de Barcas[1], donde media hora antes había confesado delante de todo el mundo el asesinato del maestro Carlín. ¿Le suena?

2

Don Juan de Cervantes, cardenal de San Pedro ad Víncoli, se acercó a la pequeña jaula de madera en la que un inocente canario alegraba la mañana sevillana. Abrió la puertecilla e introdujo la mano para dejar el pequeño recipiente con agua. Después, se retiró unos metros y esperó a que la inofensiva criatura bebiese.

—Veremos si es tan eficaz como dicen —pensó para sí mismo—. Es la última moda en Roma, así que no puede funcionar mal.

El pajarillo, que llevaba un día sin poder beber, se abalanzó con desespero. Durante casi un minuto sació su sed, volvió sobre el palo que cruzaba la jaula y se puso a cantar con más ímpetu que antes.

1 El Puente de Barcas en Sevilla, fue el primer y único puente durante casi siete siglos sobre el río Guadalquivir a su paso por esa ciudad, una estructura formada por unas barcazas ancladas al fondo del río Guadalquivir sobre las que una pasarela de madera facilitaba el tránsito de personas y carros. Su construcción fue ordenada en 1171 por el califa almohade Abu Yaqub Yusuf.

Apenas había podido el cardenal sentarse cuando, de repente, el canario comenzó a hacer movimientos extraños. Agitó las alas de forma compulsiva, abría y cerraba el pico, produjo algunos sonidos insólitos y, por último, cayó rígido y entumecido sobre el suelo de madera de su pequeña prisión.

—Bueno, un resultado magnífico. Tal y como me habían contado, es fulminante. Además, la ausencia de sabor y olor lo convierten en indetectable. Es el veneno perfecto.

El cardenal se acercó a la mesa, cogió un pequeño recipiente de cristal, lo levantó hasta la altura de sus ojos y leyó la etiqueta.

—Arsénico árabe. Va a ser la solución a muchos problemas, sin duda.

3

El director de las obras de la nueva Catedral de Sevilla, el maestro Carlín, había aparecido muerto hacía dos meses. Veterano en la construcción de templos en Francia y la Corona de Aragón, llegó de la mano del arzobispo, García Enríquez Osorio, para dar un impulso definitivo a los trabajos del templo.

Desde el principio se ganó el respeto de buena parte de los trabajadores. Su avanzada edad ayudaba, pero sobre todo fue el carácter dialogante lo que conquistó el ánimo de la mayor parte de empleados. Por esa razón, el día que lo encontraron tirado en el suelo cundió el desánimo entre sus compañeros.

El cuerpo apareció en una de las capillas laterales, junto a varios tambores y sillares de piedra amontonados. No tenía ningún signo de violencia, tan solo algún resto de sangre derramada al golpearse contra el suelo.

Los compañeros lo cubrieron con una sábana y, ante la falta de familiares conocidos, trasladaron al maestro al convento de Las Dueñas, donde se dio aviso al Adelantado de Andalucía, don Perfán de Ribera.

—Le noto algo tenso a pesar de disfrutar de la casa señorial. Un amable detalle de la familia Ribera —indicó don Alonso con tono irónico y tranquilo.

—Debe estar de broma —una rabiosa carcajada salió de la boca del detenido—. ¿A esto lo llama palacio? En los últimos meses me he reunido en mejores casas que esta —el curtidor se detuvo, tensó su rostro y golpeó la mesa con su puño—. No puedo comunicarme con nadie desde hace dos días ni tampoco me han dejado salir de esta habitación. Le exijo poder hablar con el Adelantado. Mientras tanto, no pienso abrir la boca.

Alonso echó hacia atrás la jamuga de roble sobre la que estaba sentado. Se levantó y bordeó con tranquilidad la mesa hasta llegar junto al detenido. Desabrochó el cinturón que sostenía su espada para desprenderse de ella con parsimonia. Antes de que la hebilla golpease la madera, la mano del capitán había rodeado ya el cuello de aquel hombre. Comenzó a apretar con fuerza mientras los ojos aterrorizados del curtidor parecían salírseles de las órbitas. En ese momento se abrió la puerta.

4

Castillo de Escalona, Toledo. Agosto de 1448

El sol anaranjado se colaba al atardecer por las rendijas de la cabaña de madera donde se guardaban los aperos del jardín. Los ojos de doña Juana de Pimentel, condesa de Montalbán, estaban llenos de fuego, de una ira infinita que pugnaba por desbordarse y arrasar cuanto hubiera a su paso.

—¡Dadme esa espada!

La mano izquierda sujetaba su falda mientras con la derecha empuñó el arma. Lanzó hacia atrás el codo para coger impulso y miró al caballero que yacía en el suelo atado con una gruesa cuerda y amordazado junto a uno de los soldados de la condesa.

—Ahora no podéis decir nada. Tampoco quiero oírlo. Ya tuve suficiente ayer cuando intentasteis forzar a mi hija.

Los gritos y gruñidos ensordecidos se apagaban entre las cuatro paredes mientras el soldado trataba de impedir los movimientos del caballero. Estaba desesperado. Quería pedir perdón, suplicar clemencia, pero no podía. Tenía la boca sellada por aquel trapo que le impedía casi respirar.

—Vais a salir de aquí herido, ensangrentado y a rastras. Sufriréis más dolor del que pensáis, sobre todo en vuestra cabeza. Y todo para que jamás se os vuelva a ocurrir, siquiera pensar, en hacer daño a mi hija —doña Juana aún esperó un segundo antes de cargar con todas sus fuerzas—. ¡Ah!, y podéis contarlo a quien os plazca. Cuanto más lo sepa la gente, más me temerá.

La punta de la espada se abalanzó con inusitada fuerza hacia la entrepierna del caballero. La hundió con ira. La sacó y la volvió a lanzar al mismo punto con tanta intensidad que se quedó clavada en tierra. Los gemidos de sufrimiento se entremezclaron con el olor intenso de la sangre derramada. Después, soltó el arma, se dio la vuelta y comenzó a caminar hacia el jardín.

—Echad a ese majadero fuera del castillo —indicó al soldado sin girarse.

5

Sevilla, agosto de 1448

—Buenos días, capitán. Espero no llegar tarde ni interrumpir una importante confesión del acusado que solo usted haya podido sonsacarle —sonrió la monja.

Sor Isabel de Ribera, adscrita al convento sevillano de Santa Clara, entró acompañada por otra religiosa con la firme decisión de tomar el mando del interrogatorio. Cogió la silla que estaba retirada junto a la ventana, la acercó a la mesa y se sentó. Sacó del hábito un fardo de pequeñas hojas anudadas con fina cuerda. Las desató y depositó a su izquierda. Después, pasó una a una hasta llegar casi al final y detenerse donde no había nada anotado. Por último, en un ritual que parecía no tener fin, acercó con cuidado el tintero y la pluma a la derecha de la mesa, se subió las mangas del hábito y arrastró todavía más la silla hacia la mesa.

—Disculpe, capitán, no le he presentado —la monja actuó como si no hubiera percibido la acción violenta de don Alonso con el detenido—. Mi acompañante es sor India Ruiz de Ribera, supriora del convento de Nuestra Señora de Las Dueñas. La abadesa la ha puesto a nuestro servicio para facilitarnos el trabajo y, de paso, fiscalizar todo cuanto aquí ocurra.

—Es usted incorregible, sor Isabel —una sonrisa irónica dibujó los labios de don Alonso mientras se hacía a un lado—. Espero que el hecho de haber comenzado el interrogatorio del detenido no le haya molestado.

—¿Detenido? —interrumpió el hombre con la respiración entrecortada—. Ya le indiqué antes que hablara con el legado. Él me pondrá en libertad.

—¡Cállate! Nadie sabe que permaneces en esta habitación y nadie lo sabrá, de momento. Queremos que nos digas quién te ordenó el asesinato y por qué —gritó don Alonso.

—No he hecho nada que nuestro Altísimo no apruebe, así que...

—Preferiría que no tomase el nombre de Dios en vano —sor Isabel hizo callar al sospechoso. Apoyó el cuerpo en el respaldo y le miró con frialdad penetrante—. Cuénteme lo que ocurrió.

—¿Acaso no lo sabe ya?

—Prefiero oírlo de su propia boca. Podría comenzar por su nombre.

—Fernando Muro, curtidor en Triana, rodeado siempre de una humedad tan profunda que ni el cuero puede frenar. Creyente. Servidor de Dios y de su Santidad a partes iguales. ¿Será usted capaz de enfrentarse a él? ¿O está aquí para ayudarme a salir del encierro?

—La fe, querido curtidor, no se exhibe. Se siente y se practica. Usted ha confesado que terminó con la vida de un hombre. ¿Le parece que eso es servir a Dios?

—Yo solo he cumplido con aquello que se me ha ordenado. Ese cantero convertido en hacedor de catedrales no servía al papa. Escondía en el gran templo conjuros para acabar con la obra del santo padre, el añorado Martín V.

—Vaya, qué interesante. Acaba de darme mucha más información de la que pueda imaginar —la monja se detuvo un instante—. Ahora ya es por su propio bien. Le conviene decirnos el nombre de la persona que le ordenó el asesinato.

Entrevista a:
Sor Isabel de Ribera
Monja clarisa e investigadora
Cuarenta y siete años, Sevilla

Sí, lo sé. Ustedes piensan que no es muy normal que una monja le diga a un soldado lo que debe hacer. Pero no. El capitán y yo nos conocemos hace años y hemos coincidido en varias ocasiones. Él sabe dejarme paso cuando no puede obtener lo que desea. A cambio, yo le permito intentarlo primero.

Don Alonso está al servicio de los reyes de la Corona de Aragón. Y yo, que soy clarisa, la misma orden religiosa que la hija de los monarcas, sor Isabel de Villena, tengo a bien ser amiga de la reina. Imposible, pues, llevarme mal con el capitán.

¿Que si me incomoda sor India? Hermanas clarisas y hermanas cistercienses no acabamos de congeniar bien del todo, así que entiendan ustedes que la compañía de esta monja sea más molesta que otra cosa. Pero la pobre no es más que un florero. La han puesto ahí para controlarnos. ¡Pobrecilla! Yo ya he visto mucho mundo como para dejarme espiar.

Por cierto, se preguntarán la facilidad con la que hemos accedido al confinado. Verán, el Adelantado de Andalucía, Perfán de Ribera, es un buen amigo. Forma parte del grupo de nobles sevillanos que apoya a la rama aragonesa de los Trastámara. A la reina María, para ser más claros. Eso facilitó que, en apenas tres semanas, estuviéramos el capitán y yo en Sevilla para investigar la muerte de uno de los hombres de la reina, reconocido por su animadversión al ya desaparecido papa Martín V.

Los seguidores de ese papa son tan rancios como el olor a polvo que impregna todos los rincones de la improvisada celda. Espero no tener que respirarlo muchas más veces. En fin, parece que el pobre curtidor nos va a dar mucho juego, sobre todo si lo mantenemos encerrado.

6

Segovia, agosto de 1448

La reina Isabel había madrugado aquella mañana. El personal de servicio estaba avisado desde la jornada anterior. Le ayudaron a colocarse el mejor vestido de que disponía. Granate, de cintura estrecha y con un escote discreto pero suficiente para realzar sus armoniosos senos. Con aquella imagen frente al espejo, se sentía fuerte, bella, segura.

Al cabo de una hora, hizo que le sirvieran el desayuno en la galería norte, cuyos ventanales ofrecían una imagen nítida y clara de la iglesia de la Vera Cruz. De entre las abundantes ciruelas, cerezas y albaricoques, la reina prefirió refrescarse con una enorme rodaja de sandía enviada para ese día desde los territorios del sur de la Corona. Ya no comió más. Debía mantener la línea de aquel cuerpo joven que había logrado conquistar al viudo monarca.

Ahora era reina. Un año después.

Se levantó de la mesa, limpió sus manos mojadas con un paño de tela y se acercó hasta la ventana.

—Hoy es mi aniversario. Un diecisiete de agosto me convertí en reina de Castilla a pesar de las maniobras de esos malditos monjes y del condestable. No lo voy a olvidar nunca ni me detendré hasta verlos sufrir.

Entrevista a:
Doña Isabel de Portugal
Reina de la Corona de Castilla
Veinte años

Estoy harta de correr todo lo rápido que puedo. Cuando salí de Portugal, tenía muy claro que yo no soy una mujer de adorno, de compañía. Siempre me he comportado así de rebelde, aunque antes, como era niña, no lo tomaban en cuenta. Sin embargo, ahora soy reina. Hombres y mujeres, la Corte entera, deberá respetar lo que hago y mis decisiones.

Alguno creía que iba a abandonar por el camino mi actitud. Ese es el condestable de Castilla. Pero no. Piensa que le debo ser reina y no sabe lo profundo de mi odio. Él me trajo aquí, negoció conmigo y ahora quiere continuar con sus intrigas políticas. Pero se equivoca. Él y la arpía de su mujer, que es la mano que mece la cuna.

Seguro que sería más fácil aguantar si me sentara y sonriera. Tampoco. Soy joven, soy fuerte, soy ambiciosa. Con suficiente inteligencia para sostener yo sola la monarquía y a mis futuros hijos.

Les aseguro que nunca podrán detenerme.

7

Sevilla, agosto de 1448

Los intensos aromas del final del verano flotaban aún en el aire sevillano. La ciudad despertaba del largo sueño medieval mientras cada rincón de sus tortuosas calles se llenaba de ilusión. Un laberinto heredado de los musulmanes que se oxigenaba con las abundantes plazas erigidas desde tiempos de Fernando III. En ellas, cientos de vecinos se movían de un lado a otro entre los floridos tonos blancos, rojos y verdes.

Los trabajos de la Catedral se habían acelerado en los últimos meses, beneficiados por la tranquilidad política que reinaba en Sevilla. Se derribó la práctica totalidad del antiguo templo y los sevillanos comenzaron a ver la silueta del nuevo. La gran obra se convirtió en una metáfora de lo que vivían y sentían los sevillanos en esos años, de su transformación en la vigorosa capital que estaba a punto de emerger.

La muerte del maestro Carlín no parecía haber alterado ese movimiento alegre de la ciudad ni los ánimos de la nobleza. Al fin y al cabo, otro vendría a ocupar su lugar. Pero cuando los rumores del asesinato comenzaron a correr, las grandes familias desempolvaron sus viejas disputas y pusieron en entredicho el crecimiento que se avecinaba.

Por esta razón, el Adelantado de Andalucía actuó con diligencia. La ocultación del presunto asesino garantizaba el control de la información y evitaba que sus enemigos pudieran entorpecer la labor que se estaba logrando con la Catedral.

Entrevista a:
Sor Isabel de Ribera
Monja clarisa
Cuarenta y siete años, Sevilla

No. No tengo excesiva fe en el ser humano. Lo reconozco. Solo saca lo mejor de sí mismo en los peores momentos, cuando la muerte les acecha en el horizonte. Lo he visto una y mil veces. Es lo malo de este trabajo.

Ahora, todo en Sevilla parece positivo. ¿Qué se puede esperar entonces de la condición humana? Que aparezca la lucha por el poder. Una pelea donde la vida tiene poco valor. Y si no, que se lo pregunten al maestro Carlín. Siempre es así.

¿Que si tengo miedo? Pues claro. Cómo no voy a tenerlo si llevo años en medio de una pelea sin tregua entre hermanos y primos, entre los Trastámara de Castilla y los de Aragón. ¿Les extraña? Miren a su alrededor y encontrarán el mismo odio en el pueblo llano. Es la realidad mundana.

¿De qué realidad hablo? Pues es complicada, pero voy a intentar aclarársela. Por un lado, está mi reina, María de Trastámara, cuyo marido, Alfonso el Magnánimo, la ha abandonado para irse a vivir con su otra mujer a Nápoles. Así que ya ven, María gobierna sola en la Corona de Aragón. Y por el otro lado, Juan II, rey de Castilla, hermano de mi reina pero con un odio atroz por su cuñado, Alfonso. En realidad ese odio se lo ha inducido don Álvaro de Luna y su mujer, doña Juana de Pimentel, que han sido siempre la mano derecha de Juan.

Bien. Ya tienen los dos bandos. Pero no actúan solos. A mi reina le asiste la razón de los seguidores del papa Luna, de Benedicto XIII. Y a Juan, la de los seguidores del papa Martín V. Ya tienen sus aliados.

¿Qué quiere mi reina? Unir su corona a la de Castilla y cumplir así el sueño de los Templarios. Para ello se vale de los Trainers, un cuerpo de monjes guerreros de élite. En ello estamos. Y, ¿qué quiere Juan? En realidad, nada. Los que quieren son don Álvaro de Luna y doña Juana de Pimentel. Ellos están cegados por el poder e imagino que, una vez perpetuados en él, quisieran también unir ambos reinos, pero en torno a su gobierno.

Complicado, ¿verdad? Para simplificarlo un poco les diré que ahora es Juana de Pimentel la que ha recogido el testigo de su marido y lucha como una auténtica gata salvaje. Así que nosotros tenemos que protegernos también de ella y de sus enviados.

Ah, y cada puñado de años, por si fuera poco, viene una oleada de muertes por la peste. Así que comprenderán que me queje por el caótico mundo en el que vivimos. Suerte que la fe me ayuda a salir a flote.

8

Las dudas saltaron a la cabeza del detenido tras las palabras de la monja. Pensaba que había hablado demasiado y comenzó a ponerse nervioso. Se movía de un lado a otro, con pasos cortos, con la mirada hundida en el suelo. Cualquier dato imprevisto que se le escapase de su boca le acercaba más a la muerte.

—Tranquilícese. Mientras siga con nosotros estará a salvo. ¿Podemos proseguir? —indicó sor Isabel.

—No se confunda. No voy a decir nada que no haya declarado ya por escrito —respondió con desasosiego el curtidor.

—Me parece estupendo —la monja paró, miró la hoja que tenía delante y regresó sobre el detenido—. Fernando Muro ha dicho que se llamaba. ¿Qué ocurrió exactamente aquel día?

—Lo puede leer en mi declaración. ¿Para qué quiere que se lo cuente?

—Ya sabe que me gustaría oírlo de nuevo de su boca.

—Pierde usted el tiempo. Pero como no tengo otra cosa que hacer, le aburriré con mis palabras.

El detenido, cada vez más nervioso, se sentó de nuevo en la silla. Apoyó su mano derecha en la pierna y, de forma inconsciente, comenzó a mover el dedo índice arriba y abajo, con rapidez, como un pequeño martillo que golpeara su pierna sin tregua.

—Esa mañana no sentí nada especial cuando atravesaba el Puente de Barcas. Me dirigía hacia las obras de la catedral como el día anterior. Cargaba sobre mi espalda el cuero que requieren sus máquinas.

—O sea, que conocía de cerca al maestro Carlín. ¿Desde cuándo trabajaba en las obras? —interrumpió la monja.

—Mi cuero está en cada grúa, en cada capazo, en cada herramienta de las que han utilizado para levantar esos muros. Yo estaba allí el día que derribaron la primera pared del antiguo templo y colocaron las piedras que sirven de base al nuevo. Observé durante horas al maestro dar órdenes, desenrollar sus planos, comprobar la calidad de los sillares que le llegaban tallados, marcar las puertas, los pilares, las columnas... Quince años sin perder de vista cada detalle hasta que un día, en agosto pasado, por fin valoraron mi conocimiento sobre la obra.

—Tiene un ego importante, por lo que veo —las interrupciones de sor Isabel excitaban cada vez más al curtidor.

—Tengo tanta capacidad como la que exhibía ese anciano. Al fin y al cabo, él no era más que un cantero al que la gracia divina convirtió en director de obras.

—La misma que desea para usted, ¿no?

—No entiende nada, hermana. Ese sacrílego ensuciaba poco a poco la obra de Dios con su magia y sus artes oscuras. —Durante algunos segundos, el detenido estuvo en silencio. Después, se levantó y comenzó a moverse de forma convulsiva—. Sin que nadie se diera cuenta, marcó en los planos las siete puertas principales y dibujó un perfecto pentagrama entre ellas. Ahora, las piedras lo han convertido en realidad.

—Pero el número siete es considerado desde la antigüedad un número santo. Es la suma del tres sagrado y del cuatro terrenal. Es un número que explica las siete maravillas del mundo y los siete pecados capitales.

—No es eso. No. ¡No quiere escucharme! —gritó el detenido de forma violenta—. Carlín buscaba algo más, escondía algo en todo eso.

—Serénese. Si tanto peligro veía en ello, ¿por qué no informó a nadie?

—Claro que lo conté. Mi deber con Dios hizo que acudiera a la abadesa del Convento de las Dueñas.

—¿Por qué no acudió al arzobispo? —interrumpió don Alonso.

—Todo el mundo en Sevilla conoce la amistad que existía entre el arzobispo y el maestro Carlín. Hubiese sido absurdo comentar algo extraño de las obras a la misma persona que lo arropa, ¿no cree?

—Continúe, por favor. Se había quedado en la abadesa —matizó la monja.

—Nunca más supe de ella. Otros fueron los que me dieron las instrucciones. Lo medité, lo pensé durante varios días, varias semanas, hasta que estuve preparado. Elegí la fecha con cuidado: el séptimo día de su septuagésimo cumpleaños.

—Creo que está obsesionado con ese tema.

—¡No! Debía morir igual que vivió, con su propia magia. Tiene que entenderlo, hermana.

—Yo lo entiendo todo. Prosiga con los hechos, por favor.

—Sí, será lo mejor. La jornada anterior, una monja de Las Dueñas había depositado una pequeña bolsa de cuero en el locutorio exterior del convento. —Una leve sonrisa se dibujó en el rostro del curtidor—. ¡Qué ironía! No podía ser sino cuero. En fin, lo recogí a primera hora y me dirigí con prisa hacia las obras de la catedral. Cuantas menos personas me pudieran ver, mejor. Cuando crucé el recinto exterior del templo, lleno de sillares, vigas de madera, arena y todo tipo de herramientas, caminé hacia el crucero, donde solía desarrollar sus planos el maestro.

Era temprano y aún no había llegado el ejército diario de trabajadores que inundaban aquel entorno. Pero él sí, allí estaba. Lo vi de lejos, encorvado, con el deprimente ropaje que le caracterizaba. Mayor, anciano, decrépito hasta en sus pensamientos. Al llegar junto a él, pensé la injusta elección que Dios había hecho y apreté entre mis dedos el pequeño saco de cuero. En mis manos había puesto el destino la facultad de enmendar aquel maltrato a la fe. Me ofrecí a traerle agua para calmar su temprana sed y, mientras volvía con el vaso, derramé el polvo eterno que recogí del convento. Un simple trago y el anciano dejaría, por fin, de manipular aquellas obras.

—¿No se arrepiente por esos actos? —interrumpió sor Isabel.

—No —contestó de inmediato—. Observé cómo caía poco a poco el huesudo cuerpo del maestro hasta golpear su cabeza contra uno de los sillares amontonados. Me quedé de pie durante algunos segundos, parado, inmóvil, frío ante la escasa sangre que poco a poco se derramaba por la piedra. No sentí pena, sino alivio. Me prometieron su puesto, pero no era lo que más me importaba en aquellos momentos. Había ejecutado el plan de Dios para nuestra catedral.

—No, querido curtidor. Ejecutó el plan de otras personas para matar al maestro. ¿Quién se lo ordenó? usted sabe su nombre, no tiene por qué encubrirlo —le apeló la monja.

—No voy a hablar de eso, ya lo debería saber.

En ese momento, don Alonso se acercó con tanta ira como sus ojos pudieron teatralizar, le agarró por el brazo y lo empujó sobre la silla de forma violenta.

—Claro que va a hablar. Si no lo hiciera, ¿cree que alguien echaría en falta su presencia? Mi espada desea su silencio.

—Quien me protege no dejará que su arma se bañe con mi sangre. Por otra parte, ustedes se quedarían sin el principal testigo de la investigación. ¿Podrían entonces ofrecer a sus superiores una explicación para la muerte de Carlín?

—Déjelo, don Alonso —sor Isabel alzó la voz para frenar al capitán. Después, volvió su mirada hacia el curtidor—. ¿Cree que todo ha acabado con la muerte del Maestro? Quizás solo ha empezado.

Entrevista a:
Sor Isabel de Ribera
Monja clarisa
Cuarenta y siete años, Sevilla

Cuando me ordené como religiosa, nunca pensé que llegaría a dedicar mi vida a la trastienda política. Supongo que el Señor lo decidió así.

Durante estos años, he visto de todo y mucho de ello nada agradable. ¿Que si ha hecho dudar de mi fe? Pues en ocasiones he sentido debilidad, sí. Pero con el tiempo, se ha reforzado.

Comencé a investigar algunos sucesos extraños cuando estuve destinada en el convento de la Trinidad, en Valencia. Aquella ciudad es luz, esplendor, fuerza, cultura. ¡Cómo la echo de menos!

La reina María, asidua al convento, confió en mí algunas conversaciones a las que después me ordenó dar respuesta. Y lo logré. Fue el inicio de una amistad intensa y de una nueva forma de vivir mi religiosidad. Desde entonces, la reina me envía a los trabajos que requieren más confianza y discreción.

¿Que si me molesta la presencia de don Alonso? Por supuesto que no. Los Trainer son tan importantes para la reina como para mí. La fama de este cuerpo de élite ha corrido como la pólvora por Europa. Se mueven como sombras, tan presentes como etéreos. Son letales en el campo de batalla y más temibles fuera de él. Es el arma más contundente de la reina María, sin duda.

Sí, ya lo sé. Creen que evito hablar del tema simbológico confesado por el curtidor sobre las obras de la catedral. Pero no, no lo evito. Es que, en realidad, creo poco en ello. Aunque me inquieta, lo reconozco. A la hora de la verdad, he aprendido a no negar cosas antes de comprobarlas.

9

Castillo de Escalona, Toledo. Agosto de 1448

El soldado entró con la respiración entrecortada al Salón de Audiencias. Había entregado su caballo a un sirviente en el patio de Armas y, sin descanso, buscaba ahora el encuentro con doña Juana de Pimentel.

—Buenos días, mi señora.

—Adelante, soldado. Esperaba su visita con ansiedad.

—Me temo que las noticias no son tan buenas como habíamos previsto —respondió nervioso el soldado.

Doña Juana cambió el gesto. Sus ojos penetraron como dos espadas en el cuerpo del mensajero mientras valoraba los posibles escenarios que se habían debido producir en Sevilla.

La condesa era alta, delgada, morena, de facciones intensas que causaban atracción y temor a partes iguales, tanto en la Corte como en su propio castillo. Resuelta, decidida y valiente hasta rivalizar con su marido, don Álvaro de Luna, valido del rey Juan II.

Durante años, había sido la mujer más poderosa del reino de Castilla. A la sombra de su esposo, le susurraba las estrategias que había de seguir el gobierno del manipulable monarca. Con el tiempo, adquirió tanto poder que se convirtió, por sí misma, en enemiga de la alta nobleza.

Todo cambió para ella con la muerte de la reina de Castilla y los desposorios de su viudo, el rey Juan, con Isabel de Portugal, hacía ya diez meses. La nueva monarca se alineó con los Infantes de Aragón para enfrentarse tanto a don Álvaro de Luna como a doña Juana y, con ello, comenzó una guerra infinita entre las dos mujeres. Se odiaban, se despreciaban y fueron capaces de llevar su enemistad a todos los ámbitos de poder. A sus cuarenta y cuatro años, doña Juana había alcanzado la plenitud como mujer, bajo cuya protección aún estaban sus hijos y la política de parte del reino.

—¡Habla! No tengo todo el día. Mis hijos aguardan en la capilla.

—Un destacado trainer y una monja clarisa, ambos a las órdenes de la reina María, han llegado a Sevilla desde Valencia para investigar el asesinato del maestro Carlín. En estos momentos, lo retienen en una casa propiedad del Adelantado de Andalucía, Perfán de Ribera.

—Os pedí que hablarais con nuestro contacto para ayudar a que nada se interpusiera en el plan. ¿Acaso crees que el arresto de ese desgraciado y la llegada de los agentes de la Corona de Aragón no van a entorpecernos? —La condesa, enojada, no paraba de agitar sus manos.

—Sí, mi señora. —El soldado respondió sin saber muy bien a qué.

—Decid que os cambien el caballo y galopad hasta Sevilla tan veloz como podáis. Ahora os entregaré una carta para que don Alfonso de Pimentel proceda sobre este asunto. Nada debe entorpecer mis planes.

Entrevista a:
Doña Juana de Pimentel
Condesa de Montalbán
Cuarenta y cuatro años, natural de Guadalajara

¿Cómo no voy a estar enfadada? Me esfuerzo a diario por mantener el poder que conquistamos mi marido y yo hace años, pero siempre aparece un nuevo problema que pone en riesgo nuestros logros.

Empiezo a estar ya cansada. ¿Les gustaría a ustedes andar de una ciudad a otra para apagar fuegos? Pues así vivo yo. No hay semana que no deba desplazarme a alguna de nuestras residencias para reunirme con nobles, amigos o enemigos. De aquí para allá, sin un lugar fijo en el que disfrutar de la compañía de mis hijos y la gente en quien confío. Esa es mi vida. Les aseguro que no la desearían.

Lo difícil no fue llegar hasta aquí. De eso se encargó mi marido con gran acierto. Lo complicado ha sido y será luchar contra la nobleza rancia que ansía nuestro sitio.

Encima, esa niñata de veinte años con la que se ha casado el rey sale ahora con unos celos absurdos. Si hubiese querido, su ahora marido habría caído en mis brazos hace mucho tiempo. Pero no es mi tipo y tampoco lo necesito para consolidar nuestro poder. Para eso ya está mi esposo. Esa furcia haría mejor en malgastar su joven temperamento para controlar a su hijastro, el príncipe Enrique. Ese sí que es un peligro, sin duda.

¿Que si he tratado mal al mensajero? Se lo merece. Es tan responsable de su incompetencia como los hombres que mandé a Sevilla. Ahora tendré que buscar apoyos para terminar con ese par de termitas que ha enviado la reina María a orillas del Guadalquivir.

En esta vida, más si eres mujer, solo te puedes mostrar dura y firme. No es una época para cobardes ni para andar con lloros por las esquinas. Si algo quiero, tendré que luchar por ello. Y lo voy a hacer con todas mis armas. Con todas, lo han escuchado bien. Aún tengo edad para presumir de presencia y de experiencia. No necesito nada más.

Ahora, si me perdonan, tengo un poco de lío con los educadores de mis hijos.

10

Sevilla. Interrogatorio de sor Isabel

El detenido, al escuchar las últimas palabras de la monja, se levantó de la silla y caminó hacia la pared. Seguía nervioso, no podía pensar con claridad. Al mirar hacia el suelo, notó la presencia del capitán a un par de metros. Le había seguido, temeroso de una reacción violenta contra la monja. Esta , al contrario de lo que podía esperarse, hizo caso omiso de la escena y prosiguió con su interrogatorio.

—Fernando, matar no es demasiado cristiano. ¿Ha pensado que solo usted cargará con ese asesinato y que nadie va a acudir a salvarle? ¿No se ha cuestionado en los últimos días sus métodos? —indicó sor Isabel.

—¿Lo hace usted, hermana? Interrogar a detenidos no es labor de una monja.

—Los caminos del Señor son inescrutables, hijo mío. Aunque le sorprenda la presencia de la hermana India y la mía, estamos aquí para salvar su alma.

—Mi alma ya está salvada —una sonora carcajada rebotó por las paredes de la habitación—. Mi vida, no depende de ustedes dos. No voy a quedarme solo.

—¿Por qué mató al maestro Carlín? —interrumpió el capitán.

—Me parece que don Alonso se impacienta. Tiene demasiada prisa por averiguar lo que hay detrás de este asunto. Y eso no es bueno, capitán. —El detenido se acercó con soberbia hasta la silla, la desplazó con lentitud y se quedó sentado tras la mesa, frente a la monja—. Hermana, ¿no cree que corre más peligro que yo? No imagina a lo que se enfrenta.

—Debería fijarse bien en el uniforme que viste don Alonso.

El curtidor giró extrañado la cabeza y exploró la sobria vestimenta del capitán hasta que sus ojos se toparon con la media luna bordada en el pecho izquierdo. Entonces cayó en la cuenta. Su pulso comenzó a acelerarse de nuevo. Notaba el bombeo de la sangre en las sienes mientras recordaba las leyendas acerca de los Trainers.

—Yo no tengo miedo. Pero, ¿me cree ahora si le digo que nadie vendrá a salvarle? —interrumpió la monja—. Estará más protegido si nos confiesa lo que sabe que si permanece en silencio. No sería el primero en caer del caballo y servir a quienes defienden la verdad.

—No lo tengo tan claro —contestó aún aturdido el curtidor.

—Piénselo. Nosotros nos vamos a retirar ya para resolver otros asuntos. Espero que tenga tiempo de reflexionarlo hasta mañana.

—Lo haré, hermana. Pero recuerde que la verdad siempre es inquietante. ¿Estarán ustedes preparados para escucharla?

~

Entrevista a:
Sor Isabel de Ribera
Monja clarisa
Cuarenta y siete años, Sevilla

Cuando un detenido está a punto de confesar, se muestra retador y altivo. Es la última ocasión que tiene para derrotarme, aunque sepa que no lo puede conseguir. Después de intentarlo, se derrumba y comienza a hablar de todo aquello que ha intentado ocultar.

Siempre es igual. Bueno, con alguna excepción. Pero estas solo se dan en personas perturbadas, en cerebros cuyas dolencias desvían al individuo de su normal desarrollo.

He visto tan diversas actitudes que adelanto comportamientos solo con observar la mirada de un detenido, el movimiento de sus manos, las primeras palabras que pronuncia o la forma en la que se sienta. Existen unos perfiles determinados que se repiten una y otra vez. Eso lo he aprendido poco a poco, con el examen de cada una de las personas que se han cruzado en mi camino.

Por cierto, se habrán dado cuenta que no ha hecho falta usar la fuerza del capitán para tumbar la mente del reo. Así actuamos los dos la mayoría de las veces.

11

Alba de Tormes, Salamanca. Agosto de 1448

Doña Juana se había trasladado hasta la villa de Alba para amarrar en corto el apoyo de don Fernando Álvarez de Toledo. Estaba nerviosa. Sus planes en Sevilla se habían complicado y los últimos movimientos de la reina en la Corte habían vuelto contra ella a diversos nobles. Ante esta situación, la alianza con la casa de los Álvarez de Toledo era crucial para mantener el equilibrio de fuerzas.

El conde de Alba obedeció las directrices de doña Juana. Preparó la entrevista con discreción y rapidez. Evitó su palacio en el centro de la población para sortear las abundantes miradas del personal de servicio y acudió a las paredes aún mudas del castillo.

La fortaleza era una edificación sobria, de muros lisos que ascendían vertiginosos hacia el cielo. Don Fernando había dado la orden expresa de amueblar para la ocasión la Sala de la Armería, su preferida. Dos jamugas oscuras pisaban una gran tela roja. A los lados, sendos candelabros permanecían encendidos a pesar de la brillante luz del sol que se colaba por las estrechas aspilleras. A la izquierda, una pequeña mesa de madera de roble con algunas piezas de fruta sobre bandeja de plata completaba aquel rincón de la amplia estancia.

—Buenos días, don Fernando.

—Sea bienvenida, doña Juana. Me complace atender siempre su llamada. Y la de don Álvaro, por supuesto. —El conde realizó una leve reverencia mientras cogía la mano de su invitada—. Por favor, siéntese y hablemos a la luz del día de cuantos males acechan a nuestros intereses y los de todo el reino.

—Muchos son, don Fernando. Demasiados. Pero más que para analizar esos males, estoy aquí para hablarle de lo que debemos hacer contra ellos. Porque cuento con su apoyo, ¿no es así?

Doña Juana, ataviada con ropa ceñida que destacaba su estrecha cintura, se acercó hacia la jamuga para tomar asiento. El tono verdoso y aterciopelado del paño inferior del vestido cambió de color al inundarse de los mañaneros rayos de luz que atravesaban la estrecha ventana. La condesa arregló sus prendas para evitar arrugas y esperó a que don Fernando se sentara.

—La presión del rey sobre mi marido es cada vez más intensa. Esa bruja que tiene por esposa, doña Isabel, instiga en contra de nuestro bando al monarca. En estos momentos, temo por la vida de don Álvaro, la de mis hijos y la mía propia.

—Lo sé, doña Juana. En la corte no se habla de otra cosa. Y, lo que es peor, la reina también ha comenzado a atacar a quienes defendemos la causa de su marido.

—Es consciente de que no podemos quedarnos con los brazos cruzados, ¿no? Debemos actuar ya o Isabel acabará con nuestras posesiones y, después, con nuestras vidas.

—No sé, Juana. Es un momento muy complicado para todos. No podría asegurar si dispondré de medios económicos y materiales para llevar a cabo sus planes.

Doña Juana se puso en pie con gesto serio. Se acercó a la ventana y fijó su mirada en la lejana planicie que rodeaba el castillo. No era momento de perder ni un solo apoyo entre la nobleza castellana. Sin ellos, Isabel vencería. Y ese pensamiento le obsesionaba, le consumía por dentro de forma infinita.

Al cabo de unos minutos de incómodo silencio, notó que don Fernando también se levantaba.

—Creía haberte oído decir en más de una ocasión que me ofrecías fidelidad eterna, Fernando —se adelantó ella sin quitar la mirada del paisaje y sin lenguaje protocolario.

—Juana, no he dicho que me niegue a ayudaros. Es solo que la situación requiere demasiada valentía —contestó con idéntica cercanía.

—Os creía ese tipo de hombre.

La condesa apoyó la mano derecha sobre el alféizar al notar cómo se acercaba hacia ella don Fernando. No se movió ni un milímetro mientras calculaba el tiempo que su anfitrión tardaba en llegar. Antes incluso de lo que creía, notó el aliento del conde en el cuello y las manos apretar su cintura.

—Habrá una guerra silenciosa contra la reina y necesitaré a mi lado un hombre fiel —indicó doña Juana.

La condesa se giró entonces, con fuerza, y besó de forma intensa a don Fernando. Tras unos segundos, separó sus labios y comenzó a desabrochar la gonela hasta dejar su torso al descubierto. El conde, cuya búsqueda de placer se desataba con demasiada frecuencia, agarró a doña Juana por los hombros y la colocó contra la pared. Solo ella sabía cómo desbocar la lujuria más intensa en ese hombre. Notó sus manos subir de forma atropellada la falda verde de terciopelo y, apenas contenible, acercar la cintura ya desnuda hasta ella. Después de unos instantes, doña Juana se giró, levantó la parte delantera de la falda con sus propias manos, enroscó la pierna derecha en el muslo de él y le miró a la cara.

—Quiero todo vuestro poder al servicio de mis planes. Sin excusas. Sin dilaciones. Quiero vuestro dinero y vuestro apoyo igual que tengo ahora en mis manos vuestro cuerpo —indicó llena de intensidad a don Fernando.

El conde se entregó al deseo y a la fuerza de doña Juana sin esperar un solo instante. Ella representaba la mayor de las tentaciones de la Corte castellana. Todos suspiraban por su mirada, en secreto, y él estaba a punto de disfrutarla.

La respiración jadeante y los movimientos bruscos de cadera se mantuvieron solo unos minutos. Después, los brazos de ella separaron al conde y se aprestaron a organizarse la falda, la blusa y el corpiño. Una vez recuperó la compostura de sus ropas, caminó hacia la ventana y se recogió el peinado mientras el calor del sol acariciaba sus mejillas.

—No esperaba menos de usted, don Fernando. ¡Qué gran acierto tuvo mi marido al facilitar que le nombraran conde de Alba de Tormes y le entregara otras tantas villas! —La ironía de su voz hizo menguar al conde—. Vayamos ahora a lo que nos ocupa.

—Sí, señora —el conde apenas articulaba una palabra mientras se arreglaba como podía la ropa.

Cuando doña Juana percibió que su anfitrión se acercaba, comenzó a andar hacia el centro de la sala. La intensidad que había demostrado hacía solo unos minutos se tornó ahora en fría distancia incapaz de ser percibida aún por don Fernando.

—Uno de mis correos ha confirmado la presencia de los Trainers en Sevilla. Eso provocará el retraso en nuestros planes y la necesidad de mayor cantidad de dinero para comprar voluntades.

—No se preocupe, señora —el conde había vuelto a la formalidad del protocolo—. Cuatro de mis mejores hombres estarán preparados para partir hacia Sevilla en cuanto usted dé la orden.

—Ya ha llegado el momento, querido Fernando. Entretengamos al trainer y a su religiosa compañera con fuegos de artificio mientras nuestros hombres ejecutan la maniobra que nos abrirá de nuevo el futuro.

Entrevista a:
Doña Juana de Pimentel
Condesa de Montalbán
Cuarenta y cuatro años, dos hijos

Es muy fácil juzgar cuando uno no conoce las circunstancias que rodean a las personas. Las mujeres tenemos muchas armas y una de ellas es nuestro cuerpo. Sí, lo es. Al menos para mí. Tener sexo con don Fernando me garantiza su apoyo en un momento en que la derrota puede suponer mi vida y la de mis hijos. ¿Creen que voy a dudar entre ambas cosas? Por favor.

Dejar que un Álvarez de Toledo entre en lo más profundo de mí no es que sea una fiesta, la verdad. Es sexo del malo, del que solo una de las partes disfruta y no soy yo. Eso sí, después de su corto éxtasis, la complacencia de la que hace gala don Fernando es de lo más gracioso. Podría pedirle la luna, que me la traería como un perrillo.

¿Que si lo rumorean en la Corte? Supongo que sí, pero se cuidan mucho de que me entere porque me temen más de lo que ellos mismos creen. Todos. Del primero al último. Eso les hace tener la boca cerrada.

Además, sé dosificar bien a quién entrego mi cuerpo y cuándo, lo que les pone más nerviosos. Sin embargo, cada día me divierte más. ¡Cómo he cambiado desde joven! Entonces eran ellos los que me utilizaban, al contrario de lo que ocurre ahora. Esa debe ser una de las muchas ventajas de la edad, la de aprender a dominar la situación.

Apenas tenía diecinueve años cuando me di cuenta de cómo me miraban los hombres y noté que podía navegar entre ellos hasta dominarlos. Creía que era la belleza, pero poco a poco me di cuenta de que era mucho más complejo que eso. Llámenlo ustedes carácter si quieren. Gracias a él fui capaz de mirar de tú a tú a quien me buscaba. Y desde luego, no todos me encontraban.

Del primero me quedé con su capacidad para mantener frío el corazón. Llegué a sentir algo por aquel conde alto, aún joven y fuerte. Y eso me hizo pasarlo mal. Pero él sabía lo que buscaba en mí, y mantuvo tanta frialdad después de levantarnos del lecho como ardor mientras estuvimos sobre él. Después, ya no dejé que ninguno entrara hasta lo más profundo de mi corazón.

Hay mujeres que usan ese poder de otra forma. Lo retuercen, lo moldean a su imagen, lo decoran, lo esconden. Es su estrategia. Lo importante es saber cuándo vas a utilizarlo y mejorar hasta dominar las situaciones. ¿Creen ustedes que esa zorra de la reina Isabel hace algo diferente? No. Cree que puede jugar con mis mismas armas, pero lo hace mucho peor.

12

Sevilla, agosto de 1448

A principios de agosto, un murmullo constante recorría las calles hasta bien entrada la noche. Los vecinos aprovechaban el frescor del Guadalquivir para compensar los rigores con los que el calor les maltrataba durante el día. Sin embargo, a partir de las tres de la mañana, el crujido de los andamios de madera que sostenían el incipiente tejado de la catedral podía oírse casi en Triana. La ciudad dormía.

Algunos borrachos yacían en mitad de la nada, vencidos por las riadas de vino de las horas previas. Junto a ellos, el hedor de la basura acumulada en las esquinas se elevaba hacia el cielo en un intento por desaparecer, sin éxito, antes de que el sol se precipitara a secar las calles de barro.

Sobre las cinco de la mañana, la sombra nocturna de un rezagado transitaba por la calle de Las Dueñas, en silencio, sigilosa. Una vez dejó atrás el convento, aceleró el paso hasta llegar al grupo de casas del final. Fijó su mirada en una de ellas, la del portón de madera enmarcado en decoración mudéjar. Conocía lo que había en su interior. Nada que ver con el antiguo comercio de especias que albergó en su día. Ahora pertenecía al Adelantado de Andalucía, Perfán de Ribera, cuya familia ganaba protagonismo a medida que se asentaban la dinastía Trastámara en toda la península.

Al llegar al portón, el hombre se detuvo. Miró a ambos lados y se aseguró de que nadie le seguía. Había estudiado cómo camuflarse en la oscuridad de la noche. Vestía un jubón negro ajustado al torso y unas calzas del mismo color, a modo de medias, que se unían por la cintura con cordón anudado a un botón de metal. Para evitar sorpresas, una capucha cubría su cabeza y cerraba por encima de la boca.

Sin perder tiempo, introdujo la llave en la cerradura, abrió el portón y se dirigió hacia el extremo del patio. Saltó de columna en columna hasta la estrecha escalera situada a la izquierda. Subió por ella y, al llegar al primer piso, se detuvo tras la sombra que inundaba la esquina.

Como si flotara sobre el suelo, en silencio, caminó deprisa hacia la puerta del fondo, introdujo otra llave, la desplazó con cuidado en ambos sentidos y, tras un pequeño chasquido, logró abrir el cerrojo. Respiró aliviado, empujó apenas unos centímetros, entró en la habitación y volvió a cerrarla.

Durante dos minutos, permaneció inmóvil. Estaba cerca de lograr su objetivo. Antes, observó todo el habitáculo y se aseguró de que la persona que estaba dormida en su interior no se hubiera percatado de nada. Después, avanzó hacia la cama pegado a la pared, con pasos cortos que evitaban el crujido de la vieja y reseca madera del suelo. Al llegar a la altura del cabezal, miró un instante a la persona que yacía en ella. No sentía remordimientos. Pensó en las órdenes que le habían encomendado y limpió su conciencia con el origen de quien las había pronunciado. Entonces, agarró de un tirón la almohada.

La víctima se despertó y, cuando fue a mirar lo que ocurría, sintió algo que tapaba su cara, con presión. Quiso zafarse de ella. Movió los brazos de forma alocada. Agitó el cuerpo sin cesar. En varias ocasiones logró coger de la ropa y golpear con levedad a su agresor, pero poco a poco notó cómo le faltaba el aire para respirar. Se ahogaba. Las fuerzas menguaban a la vez que sentía más presión en aquella almohada.

Estaba desconcertado, no sabía lo que ocurría. No entendía quién podía querer matarle. Por un instante, pareció respirar, ver la luz del sol en lo más alto del día, oír el reverberar del agua desde Triana. En ese preciso instante, sintió arrepentimiento por haber matado al maestro Carlín y todo empezó a oscurecerse mientras se apagaba su vida.

Cuando el cuerpo del curtidor dejó de convulsionar, el asesino retiró la almohada, levantó la cabeza de su víctima y la colocó en la misma posición que había tenido antes de entrar en la habitación. Retrocedió hacia la puerta y, al llegar a ella, miró atrás. Se aseguró de que la víctima pareciera dormida y de que nada a su alrededor estuviera en desorden.

—Todo ha salido como esperaba. Pensarán que ha muerto de forma natural y, si no lo hacen, serán incapaces de encontrar rastro alguno. Informaré de que las órdenes han sido ejecutadas sin contratiempos y seguiremos con el plan previsto —pensó en silencio.

13

Escalona, Toledo. Septiembre de 1448

Doña Juana de Pimentel se encontraba, de nuevo, en el castillo. Los Luna habían establecido aquí su residencia habitual, a pesar de que aún no estaban concluidos los trabajos de remate del palacio. Aun así, la fortaleza era ya el epicentro de las más dispares intrigas políticas de Castilla.

A primera hora de la mañana, doña Juana acudió al salón principal para recibir a su esposo. Allí estaba cómoda. Disfrutaba como en ningún otro lado del palacio. En parte, porque ella misma había elegido la decoración en yesería que se había extendido por Toledo como una moda imparable. La condesa se sentía segura dentro de aquella inexpugnable construcción que representaba su poder como un espejo fiel.

Mientras esperaba, se acercó a una de las ventanas para observar el río Alberche, cuyas aguas corrían mansas hasta el Tajo. Los tímidos rayos de sol que entraban por el mirador anunciaban un próximo y agradable otoño.

La importancia de la reunión le hizo tomar medidas para asegurar que nadie les molestara. Ordenó a sus dos hijos que alargaran el matutino adiestramiento de espada. Quería mantenerlos al margen de la política mientras se aclaraba la convulsa situación en la que se hallaba envuelta. Ellos eran lo que más amaba en su vida, el motivo por el que luchaba a diario

Media hora más tarde entró en la sala su esposo. Doña Juana cerró el libro que sostenía entre las manos, lo depositó sobre la mesa y se puso en pie para saludarle. Su relación, aunque carente de amor, guardaba un escrupuloso respeto por las formas.

—Buenos días, Juana. Te encuentro tan interesante como siempre —indicó don Álvaro mientras besaba la mano de su esposa.

—Qué alegría verte de nuevo. Estaba preocupada por las últimas noticias que pudieran llegar desde la Corte.

—Es cierto. Hay de qué preocuparse, pero no más que en otras ocasiones. Nada que no supiéramos ya —. El condestable se detuvo un instante para sentarse frente al mirador e invitó con la mano a hacer lo mismo a doña Juana—. El rey sucumbe por momentos a la presión de su joven esposa, por un lado, y a la de su hijo Enrique y el insoportable consejero que siempre le acompaña, Juan Pacheco, por otro.

—No son buenas noticias, Álvaro. Si la reina gana poder en la Corte, nosotros lo perdemos.

—¿Por qué ese temor ahora, Juana?

— Los nobles se agrupan en una Gran Liga, auspiciados por la reina, y la Corona de Aragón se entromete, otra vez, en nuestros asuntos. ¿Te parece poco? La reina ha enviado a los Trainer a Sevilla para investigar la muerte del director de las obras de la catedral.

—Intenta hablar con tu hermana. La señora de Segorbe, como le gusta que le llamen, podría influir en la reina María.

—No, Álvaro. Ella solo obedece ya a su marido, el infante Enrique. Esa familia no se detendrá nunca. O vencemos nosotros o impondrán el objetivo que persiguen desde hace tantos años. Y por desgracia, parece que ahora son más fuertes que antes —la condesa hizo una pausa—. No debe extrañarnos que nuestra reina, Isabel, dé pasos para aliarse con ellos.

—A mí me preocupa más el príncipe Enrique y el impresentable de Pacheco. Este no solo quiere el poder, también quiere nuestros dominios y riqueza. No le importa nada más que eso.

—Lo quisieron otros y nunca han podido contigo —contestó Juana.

—Esta vez es diferente. Mis confidentes me han informado de mercenarios al servicio de Pacheco en León y en Sevilla —don Álvaro se puso en pie—. Quiero que prepares a nuestros hijos para lo peor y los pongas en buenas manos. Deben estar protegidos en todo momento.

—Me asustas.

—Es prevención, Juana.

—Espero poder darte buenas noticias en breve. Hace más de tres semanas que mis hombres partieron hacia Sevilla. No tardarán en ejecutar el plan.

—Que así sea. Si lo logras, seremos invencibles. Podremos desactivar la presión de la reina María y enfrentarnos solo a la Corte segoviana.

Doña Juana había preparado su plan con minuciosidad. Estudió a cada uno de los nobles sevillanos que le apoyarían, las rutas de entrada al casco urbano, los refugios para los mercenarios prestados por el conde de Alba, los tiempos, las posibles consecuencias. Nada quedó al azar.

—Estoy segura de que mis hombres no fallarán —la condesa se levantó de su asiento, cogió las manos de don Álvaro y le miró a los ojos—. Nadie va a tocar a nuestros hijos ni a su futuro.

~

Entrevista a:
Doña Juana de Pimentel
Condesa de Montalbán
Cuarenta y cuatro años, dos hijos

Los matrimonios son complicados. Casi como un negocio. Puedes mantenerlo de diversas formas, si es que quieres que se mantenga. Pero cualquier estrategia que decidas, debes llevarla a cabo con convencimiento.

Sí, lo sé. Todo eso suena a humo, pero no crean. Un matrimonio puede tener amor, o intereses económicos, o políticos, o todos a la vez. Sea cual sea el motivo que lo sostenga unido, defiéndanlo con intensidad.

En mi caso, después de dieciocho años, ya no queda nada de amor, si es que lo hubo alguna vez. Yo creo que no existió nunca, a pesar de que en esos primeros dos años pensaba que sí.

Y, si no hay amor, ¿qué hay? Pues dos hijos. Por ellos seré capaz de cualquier cosa, no lo duden. Defenderles es lo que me llevó y me lleva a luchar por el poder.

Esta sociedad es tan inestable que lo que hoy son parabienes, mañana se convierten en odios viscerales. La única forma de sobrevivir a ellos es siendo poderosa. Y en ello estoy.

Miren, con sinceridad. Mi marido ya no es lo que era. Su poder ha menguado porque su capacidad también ha venido a menos. Y ahí aparezco yo, para sostenerle. Cuando muchos lo daban por vencido, doña Juana emergió y devolvió a todos ellos a su sitio.

¿Que ahora soy una de las mujeres más odiadas? No crean que me importa mucho.

A la que sí le tengo ganas es a esa furcia de la nueva esposa del rey, a Isabel. Creo que ya se lo he dicho antes, ¿no? Aunque su cabeza no parece funcionar a pleno rendimiento, sí trabaja lo suficiente para ganarse al rey en la cama y volverlo contra mí y contra mi marido. ¿Creen que podrá vivir rodeada de tranquilidad? Ya lo veremos.

14

Segovia, septiembre de 1448

La reina Isabel descendió de su caballo, ató las riendas a la argolla del muro lateral y se dirigió al pórtico de la iglesia de San Esteban. Tras la luz que penetraba por los diez arcos románicos del templo, le esperaba fray Gonzalo. El religioso hizo una leve reverencia a la joven, abrió el portón principal y la acompañó a lo largo de la nave principal hasta llegar a la sacristía. Allí le esperaba un hombre de mediana edad que se levantó de su silla al verlos entrar por la puerta.

—Buenos días, majestad. Es un honor conocerla.

Fray Gonzalo se adelantó a doña Isabel para presentar a su invitado antes de que la reina interviniera.

—Este es don Dionís Moliner, joyero personal de la reina María. Ha cabalgado en secreto desde Valencia para entrevistarse con usted, como ya sabe.

—Por fin nos reunimos, don Dionís —la reina alargó su mano derecha para recibir el besamanos habitual—. ¿Debo confiar en que sois quien decís ser?

—Por supuesto, señora.

El valenciano llevó entonces su mano al bolsillo, sacó algo de su interior y se lo mostró a la reina.

—No hace falta que le explique su significado, ¿cierto? Mi reina tiene a bien llevarlo también como una de sus joyas preferidas.

Doña Isabel miró con detenimiento aquella medalla. En el centro había grabado un caldero llameante con el que se identificaba a la reina de la Corona de Aragón. Solo ella sabía su significado, aunque eso poco le importaba a la anfitriona.

—Así es, Dionís. Bienvenido a mi ciudad —hizo una pausa para sentarse—. ¿Qué desea vuestra reina de mí? ¿Acaso no es suficiente con inmiscuirse de forma permanente en los asuntos de nuestra Corona?

—Ya sabéis que vuestro padre y mi reina trabajaron en pos de un mismo objetivo. A ambos les gustaría que el proyecto trazado hace tantos años pudiese fructificar en sus futuros hijos. Mi reina ha renunciado ya a la maternidad que le niega la naturaleza. Usted es ahora el futuro de nuestra causa.

—Nada me había dicho mi padre al respecto.

—Puede ser. Pero las circunstancias han cambiado. El momento de unificar esfuerzos ha llegado.

—Entiendo —la reina estaba sorprendida, aunque trataba de disimularlo—. ¿Qué esperan entonces de mí?

—Su compromiso. Aquí le traigo una carta de mi reina. Espero que la lectura de su contenido ayude a aclarar las ideas.

El joyero se acercó y le hizo entrega de un sobre lacrado. Después, retrocedió y esperó a que doña Isabel la leyera. Tras más de diez minutos en silencio, apartó la carta de su vista y se acercó hacia la mesa para tomar asiento.

—Ahora que ya sabe cuál es propósito que nos debe unir, ¿desea algo más de mí?

—Por supuesto. Hay mucho de qué hablar y, sobre todo, entender. No mostraré mi beneplácito a vuestra reina hasta hablar con mi tío, así que debéis permanecer en la ciudad durante algunos días más. Mi doncella se encargará de buscaros alojamiento y de que nada os falte.

—Esperaré su respuesta el tiempo que sea necesario —el joyero se retiró unos pasos mientras doña Isabel se ponía en pie—. Por cierto, majestad. Mi reina me ha pedido que le haga hincapié en la importancia de controlar el destino de la Lobera de Fernando III. Al igual que ella es poseedora del Santo Grial, usted debe aportar al proyecto el poder que emana de esa espada.

—Le repito que no daré un paso hasta recibir información de Portugal.

Entrevista a:
Doña Isabel de Portugal
Reina de Castilla, veintitrés años

Vine a Castilla como segunda esposa de Juan y ante mí se abre ahora la posibilidad de que mis futuros hijos rijan el destino de Occidente. Abrumador, ¿no creen? Cualquier otra mujer se dejaría vencer por el miedo. Pero conmigo no puede. Me gustan los retos, quiero el poder que se abre ante mí. Quiero que mi estirpe dé paso a una nueva era. ¿Pretenciosa? Seguro que sí, pero puedo serlo si forjo una alianza con la reina María.

Yo tendré hijos. Yo dispondré de la herencia que a ella le ha negado la naturaleza.

¿Enemigos? Más de los que pienso, seguro. Aunque no deja de ser necesario expulsar de la Corte a esa arpía de doña Juana. Cuando tenga el control sobre mi esposo, podré lanzarme a por su hijo Enrique, único obstáculo para lograr mi éxito.

15

Sevilla, septiembre de 1448

Cuando el sol apenas tocaba el agua del Guadalquivir, un mensajero avisó a don Alonso y a sor Isabel de la muerte del curtidor. La monja que acudía a su celda con el desayuno cada mañana descubrió el cuerpo sin vida sobre la cama. Alertado, don Perfán ordenó silenciar el asunto hasta que averiguasen qué había ocurrido.

El capitán y la religiosa, a petición del Adelantado, acudieron a toda velocidad a la casa palaciega junto al convento de Las Dueñas. Una vez dentro, corrieron con discreción hasta la habitación, donde encontraron el escenario envuelto en un silencio sepulcral. Don Alonso fue el primero en romper el hielo.

—Parece que se han dado mucha prisa en cerrar la boca del curtidor. Alguien quería evitar que se fuera de la lengua.

—Aún no sabemos si ha sido por muerte natural, capitán. Pero abramos bien los ojos, a mí también me parece que la mano del hombre tiene mucho que ver en esta muerte —respondió la monja.

En el interior de la improvisada celda se encontraban dos soldados al servicio del Adelantado. Don Perfán también dio cuenta del fallecimiento al Cabildo, a quien contrariaron los hechos. Enojado, exigió averiguar lo ocurrido y poner orden en el asunto.

—La primera muerte afectó a una persona de setenta años —continuó sor Isabel—. Eso no altera a nadie. Sin embargo, la desaparición de un segundo individuo ligado a las obras del templo podría generar una histeria colectiva capaz de alborotar demasiado la ciudad, muy en contra de quienes la dirigen.

—Cierto —interrumpió el capitán—. Además, el Cabildo pertenece a uno de los apellidos más ilustres de Sevilla.

No creo que esté dispuesto a manchar su mandato con un asunto tan turbio, sobre todo en plena construcción de la iglesia más grande de Europa.

—Así es. Por si ya tuviéramos poco con el maestro Carlín, ahora caerá sobre nosotros mucha más presión. Estoy seguro de que gran parte de la nobleza sevillana nos va a exigir que aclaremos este asunto cuanto antes. Por eso le insisto, ¡abra bien los ojos!

Sor Isabel mandó a uno de los soldados correr las cortinas mientras se situaba en el lado opuesto de la habitación. El sol tempranero de la mañana cegaba la vista e impedía analizar la escena para buscar los detalles más insignificantes. Desde ese ángulo, además, podía observar el lecho sobre el cual yacía aún el cuerpo sin vida del curtidor, tapado con una fina sábana, como si estuviese dormido. Hacia él se dirigió el capitán.

—No mueva aún el cuerpo, don Alonso. No parece que tenga señales de violencia. Miremos bien por muebles y rincones, antes que nada.

—Quizás tenga usted razón y había llegado su hora —.El capitán se retiró hacia la esquina donde se encontraba la monja—. ¿Y si su muerte es casual?

—Para tratar de convencer a alguien, primero debe estarlo uno mismo. Ni su tono ni sus palabras creen lo que dicen —contestó sor Isabel.

—Ponía a prueba su perspicacia, hermana —sonrió don Alonso.

Desde la esquina, ambos intentaron localizar cualquier anormalidad en la habitación. Tenían experiencia en este tipo de trabajo, por lo que sus ojos adiestrados no dejaban escapar casi nada.

—Si no ha fallecido de forma natural, y alguien entró en esta celda, significa que el asesino disponía de llaves. —Don Alonso se aproximó despacio hasta la cómoda de nogal, en la parte opuesta de la habitación—. La cerradura no estaba forzada. Ni la de la habitación ni la del edificio.

—Cierto —contestó sor Isabel al llegar junto al mueble—. No podemos desconfiar de don Perfán, pero alguien próximo ha traicionado su amistad.

—Bueno. Eso o le han robado las llaves. Don Perfán es nuestro aliado más fiel. Lo más acertado sería encontrar a quienes conocían esta reclusión del curtidor, puesto que su encierro había sido ocultado.

—No lo crea. Al menos algunas autoridades civiles y eclesiásticas estaban al corriente —respondió la monja—. De todos modos, lo peor es que el fallecido nos dio a entender que hoy confesaría de quién recibió las órdenes.

Durante casi tres cuartos de hora, ambos rebuscaron en cada rincón de la habitación. Muebles, cortinas, ropa, las tablillas de madera del suelo, el crucifijo, el pequeño cuenco de porcelana para el aseo, la mesa sobre la que habían interrogado el día anterior a la víctima. Cuando creyeron que habían peinado aquel espacio, se acercaron hasta la cama para investigar el cuerpo del curtidor.

Sin reparo alguno, sor Isabel retiró la sábana. Sus ojos observaban la posición en la que se encontraba el desdichado. Se movía de un lado a otro, agachaba la cabeza y después se colocaba de puntillas. Mientras, don Alonso esperaba junto al cabezal.

—Ya puede darle la vuelta. Estoy segura de que lo espera desde hace unos minutos —indicó la monja.

—Por supuesto, hermana. Entretanto usted estudiaba la escena, yo he observado lo que parece el puño cerrado de su mano izquierda. No tiene mucho sentido morirse así. La rigidez post mortem no es tan selectiva.

—¡Ábrasela y salgamos de dudas!

El capitán colocó el cuerpo bocarriba, se acercó aún más a la cama y cogió el brazo izquierdo del muerto con cierta precaución. Después, le destensó los dedos uno a uno hasta dejar la palma de la mano al descubierto.

—Ahí lo tiene, hermana. Por fin algo a lo que aferrarnos para estudiar el caso.

—Parece que sí. Cójalo con sumo cuidado y guárdelo. Aún debemos certificar el modo en el que falleció.

—Bueno, según mi experiencia, si fue asesinado, lo lógico es que lo hayan resuelto ahogando a la víctima con la almohada mientras dormía.

—¿Según su experiencia? Creo que ha visto el mismo desgarro en el centro de la almohada que yo y, como lo considero todavía más sagaz, se habrá dado cuenta del pequeño resto de pluma adherido a su labio.

—¡Qué rapidez! Cualquier diría que ha nacido para esto —una carcajada silenciosa recorrió el rostro del capitán.

—Don Alonso, ya intuíamos el fatal desenlace cuando nos lo comunicaron esta mañana. Tampoco hemos sido tan listos.

El capitán se acercó a la estrecha franja de luz que se abría paso al fondo de la habitación. El sol se había desplazado durante el tiempo que llevaban allí dentro hasta iluminar, de nuevo, las permisivas telas que cubrían la ventana. Acercó la mano a los intensos rayos y abrió su palma para observar con mayor claridad aquel botón que había cogido del puño mortecino.

—¡Curioso, sor Isabel! —La monja entendió la llamada del capitán y se acercó para ver el objeto—. Es un botón de metal.

—¡Vaya! Al menos eso descarta que el asesino sea un sevillano.

—De momento. Esta nueva moda es más propia de la corte castellana que de las tierras del Guadalquivir. No tiene más que pasear un día por las estrechas calles del centro y observar nudos o corchetes en el ropaje de nobles y gentes de todo tipo. Pero no verá a nadie con botones y, menos aún, de metal.

—¿Tiene algún grabado?

—Me temo que no. Tan solo estas tres rayas paralelas,

aunque el abombamiento y la rugosidad es muy característico. Lo he visto antes en lugares bastante sorprendentes.

—No se haga el interesante, capitán.

—Roma. Los he visto similares en cargos eclesiásticos de la curia.

—Creo que tenemos que ir a ver de forma inmediata al arzobispo García Enríquez —la monja interrumpió preocupada a don Alonso—. Esto no tiene mucho sentido.

Entrevista a:
Don Alonso
Treinta y seis años, Valencia
Capitán Trainer

¿Que si me gusta trabajar con la monja? Por supuesto. Esa mujer es mucho más que una religiosa. Si no fuera por sus hábitos, diría que es el prototipo de fémina que solo genera odio o amor. La indiferencia no tiene cabida. Yo no la odio, pero tampoco la amo, no vayan ustedes a pensar mal. Ni siento indiferencia. Ufff, vaya lío.

Coincidí con ella varias veces antes de ponernos a trabajar juntos. Recuerdo con claridad una de ellas, convocada por don Rodrigo de Luna en el convento de la Trinidad, en Valencia. Sor Isabel resultó ser esquiva, poco dada a la relación verbal con las personas. Sin embargo, era muy observadora. Apenas intercambiamos un saludo, pero fue suficiente verla ese instante para hacerme una idea de su capacidad y de su fidelidad.

Hombre, sí. Algo hiriente es. Con ella no puedes dejar de estar en guardia. Pero, para compensarlo, hay que reconocer que tiene un sexto sentido muy particular.

Y no. No creo que necesite a nadie que la proteja, pero una espada como la mía a su lado siempre ayuda. Eso sí, que no se entere de que se lo he dicho.

A sor Isabel hay que dejarle trabajar, acompañarla y apuntar algunas cosas en el momento oportuno. Esos pequeños detalles le ayudan a que su cabeza funcione como ninguna para resolver los casos más complicados. Eso yo lo hago a la perfección, jeje.

16

Segovia, octubre de 1448

Doña Juana se había desplazado hasta la Corte para sumar apoyos contra la reina, a quien odiaba hasta límites insospechados. Nadie conocía sus planes en Sevilla, pero sí se había encargado de alertar al rey sobre los movimientos de su hermana María, reina de Aragón, en la ciudad andaluza. Su objetivo era entrevistarse con el príncipe Enrique, enfrentado a su madrastra, la reina, y calibrar una posible alianza.

La condesa lideraba al grupo de nobles partidario de su marido, alguno de los cuales convivía a diario con el monarca. A ellos acudió para conseguir la entrevista con el príncipe. La condesa confiaba en que la antigua relación casi filial con Enrique prevaleciese en la reunión.

—Buenos días, alteza.

—Por favor, doña Juana, no es necesario —mientras hablaba, don Enrique entregó la mano a su invitada para que la besara—. Sea usted bienvenida a nuestra villa.

—Muchas gracias —la condesa, que tenía casi el doble de edad que el príncipe, decidió mantener un tono cercano en la conversación—. Te veo tan vigoroso como siempre. Se nota que te ausentas largas temporadas de palacio.

Doña Juana, conocedora de la propensión de don Enrique a alejarse de la reina, decidió mostrarle su apoyo en este tema.

—Me apena no poder pasar más tiempo con mi padre, pero no es capaz de ver la mala influencia de su nueva esposa.

—Bueno, no es nuevo para mí. Isabel de Portugal ha iniciado, con apoyo de algunos nobles, una cruzada para acabar con la amistad entre mi marido y el rey. Me aseguran, incluso, que han escuchado el deseo de la reina de apresar y ejecutar a don Álvaro.

—No me extraña. Esa mujer es capaz de acabar con la alegría que reina en nuestras calles.

Segovia se sentía activa. La Corte pasaba la mayor parte del tiempo en la ciudad desde que el rey, Juan II, proclamase su predilección no solo por los muros del Alcázar, sino por la plaza entera. Lo peor de la crisis había quedado atrás y el comercio arraigaba de nuevo entre musulmanes, judíos y cristianos.

El gusto segoviano parecía haber prendido también en el príncipe Enrique, que pasaba largas temporadas en la ciudad junto a su amigo y consejero, Juan Pacheco. Lo que doña Juana no sabía aún era el alcance del odio que este sentía por su marido. Había comenzado a movilizar cuantos recursos tenía a su alcance para mermar también el poder del condestable. Ansiaba su autoridad y también su riqueza. Aspiraba a convertirse en el hombre fuerte del reino cuando Enrique heredase la corona. Un sentimiento que poco a poco inoculaba en el joven príncipe.

La condesa había elegido para la reunión el palacio que poseía su marido en la calle Escuderos. Durante algunos años, residió allí junto a sus hijos, pero, con el traslado al castillo de Escalona, se quedó vacía y su deterioro se hacía evidente día tras día. El comedor principal, junto al jardín, mantenía aún, sin embargo, una dignidad que impresionó al joven príncipe.

—Le aconsejaría que anduviera con cuidado doña Juana. Corren tiempos convulsos en Castilla y no me gustaría que se viera afectada usted y sus hijos.

—Es por ello por lo que estoy aquí, don Enrique. No es la primera vez que mi marido y yo nos enfrentamos a situaciones complicadas. Y siempre hemos salido más reforzados ante el rey. Algunos creen que esta vez será diferente, pero se equivocan.

—La reina Isabel está enojada con el condestable y su intromisión en los asuntos de gobierno —el príncipe se puso en pie y se dirigió hacia la ventana, abierta de par en par para que entrase el tímido frescor de la mañana—. Su esposo, en lugar de mostrarse más amable con ella, le reta de forma constante. Por eso, cualquier cosa que yo pueda decir a mí padre, cae en saco roto.

—Debería usted mostrarse más duro con una reina que no ha hecho más que debilitar a la corona en su favor y en el de sus futuros hijos.

—Doña Juana, sus palabras ya no tienen la fuerza de hace unos años. Debería ser más prudente.

—¡Alteza! —La anfitriona enfatizó cada una de las sílabas de indisimulada ironía—. Cuántas veces nos han dado por vencidos y aquí estamos. Le recuerdo que todo el poder de su padre se lo debe a mi marido y al papa Martín V. ¿Les traiciona ahora con sus decisiones?

—No es momento ni lugar para esta conversación. Deberían sosegarse ustedes y tratar mejor a la reina. Incluso a mí, que soy el heredero al trono. La belicosidad de su marido conmigo y con Juan Pacheco empieza a ser corrosiva.

—Enrique —la condesa tuteaba al príncipe cada vez que quería ser condescendiente con él—, no es momento de enemistades sino de perseverar en la alianza contra el enemigo común. Ambos sabemos que es la reina Isabel la que más daño puede hacernos. Yo me encargaré de aplacar a mi marido. ¿Harás lo propio con Pacheco? —una sonrisa mordaz salió de los labios de doña Juana.

—Veremos qué se puede hacer al respecto. No le prometo nada —el príncipe no retiró la mirada en ningún momento y, transcurridos unos instantes, comenzó a caminar hacia la puerta—. Dé recuerdos a su marido y trasládele mi respeto. Espero que pronto podamos reunirnos sin tanta tensión y ver hasta dónde es capaz de ceder don Álvaro en su guerra con Pacheco. De momento, no puedo garantizarle más.

Entrevista a:
Enrique de Trastámara
Veintitrés años, príncipe heredero al trono de Castilla

Piensa doña Juana que mi opinión sobre su marido va a cambiar. Durante muchos años ha estado a mi lado solo por interés. ¿Cree que no me doy cuenta? Y ahora temen mi amistad con Juan Pacheco. Quizás deba hacerle caso y huir de su presencia, pero son muchos años de tenerla a mi lado, incluso de criarme, como para que no me sienta pequeño a su lado.

La condesa es una mujer que lo inunda todo a su paso. Por supuesto que es atractiva, pero es mucho más que eso. Su figura no deja a ningún hombre indiferente. Lo percibo yo y la Corte entera. Tiene clase, porte, educación y un cuerpo tentador.

Menos mal que Pacheco me advirtió sobre ella. Por eso hemos tomado ya una decisión y no vamos a parar, aunque reconozco que me da algo de pena. Tantos recuerdos a mi lado y ahora... O no, no me da ninguna pena. Pacheco tiene razón. El poder y la guerra no entienden de sentimientos.

17

Doña Isabel terminó de leer por segunda vez la carta de su tío. La visita del emisario de la reina María había dado un nuevo sentido político a su estancia en Segovia. La propuesta hizo que volviera los ojos hacia su familia de la que, hasta el momento, desconocía ciertas implicaciones.

Sorprendida por la respuesta, se acercó hasta el banco de piedra junto al ventanal, se sentó y estuvo en silencio durante algunos minutos.

De pie, en medio de la pequeña sala privada, esperaba el correo. Había cabalgado sin tregua desde la corte portuguesa para entregar en mano la misiva y responder lo antes posible a las cuestiones que pudiera plantear doña Isabel.

—Ahora soy reina, ¿sabe mi tío lo que eso significa?

—Por supuesto que es consciente, señora. Su familia ha trabajado durante décadas para llegar a este preciso momento. No podéis desperdiciar la oportunidad que se nos brinda.

—Lo sé. No solo soy consciente, sino que anhelo convertir a mis futuros hijos en reyes de una nueva estirpe. Nadie mejor que yo para ocupar ese último peldaño. Pero ¿era necesario ocultármelo hasta ahora?

—Lo era, mi señora. La situación en Castilla ha entrado en un momento crítico por la pérdida de poder del condestable y los movimientos del príncipe Enrique contra vuestro marido. De esa guerra debe salir usted victoriosa. Si hubiésemos realizado cualquier movimiento con anterioridad, habría naufragado y, con ello, cualquier expectativa de lograr nuestro objetivo.

—¿Voy a estar sola en este empeño?

—¿Le parece a usted que la fuerza de nuestra organización en Portugal y en Aragón no son suficientes? Por supuesto que no. Pero proceda con mucha cautela. No confíe ni haga partícipe a nadie de ello. Nuestro plan dispone de tantos amigos como enemigos. No olvide que enfrente está Francia y Roma.

—No os preocupéis —la reina contestó con la mirada clavada en el infinito—. Hasta la última gota de mi sangre luchará por ver a mi estirpe gobernar.

—No olvide la Lobera, mi reina —apuntó el correo.

—Todo el mundo parece preocupado por esa espada —sonrió con ironía doña Isabel—. Por favor, ahora retírese. Haré llamar al joyero de la reina María para que le traslade mi deseo de forjar una alianza personal.

—Hace lo correcto, señora. Yo, por mi parte, llevaré la buena nueva a su tío. Seguro que recibe la noticia con enorme satisfacción —el portugués hizo una marcada reverencia y, antes de salir, se dirigió de nuevo a la reina—. Perdone que le insista, pero debe encontrar el momento para hacerse con esa espada. Es lo que dará legitimidad a nuestra causa.

Entrevista a:
Doña Isabel de Portugal
Veintitrés años, reina de la Corona de Castilla

Seis años hace que perdiera a mi padre. Infante de Portugal, hijo de reyes. Creía saberlo todo de él y resulta que me ocultaba quizás lo más importante. Pero no crean que le culpo de nada. Al revés, me siento la elegida, la señalada para alcanzar el objetivo que tenían entre manos.

Ahora entiendo la relación que tuvo con mi tío, que fue nombrado Gran Maestre de la Orden de Cristo, para sorpresa de muchos. Todos sabíamos que eran los herederos de los Templarios en Portugal, pero nunca imaginé que también estuviera en contacto con la Orden de Montesa en el reino de Valencia y la Orden Hospitalaria San Juanista. Cuando lo he leído, de su puño y letra, me he quedado de piedra. ¡Imagínense el peso que recae sobre mí ahora mismo!

Siento vértigo al pensarlo. Pero no crean que tengo miedo, no. Quizás sea la inyección de fuerza que necesitaba para acabar con doña Juana y su marido.

Sí, estoy segura.

18

Sevilla, octubre de 1448

A primera hora de la mañana, don Alonso y sor Isabel iban camino del palacio episcopal para visitar al arzobispo. La muerte del curtidor había complicado el caso del maestro Carlín. Las sospechas apuntaban al clero después de la aparición de un peculiar botón en la mano del asesino. Por esta razón, convinieron en que se hacía necesario contrastar la información con el prelado García Enríquez, aliado de la reina María y firme apoyo del capitán y de la monja.

Cuando pasaban junto a las obras de la catedral, sor Isabel se quedó sorprendida con la actividad que había en el recinto. Era el primer verano que vivía en la ciudad y desconocía que en esa época del año el inicio de la jornada se adelantaba para sobrellevar mejor los rigores del calor. Por eso, las tareas de mayor esfuerzo físico comenzaban temprano.

La monja entendió que casi todos los trabajadores estarían en el recinto en ese momento, de modo que reaccionó con rapidez y decidió adentrarse en ellas para recabar testimonios e información antes de visitar al arzobispo.

—Si el maestro Carlín percibió algo anormal en los últimos meses de vida, seguro que sus ayudantes se dieron cuenta. Aprovechemos que estamos aquí para hablar con ellos. Después, con el calor, puede que no haya tanta gente —afirmó la monja.

—Me parece bien. Tampoco estaría de más comprobar si las acusaciones del curtidor contra el maestro eran o no ciertas —añadió don Alonso—. Eso sí, seamos rápidos. El arzobispo no espera.

Mientras andaban hacia el interior de las obras, divisaron a lo lejos el mástil de uno de los carracones que navegaba por el Guadalquivir. Eran los barcos diarios que venían desde Sanlúcar o Jerez para proveer de piedra a la catedral.

—Cualquiera diría que estamos en el puerto de Valencia —apuntó la religiosa—. Como sigan así, pronto se convertirá en una plaza indispensable para Castilla.

El nuevo templo ejercía de motor para la ciudad y los alrededores. La actividad marinera, canteras, tabernas, bodegas y pequeño comercio abarrotaban de gente las estrechas calles que daban al puerto en un frenesí como hacía tiempo que no conocía Sevilla. Este despegue había tenido lugar gracias al dinero obtenido por las Cartas de Indulgencia del papa Eugenio IV, invertido en los sillares que ahora se alzaban junto a la Giralda.

Al entrar en el recinto, el capitán observó los restos de la antigua mezquita. Las nuevas paredes acorralaban aquellos muros y dibujaban casi dos tercios del edificio. Un enjambre de trabajadores que levantaban la catedral junto a otros que derribaban poco a poco el templo musulmán.

El altar y las primeras capillas laterales del crucero ya estaban concluidas, lo que permitía a la catedral dibujarse imponente sobre el resto de la ciudad. Al mismo tiempo, las órdenes de los capataces, después de casi tres lustros de obra, habían pasado a concentrarse en el interior. Allí transitaban decenas de artesanos y obreros de un lado para otro. Los andamios techados se levantaban junto a la fachada lateral para programar el cierre de la cubierta, sostenida por un forjado de madera. Las carretas tiradas por bueyes debían esquivarlos mientras los canteros terminaban de cincelar sus piezas. En el suelo del recinto, las bases de los tornos, con los que elevaban sillares para paredes y techos, se mezclaban con montones de arena, cantos y tablones.

El capitán y la religiosa percibieron en aquel espacio una sensación de ordenado caos del que también eran testigos diarios los vecinos que se apostaban alrededor, atraídos por el hipnótico movimiento. Hacía cuatro años que las obras habían sufrido un fuerte parón por las disputas entre los Infantes de Aragón y don Álvaro de Luna. Pero aquel burbujeo incesante de trabajo convenció a la mayoría de que la catedral por fin vería la luz.

Una vez estuvieron cerca del crucero, don Alonso y sor Isabel fueron recibidos por Juan Normán, cantero que realizaba las funciones de aparejador. Él había sido uno de los que más relación tuvo con el maestro Carlín.

—Buenos días, hermana. Buenos días, capitán. ¿Puedo ayudarles en algo? Nadie me había avisado de su visita.

—Buenos días. ¿Está usted a cargo de la obra? —contestó la monja sin demasiada cercanía.

—Así es, hermana. De momento.

—El capitán Alonso y yo queremos ver el lugar donde fue encontrado el cuerpo sin vida del maestro Carlín, así como el espacio en el que planificaba el trabajo aquí dentro. Investigamos, por orden del arzobispo, su fallecimiento.

—Bien, si es así, será un placer. Acompáñenme, por favor.

Entrevista a:
Sor Isabel de Ribera
Monja clarisa
Cuarenta y siete años, Sevilla

El trabajo manual es una de las actividades que más dignifica al hombre. A veces no lo percibimos, pero nada hay tan satisfactorio como el esfuerzo físico. Para el mental, ya están otras personas. Que se lo digan a mi reina, doña María.

La recuerdo con el ajedrez entre las manos y enfurecida porque yo no estuviera tan concentrada como ella. Era capaz de adelantar mis movimientos antes, incluso, de que yo los pensara.

Y no crean que por estudiar el tablero descuida su gobierno, no. Todo lo contrario. Utiliza el juego para ensayar sus estrategias de poder. Recuerdo con especial cercanía cuando la tenía a tiro de mate y comenzó a contarme de dónde venía su nombre. La reina Catalina, su madre, se lo había puesto en honor a María de Luna, amiga íntima que también fue reina, pero de la Corona de Aragón, y Señora de Segorbe. Por cierto, la mujer que incentivó la llegada del Santo Grial a Valencia.

También a ella le debe mi reina su afición por el ajedrez. Como regalo de bautizo, María de Luna le envió un precioso tablero, con las fichas talladas en madera, en el que jugamos numerosas partidas a la luz del atardecer. ¡Qué tiempos! Cómo los añoro.

Por cierto, le dio la vuelta a la jugada y ganó la partida. Hasta las interrupciones eran estratégicas en su cabeza. Jajajaja.

19

Segovia, octubre de 1448

Las mejillas de la reina exhibían por momentos el rojo intenso de su ira. Estaba furiosa, irracional, insatisfecha a pesar de lo que había hecho. Cuando su cabeza hervía era capaz de cualquier cosa. Después, con el transcurso de las horas, la normalidad retornaba y no podía comprender cómo había llegado a tanto. Sin embargo, en esta ocasión su enfado no disminuía. Estaba convencida de que obraba con justicia, de que castigaba un comportamiento que merecía la peor de las condenas.

—¡Cállate, zorra! No te veía lloriquear cuando mirabas a mi marido —Isabel se detuvo un instante—. Vas a pagar por intentar robarme al rey. Él es mío y no dejaré que una advenediza como tú coquetee, siquiera, con él.

Los gritos y quejidos de la desdichada se ahogaban entre aquellas paredes frías de la mazmorra. Nadie en el alcázar podía sospechar el paradero de la joven. La reina era consciente, pero estaba decidida a castigarla hasta la muerte.

Beatriz da Silva había llegado junto a Isabel desde Portugal. Formaba parte de la corte que la reina llevaba consigo a la boda con Juan II. Con el tiempo, la dama, que se había instalado en Segovia, llegó a ser uno de los principales apoyos de Isabel en aquel entorno desconocido y alejado de su ciudad natal. Joven como ella, atractiva, de origen nobiliario, había atado su futuro al de la heredera de las casas de Avis y Braganza.

La joven dama no sentía ninguna atracción por Juan, a pesar del trato cercano que dispensaba a su señora y al rey. Sin embargo, doña Isabel había creído ver el coqueteo de su dama de compañía en el cruce de miradas y en el servicio que dispensaba a ambos.

—No hace falta que gimotees más. Nadie te va a oír —la reina sonrió de forma malévola—. Si pudieses verte ahora, dentro de ese baúl, en medio de esta celda, aislada por las piedras que sostienen el alcázar, sentirías la culpa de tu comportamiento. ¿Cómo has podido traicionarme así? Yo te traje conmigo para mejorar tu futuro y me lo devuelves con la ingratitud —doña Isabel suspiró—. ¡Qué tenga que perder así el tiempo en lugar de buscar la Lobera!

Doña Isabel se dio media vuelta, caminó hasta la puerta y, antes de cerrarla, se volvió hacia el interior.

—Reza cuanto puedas y pide perdón a Dios. Solo así te abrirá el cielo en lugar de mandarte al infierno, que es donde deberías estar.

20

Sevilla, octubre de 1448

Juan de Normán dirigía, de momento, las obras de la catedral. Se sentía cómodo en aquel cargo y su interés por el trabajo había mantenido la normalidad a pesar de la muerte del maestro Carlín. El recién nombrado director no se sorprendió por la visita de sor Isabel y don Alonso. Más bien al contrario.

—Los esperaba hace días. Tras los rumores que circulan por Sevilla, me resultaba extraño que no hubieran aparecido ya.

—La investigación se ha complicado más de lo que quisiéramos. Pero aquí estamos —respondió el capitán.

Los tres comenzaron a caminar entre restos de material acumulados por el suelo y miradas curiosas de trabajadores. Las habladurías sobre la muerte del maestro habían corrido como la pólvora. Llegaron al crucero, que aún se encontraba a cielo abierto, y entraron en una pequeña caseta de madera pegada al interior del muro.

—Este era el particular rincón del maestro. Aún no hemos recogido sus cosas, a excepción de algunos planos que necesitábamos para ajustar las columnas de la nave lateral izquierda —El aparejador se detuvo un instante a la espera de respuesta—. Bien, si no desean nada más, de momento, me retiro a mi trabajo.

—¡No! Espere un momento —indicó don Alonso—. Necesitamos que nos responda algunas cuestiones.

—Ustedes dirán.

—¿Tenía algún enemigo el anterior director? —se adelantó sor Isabel.

—Que yo sepa, no. Era una persona mayor, setenta años recién cumplidos, lo que hacía que todos le respetásemos bastante.

—Eso no significa que estuviera libre de envidias —matizó el capitán—. Más allá de este entorno, ¿se percató de si fue visitado en las últimas semanas por alguna persona ajena a la obra?

—No solía tener reuniones aquí. Lo único que recuerdo es que hace dos jueves mantuvo una discusión elevada de tono con una persona de la casa de Medina Sidonia. Después, durante el resto de la jornada, el maestro modificó algunas partes del plano e intentó encajar nuevas estructuras. Pero nadie le dio importancia.

—¿Sabe usted qué significan estos cinco puntos que hay señalados en el plano? Parece como si formasen una estrella de David —interrumpió la monja, que se había acercado a la mesa de trabajo del fondo.

—Nosotros ejecutamos las órdenes del maestro. No tengo ni idea de lo que quería significar.

—Pero sí sabrá lo que deseaba plasmar en este punto —sor Isabel indicó con el dedo la última de las señales rojas, sobre la que había dibujada una espada.

—Sí. Creo que es la modificación que teníamos que desarrollar para crear una zona especial que albergase la espada de San Fernando, la Lobera.

—¿Quién lo había pedido? —interrumpió el capitán.

—No lo sé. Esa información no me la llegó a decir.

—No parece que tuvieran una relación muy estrecha entre ustedes dos —puntualizó la monja.

—Aquí teníamos conocimiento de qué pie cojeaba y preferíamos no inmiscuirnos en sus asuntos. Aunque si con alguien tenía más relación, sin duda era conmigo.

—¿A qué asuntos se refiere? —preguntó el capitán.

—Ya saben. Se dice que trabajaba en secreto para los Templarios. Por eso llevaba tanto cuidado y era tan reservado con las anotaciones que hacía en sus planos.

—La Orden de los Templarios ya no existe, Normán —puntualizó la monja.

—Yo no hago más que transmitirles lo que se comentaba entre los trabajadores —respondió el cantero.

21

Segovia, octubre de 1448

Filipe entró sin aire en la celda. Respiraba entrecortado, jadeaba. Miró a ambos lados de forma convulsiva, nervioso. No veía nada, no encontraba a su sobrina a pesar de que la información recibida le llevó hasta el subsuelo del Alcázar.

Hacía tres días que la buscaba. Su hermana le había rogado que cuidase de Beatriz por encima de cualquier cosa cuando se despidieron en Lisboa. Y ahora la había perdido sin salir siquiera del palacio. Preguntó a toda la Corte, a las mujeres que servían en el castillo, a los soldados, en las caballerizas, incluso a la reina. Pero nadie sabía dónde encontrarla. Hasta que una de las damas de compañía de doña Isabel le comentó, en secreto, que la reina le había confesado el destino de su sobrina y su deseo de verla morir. Esa misma mañana se lanzó como un loco a correr por los pasillos y escaleras del palacio hasta llegar a la mazmorra.

Dio varios pasos hasta el centro de la celda, se detuvo y permaneció en silencio. No lograba escuchar nada. Pensó que la reina había mentido de forma deliberada a su dama. Esa mujer estaba loca, tenía que soportar a diario su prepotencia, sus subidas y bajadas de humor, su afecto más profundo y su desprecio más humillante. Pero estaba dispuesto a perdonarlo si aparecía su sobrina con vida. En el fondo de su alma deseaba que así fuera.

—¡Beatriz! Por favor, contesta —gritó de forma desgarradora sin esperar que le contestaran.

De nuevo se quedó en silencio. Esta vez le había parecido escuchar algo. Sus ojos volvieron a buscar enloquecidos por toda la celda, vacía, sin nada más que el baúl del centro. Otra vez pareció oír una especie de gemido apagado, apenas un suspiro. Entonces, se lanzó desbocado hacia el baúl. Desenfundó su espada y comenzó a golpear el cierre, una y otra vez. Tardó varios minutos en lograr su propósito pero al fin cayó al suelo el herraje. Se arrodilló, levantó la tapa y quedó petrificado.

Beatriz apenas pudo abrir los ojos. Llevaba tres días y tres noches atada en ese minúsculo espacio, encogida, desfallecida la mayor parte del tiempo. Su tío le deshizo los nudos de las cuerdas en pies y manos, le quitó la mordaza de la boca y la sacó con sus propios brazos.

—Ya pasó, tranquila. Debes reponerte cuanto antes y después, nos marcharemos de aquí. El destino caerá como una losa sobre esa loca.

—He... he visto a la Virgen, tío —la voz susurrante apenas podía salir de su boca—. Me dijo que... me salvarías. Y le prometí servirle para siempre si eso ocurría.

—Sí, Beatriz. Ahora permanece en silencio y descansa. Ya tendrás tiempo de explicarme muchas cosas.

22

Sevilla, octubre de 1448

El ruido incesante de las obras de la catedral penetraba hasta dentro de la caseta de madera en la que el capitán y la monja trataban de interrogar de forma velada al nuevo aparejador. Algunas de las explicaciones habían dado la razón al cantero asesinado, aunque no aclararon nada sobre el maestro Carlín.

De repente, uno de los yeseros entró jadeante en la caseta. Había abierto la puerta de golpe y se dirigió hacia la monja. Evitó acercarse demasiado a ella, consciente de los restos de material de obra, de polvo y de yeso aún húmedo que llevaba por todo su cuerpo.

—¡Ha muerto el arzobispo! Acaban de avisarnos dos clérigos y nos han pedido que suspendamos los trabajos hasta nueva orden. —La respiración entrecortada le impidió continuar. Cuando recuperó el aliento, levantó la mirada de nuevo hacia la monja para hablar—. Uno de los curas me ha pedido que les informásemos en persona y que se dirijan hacia el palacio episcopal lo antes posible.

Don Alonso y sor Isabel se miraron sorprendidos tras escuchar al trabajador. Con precipitación, salieron de la caseta y aceleraron el paso por la nave principal de la catedral mientras esquivaban todo tipo de materiales de obra.

—¿No le parece extraño que en apenas dos meses hayan fallecido estas tres personas? —preguntó la monja al capitán mientras andaban.

—Las casualidades no existen, hermana. Si el arzobispo hubiera sido asesinado, el caso adquiriría una nueva dimensión. Volveríamos a los peores tiempos de don Álvaro de Luna. Tanto el maestro Carlín como el obispo eran aliados nuestros.

—Puede ser, capitán. Si las muertes están conectadas, significa que la vida de otros nobles cercanos a la reina María está en peligro. Debemos averiguar cuanto antes quién es y cuál es el motivo de sus acciones. Eso es casi más importante que lo primero.

Los dos salieron del recinto con el paso acelerado. La ciudad parecía ajena a lo que ocurría mientras la tensión crecía en ambos. En silencio, recorrieron los primeros metros en dirección al palacio arzobispal.

—Un segundo, hermana —don Alonso cogió del brazo a la monja y la detuvo—. Puede que sea verdad que intentan frenar las obras de la catedral. Quien tenga el control del proceso de construcción tendrá acceso, no solo a cuestiones de fe, sino también de dinero.

—Mire, capitán. Portábamos una orden clara de la reina María: averiguar lo ocurrido con el maestro Carlín y afianzar su posición en Sevilla —contestó con seriedad—. Después de dos meses largos, no tenemos nada.

—Piénselo, hermana. El móvil de los asesinatos solo puede ser económico, político o religioso.

—O los tres a la vez, don Alonso.

—Los únicos que pueden aunar esos tres motivos son don Álvaro de Luna y su mujer.

—Sería demasiado tosco. Aunque, por otro lado, doña Juana de Pimentel tiene un fuerte apoyo en esta ciudad —indicó sor Isabel entre susurros.

—La catedral es un símbolo muy importante para nuestra reina María. También lo sería para doña Juana, puesto que su control le daría un nuevo argumento frente al rey para recuperar todo su poder. Paralizar las obras sería un golpe de fuerza.

—Pero tiene que haber algo más. No sería lógico utilizar la misma estrategia que hace siete años. Además, no encaja del todo la muerte del cantero. Cuanto antes se supiera que doña Juana está detrás, antes lograría su propósito —matizó la monja.

—Puede ser, pero ¿a quién más pueden interesar estas obras?

—Quizás no sean las obras lo que persigue el asesino. Parece querer borrar huellas conforme nosotros nos aproximamos a ellas.

Entrevista a:
Sor Isabel de Ribera
Cuarenta y siete años, monja clarisa e investigadora

¿Qué quieren que les responda? Este tema se enmaraña demasiado. Parece que la política y el dinero, como siempre, aparece en cualquier esquina. Con eso, llega a ser complicado vivir de pleno la fe, como yo lo hago, y estar un día sí y otro también en medio de los juegos de poder que flotan en la Corte. Pero es lo que me ha tocado vivir.

Cuando era niña, mi madre servía en casa de los Roig, una familia noble de la ciudad de Valencia cada vez mejor situada. Yo conviví con su hijo Jaume, que me trató en todo momento como a una hermana. Al llegar el domingo por la tarde, nos íbamos a un rincón del patio interior y pasábamos el rato. Él se situaba delante de mí, de pie, y yo le escuchaba boquiabierta. Me contaba las historias que había oído por la mañana a la salida de misa y lograba maravillarme con las cosas que se escondían detrás de cada familia. Por allí desfilaban sus líos de faldas, sus peleas por entrar en la Corte, sus juegos de guerra. Eso era la política, aunque yo aún no lo supiera.

A medida que cumplimos años, la medicina se abrió paso en la cabeza de Jaume mientras los caminos del Señor se cruzaban en mí vida. Bueno, más que cruzarse, mi madre me los puso delante. Aun retumban en mis oídos sus frases diarias sobre las bondades de la vida monacal: la comida, la educación, la posición social. Así que acabé en un convento de clarisas. Allí reforcé mi fe, pero no por eso olvidé el atractivo de la política y de todas y cada una de las personas que luchan por el poder. ¿Y cómo terminé junto a la reina María? Eso lo dejo para otro momento.

Ahora, lo importante es descubrir al asesino que anda suelto. En Sevilla es un secreto a voces que el capitán y yo estamos tras la pista. Eso no es bueno. Nos sitúa en la diana. Si han sido capaces de acabar con un arzobispo, imagínense ustedes lo poco que representamos nosotros dos para ellos. No es que le tenga miedo a la muerte, pero preferiría, primero, desenmascarar al verdadero culpable.

23

Sevilla, octubre de 1448

Andaban deprisa. Entre tanto gentío, su paso acelerado provocaba más de un empujón. No les importaba. Tenían una reunión importante y lo demás era indiferente. Estaban adiestrados para ello.

—¿No crees que para pasar desapercibidos deberíamos tener más cuidado? —indicó uno de ellos.

—¡Cállate y sigue! No podemos llegar tarde —contestó su compañero.

—De qué nos sirven hoy las prisas si llevamos tres semanas en esta ciudad.

El hombre que iba más avanzado se detuvo, alargó la mano y cogió por el brazo al otro soldado.

—¡Te he dicho que cierres la boca! —gritó—. Lo que más les preocupa a ellos es que completemos de forma exitosa la misión. Cómo lo hagamos es cosa mía.

—¡Suéltame! A mí me preocupa cobrar por nuestro trabajo. Más te vale que así sea —respondió a grandes voces.

Las personas que caminaban a su alrededor miraron la escena sorprendidos por el volumen de las amenazas. Algunos se quedaron parados, aunque la mayoría solo ralentizó la marcha al pasar a su lado.

—¿Qué miran ustedes? ¿Tienen algo que decir? —el hombre se encaró con ellos para intentar ahuyentarlos y que todo volviera a la normalidad.

Los dos retomaron la marcha. Se abrían paso en dirección a la catedral. Vestían a la usanza castellana, aunque trataban de disimularlo con una especie de gambesón corto, de lino oscuro, fijado con un cinturón. No se percataban que la ausencia del estilo andalusí en sus ropajes volvía los ojos de los vecinos hacia ellos.

Tras la pequeña disputa, decidieron caminar a mayor velocidad, lo cual les obligaba a fijar su mano izquierda en la empuñadura de la espada para evitar el vaivén del arma.

Los rigores del *veranillo de membrillo*, que golpeaba con dureza a finales de septiembre, no habían podido ni con los dos soldados ni con aquel mercado que inundaba de color el centro de Sevilla. La calle Sierpes se llenaba de puestos ambulantes repletos de fruta, aceite y vino hasta el mediodía. Entonces, solo el sonido del agua al golpear la piedra en las más de trescientas fuentes de la ciudad se convertía en un eco eterno que acompasaba el almuerzo y la siesta.

Los dos maldijeron la hora a la que habían sido citados. Hubieran preferido a partir de las siete de la tarde, cuando el sol perdía intensidad y el calor se escurría entre los estrechos y laberínticos viales del centro. En ese momento, el olor a perfumes y hierbas aromáticas de las calles Esenciería, sendos viales paralelos dedicados por separado a hombres y a mujeres, se adueñaba poco a poco del ambiente. La estimulación de los sentidos hubiese permitido a los dos soldados pasar más desapercibidos.

Cuando estuvieron cerca de la catedral, frente al patio de una de las casas principales que pertenecía a la rama sevillana de la familia Pimentel, a la sazón aliada de doña Juana, se detuvieron.

—Ahí la tienes. Nuestro punto de encuentro

—Cualquiera diría que es el palacio de uno de los grandes de esta ciudad —contestó el compañero.

—Lo es, estúpido, lo es.

El pequeño palacete volcaba su elegancia hacia el interior, despreocupada por la imagen de la fachada. Era de construcción antigua, ejemplo de una estética moribunda dispuesta a dar paso a hermosos palacios que empezaban a engalanar las calles. La ciudad se encontraba en proceso de cambio, burbujeante, recorrida por una especial sensación de vida que dejaba atrás la caótica estructura musulmana y se echaba en brazos del floreciente renacimiento italiano.

Al entrar al patio, los dos hombres hicieron una leve reverencia ante el ama de llaves y la siguieron al interior, donde les esperaba don Alfonso de Pimentel acompañado de un miembro de la familia Medina Sidonia.

—Bienvenidos, caballeros —indicó don Alfonso.

—Un placer poder contar con ustedes para llevar a cabo nuestra misión —contestó el más alto de los dos.

—No tenemos mucho tiempo. Conviene que estemos juntos lo menos posible. Aquí, hasta los secretos más escondidos salen a la luz. Lo más importante es que la empresa de doña Juana sea todo un éxito y evite males mayores a la corona.

Don Alfonso se dirigió hacia la mesa sobre la que había extendido un plano de la ciudad. Tras él se situó su acompañante, que mantenía un discreto silencio.

—Acérquense, señores —se detuvo un instante—. Durante las últimas semanas han contado con el apoyo que nos pidió doña Juana para los dos. Ahora que se acerca el momento decisivo, hemos dispuesto también algunas medidas para asegurar su salida de la ciudad.

Cuando estuvieron todos alrededor de la mesa, el señor De Pimentel se apoyó sobre ella y comenzó de nuevo a hablar. Estaba tenso y, a la vez, seguro de sí mismo.

—Observen este plano de Sevilla. Una vez concluyan el trabajo, deberán escapar de la ciudad lo antes posible. Para evitar sorpresas, dos soldados de nuestro servicio los acompañarán en los primeros instantes hasta la Casa de los Padilla, en la calle Verde, desde donde podrán continuar a caballo hasta cruzar la muralla en dirección a Castilla.

—Iniciaremos la huida el mismo día en que llevemos a cabo la empresa. Cuanto antes desaparezcamos, menos peligro de que el trainer y la dichosa monja se nos echen encima —indicó uno de los soldados.

El comentario alteró a don Alfonso. La presencia de sor Isabel y don Alonso había sido seguida con preocupación por una parte de la nobleza sevillana. Su investigación dejaba al descubierto la guerra soterrada que desde hacía años mantenían algunas grandes familias contra el empuje de los partidarios de la Corona de Aragón.

—De esos dos nos encargaremos nosotros. Ustedes cumplan con su cometido —contestó el anfitrión con dureza.

—Pues pónganles algún tipo de freno, porque si desbaratasen la empresa por la que estamos aquí, no creo que a doña Juana le agradase. Su marido tiene aún suficiente poder en Segovia como para despojarles a ustedes de palacios y prebendas.

—No vuelva a amenazarme en mi propia casa si estima en algo su vida —afirmó airado don Alfonso.

—Usted disculpe, señor. No era mi intención —el hombre trató de destensar la situación, a sabiendas de la importancia que la ayuda de aquel noble podía suponer.

—Bien, continuemos. Les indicaba que cuanto antes salgan de aquí, mejor —indicó don Alfonso—. Pero por si les ocurriera algo imprevisto, podrán encontrar cobijo cerca de la Casa de Padilla, en el palacio de los Zúñiga, buenos conocidos de don Álvaro y doña Juana. Allí dispondrán de ropas nuevas, caballos, armas y un grupo de hombres dispuestos a acompañarles hasta Jerez. Esperemos que no sea necesario.

—Dependerá de esos dos entrometidos.

—No —interrumpió don Alfonso—. Dependerá de ustedes y del éxito de sus movimientos. Hagan lo que tengan que hacer y maten a quien tengan que matar. Pero doña Juana debe sonreír con su presencia en las próximas semanas.

Entrevista a:
Doña Juana de Pimentel
Condesa de Montalbán
Cuarenta y cuatro años, dos hijos

Llegar hasta donde lo he hecho no ha sido fácil. Aunque piensen que se lo debo a mi marido, les aseguro que eso no es cierto. ¿Que en un principio me ayudara? Bueno, no digo que no. Pero a fecha de hoy, tengo mis propios aliados, mis propias redes de información, mi propio poder.

Poco a poco me supe ganar a algunas familias importantes de la nobleza castellana, algo que a mi esposo le ha costado muchísimo. Y no piensen que he utilizado mi cuerpo. Ya les he dicho que esa es solo un arma, la que menos prodigo y la que más valor tiene. A estos señores ávidos de influencia en la Corte se les vence con inteligencia, aunque también es verdad que su fidelidad es volátil. ¡Qué le vamos a hacer!

Como ven, don Álvaro y yo tenemos una vida en común, pero pocos momentos juntos. Yo sé de sus amoríos en Segovia y él no sabe de los míos. Pero nos respetamos y nos queremos como familia, por eso nadie ha logrado hasta ahora destruirnos.

Y sí, tengo miedo. Miedo a que el odio disperso contra nosotros acabe concentrándose y termine con nuestras vidas, sobre todo con la de mis hijos. Ya sé que soy pesada, pero es mi mayor temor. Por eso he puesto tanto empeño en los planes de Sevilla. Tienen que salir bien. No admitiré errores ni fallos.

24

Numerosos próceres de la ciudad se habían presentado en el palacio Arzobispal nada más conocerse la noticia. La muerte de don García Enrique corrió como la pólvora. A don Alonso y sor Isabel los avisaron cuando visitaban las obras de la catedral, tuvieron tiempo de evaluar la situación mientras acudían al lugar de los hechos. Al llegar, se mostraron sorprendidos por la cantidad de personas que se encontraban en su interior.

—Con tanta gente va a ser difícil realizar nuestro trabajo —susurró el capitán a la monja.

—Saludemos con rapidez y cortesía. Después, investiguemos en sus aposentos.

El murmullo constante de nobles y cargos eclesiásticos flotaba en la sala principal, mientras el sonido de las campanas que, a pocos metros, lanzaba la Giralda se abría paso a través de los ventanales. Ese día, el golpeteo de los carillones, que había comenzado sobre las once de la mañana, no paraba ni un momento.

—El arzobispo era ya mayor, la verdad. No me extrañaría que su muerte haya sido pura casualidad —apuntó el capitán para romper el incómodo silencio.

—Cierto —contestó el asistente de don García—. Pero también es verdad que su estado de salud era envidiable. Visitaba a diario las obras del nuevo templo, realizaba varias salidas al día para estar en contacto con conventos y parroquias, mantenía reuniones con los principales señores de la ciudad y se acostaba de madrugada para adelantar el trabajo burocrático que atendía con escrupulosa puntualidad.

—Tiene usted razón. Se nota en la rapidez con la que gran cantidad de personas han acudido aquí tan pronto a expresar sus condolencias —remarcó don Alonso.

Sor Isabel interrumpió la conversación del capitán y le separó del círculo en el que permanecía. Con ademán religioso, cogió su brazo y comenzó a hablarle en voz baja.

—¡Capitán! Aproxímese con discreción hasta la escalera y espéreme en el piso de arriba. Evite que alguien en la sala se dé cuenta —recalcó.

Don Alonso se deslizó hacia un lateral, en el lado opuesto a los ventanales, aislado de las conversaciones, y caminó poco a poco hasta la escalera. La monja tuvo más problemas para desprenderse de las visitas y tratar de pasar desapercibida en su huida hacia el piso superior. Una vez lo logró, subió los peldaños con rapidez, incluso más de lo que sus hábitos le permitían.

—Creía que no iba a llegar nunca, hermana —comentó irónico el capitán al verla.

—No es fácil para una monja pasar desapercibida entre tanto cura. La próxima vez subiré yo primero —una mueca de sarcasmo se deslizó por sus labios—. Démonos prisa, antes de que noten nuestra ausencia.

Ambos se dirigieron hacia los aposentos del arzobispo, donde habían encontrado el cadáver a primera hora de la mañana.

Don García apoyó años atrás a los infantes de Aragón en su disputa con don Álvaro de Luna y el rey Juan. Esa vinculación con los Trastámara de Aragón, sobre todo con la reina María, le había impedido llegar a ser prelado de Toledo y, por tanto, máxima autoridad eclesiástica en la Península. Como compensación, recibió el arzobispado de Sevilla.

Durante su mandato dio un impulso definitivo a las obras de la catedral, a las que incorporó los grandes maestros llegados del Reino de Valencia.

—No parece que haya nada extraño —afirmó el capitán—. Va a ser complicado encontrar alguna conexión con las otras muertes. No hay signos de violencia. Tampoco de que alguien haya asaltado el dormitorio. No me extraña que el ayuda de cámara piense que se trata de una muerte natural, dada la avanzada edad del arzobispo.

—Nada es casual, don Alonso. No tengo dudas de que las tres muertes deben estar conectadas —la monja se dirigió hacia la mesita de noche que estaba junto a la ventana—. El maestro Carlín y el arzobispo eran aliados de la reina María. Los dos trabajaban para convertir la catedral en el puntal de la política unionista.

—Entonces, el mismo que encargó la desaparición del asesino del maestro Carlín es quien ha encargado la muerte del arzobispo —matizó el capitán.

—Lo más probable —la hermana contestó mientras investigaba la mesita y todo lo que había encima o alrededor de ella—. Una muerte que parezca natural solo puede lograrse con veneno. Alguna persona del servicio del arzobispo podría haberlo introducido en la bebida, pero parece poco probable que hayan podido comprar su voluntad. El arzobispo se había rodeado de personas muy fieles. Sin embargo, solo alguien con acceso a estos aposentos pudo haberlo llevado a cabo.

La monja se agachó para observar la pata trasera de la mesita de madera. Mojó con sutileza su dedo índice, lo pegó al suelo y lo volvió a llevar a la boca. Después, se levantó con tranquilidad, respiró, se retiró un paso hacia atrás y miró al capitán.

—Bueno, ahí lo tiene. Acérquese y podrá observar los restos del veneno que utilizaron para asesinar a don García.

Don Alonso se aproximó a toda prisa hasta la mesita, se agachó y observó un leve polvo blanquecino alrededor de la pata trasera del mueble.

—Tenemos el motivo y tenemos el arma. Nos falta hallar al asesino —comentó el trainer mientras se levantaba.

—Sería importante averiguar si don García había

descubierto algo acerca del botón. Eso nos llevaría más rápido hasta el responsable. No descarte que Roma esté implicada en este asunto —añadió con pesar la monja.

—¿Cree que el asesino está en la sala de abajo en estos momentos? —puntualizó don Alonso.

—Estoy segurísima.

Entrevista a:
Sor Isabel de Ribera
Cuarenta y siete años. Monja clarisa

Sé que tengo un olfato especial. Quizás sea un don, pero pocas veces me engaña mi intuición. Me dejo llevar por ella y la acompaño de toda la racionalidad que los hechos me exhiben. Es mi forma de trabajar. Por eso, en ocasiones, puedo parecer algo altiva, pero no soy así.

Don Alonso ya me conoce y lo lleva muy bien. La verdad es que no puedo más que agradecer su carácter tolerante conmigo. Además, tiene la virtud de despertar con sus comentarios en mi cabeza las teorías que, de otra forma, costaría que viesen la luz.

Aún recuerdo el primer día en que la reina María, junto a don Rodrigo de Luna, me presentó al capitán para garantizar que nada me ocurriera. Yo estaba acostumbraba a trabajar sola, pero en aquella ocasión tenía que enfrentarme a un enemigo un tanto peligroso: el rey de Francia.

Yo creo que ese encargo fue hace unos doce años. ¡Casi nada! Entonces me pareció que el capitán tenía poco carácter para ser un gran guerrero, pero no. ¡Qué va! Sabe esconder como nadie su ímpetu. Esa es una gran táctica que he aprendido con el tiempo.

¿Que si puedo compaginar mi trabajo con mis obligaciones como clarisa? Por supuesto. Las horas de rezo son irrenunciables, aunque las llevo a cabo en distintos lugares. No puedo estar siempre en el convento, pero mis obligaciones como monja las cumplo a rajatabla. ¡Menos mal que la priora es comprensiva con mi situación!

Y claro que me agota enfrentarme a diario a tanta maldad y tanta muerte. Pero el Señor ha puesto en mí la responsabilidad de desenmascarar a hombres perversos. Y en ello estoy.

25

La monja y el trainer se presentaron al día siguiente en el palacio de Perfán de Ribera para poner en su conocimiento las sospechas sobre el envenenamiento del arzobispo.

—Sin pruebas ni sospechoso, no tenemos nada. Antes de comunicarse con la reina María, obtengan más información. —El Adelantado hizo una pausa—. Mañana se procederá a la entrega de la paga por parte del arzobispado. ¡Aprovéchenlo!

Esas fueron las últimas palabras de don Perfán tras poco más de un cuarto de hora de reunión. Tanto sor Isabel como don Alonso se sintieron frustrados por no obtener más apoyo explícito ante sus revelaciones. Sabían que el hallazgo de veneno en la mesita del difunto arzobispo no era suficiente, pero esperaban que iniciara las disposiciones oportunas para interrogar a parte del servicio del arzobispado.

Ante esa situación, decidieron estar presentes en la catedral al día siguiente para entrevistarse de nuevo con los trabajadores.

—No podemos dejar escapar la ocasión. Estarán más pendientes del dinero que de otra cosa. Seguro que se les suelta la lengua —indicó el capitán.

—Sí, tiene razón. Si no encontramos al asesino material, nadie moverá un dedo —contestó la monja de forma precipitada—. Creo que el asesino debe estar vinculado de alguna forma a las obras.

A la mañana siguiente, los dos se presentaron en el interior de las obras con la intención de recabar el mayor número de testimonios posible. Todo alrededor era alegría y buen trato, sabedores del jornal que iban a recibir. Por fin podrían llenar las tabernas de alrededor.

A pesar del retraso, debido a la trágica muerte del obispo, el ritual se mantuvo como siempre. El director de la obra habilitaba en el crucero una zona despejada sobre la que colocaba el entoldado blanco transportado para la ocasión desde palacio. Una vez anclado al suelo, se disponía una pequeña mesa de madera oscura tras la cual se colocaba una jamuga con el sello eclesiástico y un baúl empleado ex profeso para ese acto. En su interior se guardaban las sacas con las monedas y los libros contables de las obras. Todo ello evitaba el caos que solía producirse en otros trabajos privados de igual envergadura.

Al mediodía, el tesorero del arzobispado había liquidado ya más de la mitad de los pagos. Aún quedaban los canteros, la parte más complicada de llevar a cabo puesto que estos cobraban por cada sillar colocado. Los más veteranos, o aquellos que llevaban una cuadrilla a su mando, recibían el dinero en función del número de hileras encajadas, lo que hacía más fácil para los inspectores de la obra poder contabilizar el trabajo realizado.

—Vaya, qué sorpresa —comentó en voz baja sor Isabel a don Alonso—. Por ahí se acerca don Juan de Cervantes. Cualquiera diría que ejerce de arzobispo con el cuerpo aún caliente de don García.

—Como usted dice, nada es casual, hermana —afirmó el capitán—. El cardenal siempre ha sido un gran aliado de la facción romana que nos tiene por enemigos, con gran acierto. Quizás sepa muchas más cosas de las que dice.

—Empiezo a sospechar que así es.

Don Juan de Cervantes llevaba varias semanas en la ciudad, tiempo durante el cual se había entrevistado con algunos notables de Sevilla, a espaldas del fallecido arzobispo.

El papa Eugenio IV le había nombrado hacía dos años obispo de Ostia, en un gesto que lo acercaba a Roma y consolidaba su poder, ya de por sí fuerte en el entorno de la Corte segoviana de Juan II.

—Buenos días, hermana. Buenos días, capitán —don Juan les saludó de forma poco afectuosa, conocedor de a quién servían y para lo que habían llegado a Sevilla—. No los imaginaba en cuestiones tan mundanas como el reparto del salario de estas obras.

—Eminentísimo, hemos creído conveniente acercarnos hasta aquí para ofrecer nuestra ayuda en unos momentos tan tristes como los que vivimos —contestó de forma ágil la monja—. Sabemos que don García era muy querido entre los trabajadores, pero siempre aparece alguna persona con recelos inconfesables.

—¡Bobadas! Nuestro arzobispo murió de muerte natural. Nadie habría podido entrar en su habitación y envenenarlo —afirmó don Juan.

—Vaya. Nadie había pensado en la posibilidad del veneno. Lo anotaremos en nuestra cabeza para tenerlo en cuenta —matizó el capitán como si aquello fuera algo nuevo.

—Una opción como otra cualquiera, estoy seguro. —El cardenal trató de zanjar la conversación—. Igual encuentran alguna cosa que hacer en otra parte de la ciudad. No creo que a su alteza el infante Enrique y a su padre, el rey Juan, les haga mucha gracia tener a dos agentes de la reina María y de la Corona de Aragón husmeando por sus tierras. Le recuerdo, capitán, que los Trainers no son bienvenidos por el papa.

—Querrá decir por los papas herederos de Martín. Nosotros luchamos por el legado humanístico del papa Benedicto XIII.

—¿Se refiere al antipapa de Aviñón? —saltó algo agitado el cardenal.

—Lo sabe usted bien, eminencia. Lleva muchos años de servicio a esa causa.

—Ustedes solo tratan de imponer el proyecto templario contra Roma —el tono de la conversación exaltaba por momentos a don Juan.

—Ha querido decir contra Francia, ¿no? —Una carcajada salió de la boca del capitán.

—Por favor, caballeros. Estamos en la casa del Señor. Inacabada, pero al fin y al cabo, un templo de Dios —interrumpió sor Isabel—. Deberían respetarlo.

—Esta catedral va a dejar de ser un instrumento para alcanzar sus fines. Desde hoy va a estar al servicio del nuevo papa, Nicolás V —sentenció el cardenal—. Y ustedes dos, deberían abandonar la ciudad, no vaya a ser que con tanta obra hubiésemos de lamentar un accidente.

Entrevista a:
Don Juan de Cervantes
Obispo de Segovia y Cardenal de San Pedro ad Víncula
Sesenta y seis años, Lora del Río (Sevilla)

Esos dos entrometidos no paran de molestar. Es una incomodidad tener que estar pendiente de otras historias en lugar de disfrutar ya del éxito de nuestros planes.

Buenos días, sí. La paz sea con ustedes. Perdonen mi entrada, pero estoy algo nervioso.

Miren: yo soy obispo y cardenal, participé en el Concilio de Basilea y he conocido ya tres papas. A mí no puede querer darme órdenes cualquiera. Y estos dos, ya están demasiado cerca de intentarlo.

Me acusan de serle fiel a Martín V y a su legado. ¡Claro! ¿Cómo no lo voy a ser? Para mí fue un gran papa. Haría mal en renegar de la persona que me ayudó a ascender, que me promovió para lo que he llegado a ser y que tan bien me trató a mí y a mi familia. Y sí, luchamos contra Benedicto XIII y la Corona de Aragón. La vida no es más que eso: una lucha entre partes de la que solo puede llegar a ganar una de ellas. Ya le advierto que seguiré luchando contra ellos mientras viva. Esos Trainers están siempre entrometiéndose donde no deben.

¿Qué más quieren que les diga? No me gusta doña Juana. Lo reconozco. Y si tengo que aconsejarle al joven Enrique, a quien por cierto casé hace ocho años en Valladolid, le diré que termine con su poder y el de su marido. Ya ha pasado el tiempo de don Álvaro de Luna para Castilla.

El ejercicio del poder tiene estas cosas. No se puede ser ajeno a acciones de este tipo cuando uno pretende llegar a lo más alto. Siempre juzga el que ha perdido, por eso cree ilícito el comportamiento del ganador. Pero no lo es.

En un mundo en el que la inestabilidad es permanente, en el que tu puesto está en función de la vida del rey, en el que un cambio de monarca puede costarte la vida, yo he decidido formar parte del juego. Y una vez dentro, salvarme, permanecer siempre arriba y luchar por ello de la forma que sea necesario. ¿Es inmoral? Sí. Pero es mi elección.

26

Segovia, 1448

El monarca adquirió un vínculo especial con la Sala de los Reyes. Don Juan se sentía fuerte entre sus paredes de piedra. Las decisiones que allí tomaba le hacían recodar a Alfonso X, a quien tenía como referente y quien había ordenado la construcción de ese habitáculo.

Iluminada por los grandes ventanales apuntados situados frente a los tronos reales, había sido el espacio elegido durante décadas para tratar asuntos de gobierno con la Corte. En los últimos años, don Álvaro de Luna presidió numerosos de esos encuentros, en los cuales exhibía su poder frente a las grandes familias castellanas mientras el rey se mantenía en silencio.

Esa mañana, don Juan había citado a su hijo, el príncipe Enrique. Este cuestionaba la política interior que llevaba a cabo su padre. La relación se había tornado complicada desde que el rey se casara con Isabel de Portugal tan solo dos años después de la muerte de su madre. En lo único que parecían coincidir el heredero y la reina era en su odio visceral a don Álvaro de Luna, que poco a poco perdía influencia en la Corte.

—Buenos días, hijo. Hacía semanas que no sabía de ti.

—Buenos días, padre. He visitado algunas de las principales ciudades del reino junto a don Juan Pacheco —contestó serio el príncipe—. ¿Acaso no es lo que usted deseaba?

—Lo que yo deseo es que os comportéis menos belicoso conmigo y, sobre todo, con la reina. Aunque no sea vuestra madre, ahora es quien me acompaña. Por política o por amor, debéis un respeto hacia su persona.

—¿Para qué me habéis hecho llamar, padre? Supongo que no será para hablarme, otra vez, de Isabel —interrumpió enojado Enrique.

—Tenemos un problema grave en Sevilla. Como sabéis...

—Sí, sí. Ya estoy al tanto de lo ocurrido —cortó de nuevo el príncipe al rey—. No podemos tolerar que don Álvaro vuelva a campar a sus anchas por el reino y provoque un enfrentamiento con la reina María y la Corona de Aragón. Solo nos faltaba iniciar de nuevo la guerra.

—No estoy seguro de que haya sido don Álvaro, Enrique.

—¿Quién si no? Sus métodos siempre son los mismos.

—Esta vez, no tiene sentido. No le beneficia a sus intereses para nada. Esas muertes son tan significativas que le atraerían más enemigos que amigos.

—Ha sido él, no cabe duda. Y me resulta patético que le defienda así. ¡Mi padre se ha convertido en una marioneta de ese hombre! Debéis...

—¡Callaos, Enrique! No voy a permitir que os dirijáis a mí en esos términos.

—Lo siento, padre. Pero os ruego que expulséis del gobierno y de la Corte al condestable de Castilla —el príncipe templó su tono y trató de tranquilizarse—. Mandad a vuestra guardia a arrestarle. No puede seguir ni un minuto más al mando de nuestro reino. ¿No os dais cuenta de que ha ordenado la muerte de un arzobispo? El papa se nos echará encima.

—Sigo teniendo mis dudas. Más bien parece una guerra entre el papado y la Corona de Aragón. Es la eterna lucha que mantienen desde tiempos de Martín V y Benedicto XIII.

—No lo creo. Don Álvaro es el único culpable. Hasta su mujer, la indómita doña Juana, se reunió conmigo para tratar de acercar posturas. Pero nada puede esperar de mí.

Entrevista a:
Doña Juana de Pimentel
Condesa de Montalbán
Cuarenta y cuatro años, dos hijos

¿Se merecen padre e hijo, rey y príncipe, respeto? Ellos no lo tienen por nadie, ni por los nobles que le sostienen ni por el pueblo al que conducen. Han convertido el gobierno de los reinos peninsulares en una guerra de familia. Los Trastámara, el gran apellido que se ha hecho con los dos tronos y que se disputa a muerte su unión.

¿Debo yo callar impasible ante ellos? Juan ha sido un monarca débil, sin carácter, doblegado a la persona que tenía al lado. Y su hijo Enrique, más de lo mismo. El padre se apoyó en mi marido y el hijo quiere hacerlo en Juan Pacheco. ¡Pusilánimes!

Yo solo quiero mantener mis dominios y poder dejarlos en herencia a mis hijos. Pero no, ni la zorra de la reina ni el bobo del príncipe quieren dejarme tranquila. Y les digo una cosa: solo uno de los tres podrá vencer. Yo vendería muy cara mi derrota.

27

El capitán y sor Isabel decidieron marcharse de la Catedral de Sevilla tras las palabras amenazantes de don Juan de Cervantes. Caminaron sin compañía a lo largo de la nave central y, cuando se disponían a cruzar el acceso al recito en obras, un cantero se les acercó con discreción.

—¡Hermana, hermana! Por favor —la voz parecía casi un susurro ahogado por el ruido hueco de sus compañeros.

—Dígame, joven —contestó extrañada la monja.

—El maestro Carlín fue como un padre para mí. Unos días antes de morir me dijo que tenía sospechas de que le seguían y me hizo vigilar la botica situada al principio de la calle de la Especiería. Y así lo hice, incluso después de su muerte. Hasta que hace una semana vi entrar a don Juan de Cervantes y salir de ella con un pequeño cofre.

—¿Eso es todo? —preguntó contrariado el capitán.

—Sí, señor. Creía conveniente que lo supieran, puesto que el especiero que regenta esa botica es conocido en Sevilla por preparar todo tipo de venenos. —En este punto se detuvo el cantero para coger algo de aire—. La pérdida del maestro ha sido un golpe muy duro para mí. Si fue asesinado, como corren rumores, nada me alegraría más que la detención del culpable.

—Muchas gracias, joven. Haremos cuanto esté en nuestras manos para que la verdad salga a la luz.

Los dos salieron del recinto en silencio. Cuando se alejaron lo suficiente de las obras, sor Isabel se paró y se colocó frente al capitán.

—Don Alonso. Esta tarde, sin falta, acudiremos al palacio arzobispal. No hace falta que se lo explique, ¿verdad?

28

Don Alfonso de Pimentel había facilitado a aquellos dos hombres todo cuanto le solicitaron, incluidos los hábitos cartujos con los que llevarían a cabo sus planes. El noble aleccionó a los soldados sobre la querencia de Sevilla por el monasterio de la Isla, cuyas instalaciones y riqueza iban en constante aumento.

Los monjes cartujos entraban y salían del palacio arzobispal con total naturalidad. Allí departían a menudo con el ya desaparecido arzobispo y, en ocasiones, con el Adelantado de Andalucía. La familia de Perfán de Ribera había entregado una sustanciosa donación para que sus descendientes tuvieran descanso eterno en la iglesia cartuja, a la vez que se alzaba como el más firme apoyo del fallecido.

—A partir de ahora, no digas ni una sola palabra. Mantén la cabeza agachada y no dirijas la mirada a nadie, aunque te hablen —indicó uno de los falsos cartujos.

Los dos hombres entraron por la puerta principal, cabizbajos, con las manos escondidas en las mangas de los hábitos. Saludaron al guardia que controlaba el acceso al palacio y, sin parar, se dirigieron hacia el fondo del patio. Al llegar al portón que daba acceso a la capilla, uno de ellos se quedó en la puerta para controlar mientras el compañero se introducía con sigilo.

—No tenemos mucho tiempo. El cambio de guardia se producirá en solo una hora así que hay que salir de aquí cuanto antes —matizó el encargado de vigilar.

En las estancias superiores, sor Isabel y don Alonso se presentaron ante el administrador arzobispal. Tras la confesión del cantero, acudieron a interrogar al boticario de la calle Especiería. Las sospechas de la religiosa empezaron a tomar cuerpo.

—Buenos días, eminencia. Creo que debemos hablar —don Alonso, que iba por delante, entró en los aposentos del administrador sin llamar.

—¿Qué hacen ustedes dos aquí? Salgan ahora mismo. —Don Juan, sorprendido, se levantó de su escritorio con rapidez y se dirigió, impetuoso, hacia ellos.

—Creo que debería explicarnos la razón por la que adquirió arsénico árabe hace unos días —la monja se encaró con el prelado.

—No tengo por qué hablar con ustedes. Les insisto: salgan de mis aposentos.

—No nos vamos a ir hasta descubrir la verdad, Eminencia —el capitán se colocó a tan solo unos centímetros de don Juan, con una evidente mirada de desafío.

—Calmen los ánimos, señores —la monja intervino mientras se dirigía hacia la ventana—. En Roma, donde usted ha vivido unos años, se ha puesto de moda el uso de arsénico árabe. Un veneno incoloro e insípido que además no deja rastro en la víctima —sor Isabel se giró hacia el cardenal—. Descubrimos restos de polvo blanco en el pie de la mesita del arzobispo el día de su fallecimiento. Y cuando usted nos indicó en la visita a las obras de la catedral que podía haber muerto envenenado, nos hizo levantar sospechas.

—No sé qué tiene que ver conmigo —interrumpió don Juan.

—Pues que nadie había hablado de la posibilidad de que don García hubiera muerto envenenado. Todos daban por hecho que había fallecido de forma natural. ¿No le parece una extraña coincidencia? —remarcó el capitán.

—¿Qué quieren de mí? —contestó asustado el cardenal.

En la capilla, el falso cartujo se dirigió de prisa al lateral izquierdo, donde se habían depositado las principales reliquias de la catedral mientras se llevaban a cabo las obras. Repasó con la vista las vitrinas llenas de huesos, hasta que sus ojos se cruzaron con una urna de cristal y borde dorado, alargada, brillante, sin una mota de polvo. Por un momento se quedó maravillado. Estar frente a ella era tan impactante como lo había soñado. Su doble hoja devolvía la escasa luz que entraba por las ventanas superiores a la vez que el intenso rojo aterciopelado de la tela sobre la que se apoyaba reafirmaba la grandeza de la que era poseedora.

El soldado rompió el cristal de la urna con su mano, envuelta en una tela que colgaba de la mesa de mármol. Después, liberado el cerrojo desde dentro, terminó de abrir la vitrina y cogió con su mano derecha aquella importantísima reliquia. Le pareció sentir recorrer por su cuerpo, en ese momento, una fuerza inusitada. Estaba más seguro de sí mismo, más intrépido, más dispuesto a luchar contra todo. Asida por la empuñadura, la levantó hacia el techo sin dejar de mirarla. Era la espada de Fernando III. Era la mítica Lobera, el arma que había ganado todas las batallas de quienes la habían empuñado.

En sus aposentos, el administrador arzobispal se quedó paralizado durante algunos segundos. Aquellos dos agentes de la reina María le apuntaban sin disimulo como autor de la muerte de don García.

—No sé a qué se refieren. Yo no he envenenado a nadie y menos aún a nuestro querido arzobispo. —Se detuvo de nuevo para tomar algo de aire y recomponerse—. ¡Salgan de inmediato! —les dijo con fuertes gritos.

—Aunque tenga la protección del príncipe, mi reina no se detendrá hasta acabar con sus maniobras —don Alonso tomó la palabra de nuevo para enfrentarse a don Juan—. Si cree que puede acabar con nuestra presencia en Sevilla asesinando a dos de sus más firmes defensores es que no conoce a los Trainers ni el proyecto que defendemos frente a Roma.

—Ustedes no lograrán tumbar la política que inició el papa Martín, por mucho que cobijen a los desaparecidos templarios. Pronto vendrán cambios en la Corona de Castilla que acabarán con sus intromisiones.

—Nada modificará el significado de la nueva catedral ni el futuro del reino. Hasta entonces, me encargaré en persona de que sea detenido y juzgado por los recientes crímenes —afirmó el capitán.

—Habláis en plural, como si hubiera asesinado a toda la ciudad —matizó el cardenal.

—Eminentísimo, solo una persona con acceso a las obras y a la celda de la calle de las Dueñas podría haber perpetrado el crimen del curtidor —trató de aclarar don Alonso—. Y siendo sinceros, usted es de los poquísimos con ese poder. Es seguro que posee una copia de las llaves de la casa palaciega de don Perfán. Además, resulta demasiada casualidad que un botón, a la manera castellana y con trazos de haber sido elaborado en Roma, como los que usted suele usar, prendiera de la mano del fallecido.

En la capilla, el falso cartujo envolvió la espada Lobera en el paño rojo aterciopelado de la urna y se la colocó debajo del hábito, sostenida por un cinturón de cuero. Sin reparar en nada más, corrió hacia la puerta, donde estaba su compañero, y comenzaron a caminar despacio, por el patio, en dirección al portón de salida. Lograron llegar a la calle sin llamar la atención, ni siquiera del vigilante que permanecía en la entrada. Una vez fuera, se perdieron entre la multitud mientras se dirigían hacia el punto de encuentro acordado con el señor de Pimentel.

La monja, que había presenciado en silencio las disputas verbales entre el administrador y el capitán, se acercó para tratar de poner paz. En su interior estaba tan enfurecida como don Alonso, pero creía necesario templar los ánimos para averiguar toda la información que tuviera don Juan de Cervantes.

—Cardenal, ¿a quién cobija su silencio? De otra manera no se entiende que haya arriesgado su carrera y su posición con estos asesinatos —sor Isabel añadió también de forma consciente el fallecimiento del maestro Carlín a la lista.

—No los quiero volver a ver aquí. Y les advierto a los dos: tanto Roma como Segovia tomarán cumplida nota de sus amenazas. Salgan ahora…

De repente, un soldado llamó a la puerta y, sin esperar contestación, la abrió de par en par, asustado, nervioso, alterado.

—¡Eminencia, han robado la Lobera! ¡No está en su urna! Es un desastre… no sabemos que ha…

—¿Cómo? Eso es imposible. Debe haber una confusión. ¿Está usted seguro? —interrumpió don Juan de Cervantes.

—Sí, señor. Uno de los guardias ha oído la rotura de cristales y, cuando ha bajado a mirar en la capilla, se ha encontrado vacía la vitrina de la reliquia.

—¡Callaos y acompañadme abajo! —ordenó el cardenal sin prestar atención a don Alonso y sor Isabel.

El capitán miró sorprendido a la monja y la notó tan extrañada como él. No tenían ninguna noticia de que alguien quisiera apoderarse de la espada, pero parecía claro que no había sido el administrador arzobispal.

—¿Qué pretenden con el robo? ¿Quién puede querer esa espada? ¿Qué van a hacer con ella? —preguntaba el capitán a la monja.

—Tranquilícese, don Alonso. Ahora, lo más importante es no perder de vista a don Juan y, de paso, investigar el robo.

SEGUNDA PARTE

1

Los cuatro cabalgaban a buen ritmo al inicio de la mañana. Habían pasado la noche en las afueras de Córdoba y marchaban ya por el tramo más duro de su viaje a Segovia.

En mitad de la formación se encontraba la preciada reliquia. La portaba uno de los soldados, al que todos llamaban capitán, el mismo que había entrado hasta la capilla del palacio arzobispal de Sevilla y, empuñadura en mano, la alzó hacia el cielo.

Al llegar a las afueras de Villafranca, ordenó detener la marcha. Se adelantó hasta el cruce y observó el alto de la Fuente Agria, por donde debían ascender. Aquellas montañas no le gustaban. Demasiado rocosas y difíciles de controlar.

Pasados unos minutos, tiró de las riendas hacia su izquierda y volvió a la formación.

—¡Jorge! Acércate hasta el inicio de la ladera y asegúrate de que no hay nadie alrededor.

—Sí, mi capitán.

—Los demás, manteneos en vuestras posiciones hasta que confirmemos que el camino está despejado. Este paso anda revuelto desde la derrota de Río Verde contra los moros. Esos infieles se han venido arriba y asaltan todo lo que se mueve.

El soldado se aproximó a la falda de la montaña, dentro del campo visual del capitán. Se detuvo, observó los alrededores, buscó movimiento de tierra en el camino, abrió las fosas nasales para respirar con intensidad y, cuando confirmó que estaba despejado, hizo una señal a sus compañeros.

Los cuatro iniciaron el ascenso a aquel paraje. Dejaron atrás la pequeña población de Villafranca y se abrieron paso hacia la sierra. Iban despacio, uno tras otro, sin asfixiar a los caballos.

—Ya se divisa el castillo de Almodóvar —indicó el capitán al llegar a la cima—. Hasta que no abandonemos estas montañas y nos aproximemos a Ciudad Real, procurad no quitar ojo de vuestra espada. Manteneos unidos y evitad saliros de la formación.

El caballero tiró de las riendas hacia la derecha, con fuerza, a la vez que espoleaba con sus piernas al animal para ponerse de nuevo en marcha.

Cuando el sol llegó a lo más alto del día, después de dos horas entre pinos y matorral, el capitán se detuvo y ordenó a sus hombres agruparse. Habían trotado protegidos por la vegetación y alejados de las zonas abiertas.

—¡Desenvainad! Nos observan desde aquella roca alta que tenéis a la derecha. A partir de ahora, buscad la protección de los troncos. ¡Son nazaríes!

Los cuatro soldados iniciaron la marcha al trote, atentos a cualquier movimiento sospechoso. No estaban sorprendidos. Las zonas boscosas escondían, a menudo, este tipo de contratiempos. A pesar de la tensión, el grupo se mantuvo unido hasta llegar a una zona de bosque abierto donde se detuvo.

En ese momento, los nazaríes decidieron atacar. El capitán contó, al menos, una decena de asaltantes, todos ellos pertrechados con diversas armas y escudo. Con rapidez, buscó una posición elevada hacia la que dirigirse y poder repeler el ataque. Desde allí, el capitán observó la espada del que lideraba la carga. Era una jineta, propia del ejército del reino de Granada, reservada solo para altas jerarquías. Si la espada era robada, aquel grupo tendría un comportamiento anárquico, como cualquier asaltante de caminos. Decidió explotar esa circunstancia.

Los cuatro se situaron en círculo. Defendieron la posición durante la primera carga y les obligaron a replegarse. Cuando los moros se disponían a realizar el segundo ataque, el capitán movió a sus hombres hacia una posición todavía más elevada, aunque cerrada por las rocas de la ladera a un lado y por el precipicio al otro. La situación era comprometida, una apuesta arriesgada de defensa. Los nazaríes, pese a las bajas, eran aún superiores en número y se lanzaban de nuevo con todas sus fuerzas. Esta vez, no pudieron evitar que les rodearan.

Durante el lance, uno de los compañeros cayó al suelo. Lo rodearon y atravesaron con sus espadas una y otra vez, hasta teñir la seca tierra de intenso rojo.

Al darse cuenta el capitán, hizo replegarse a los otros dos. Bajaron de las monturas, juntaron sus espaldas y apretaron todavía más los dientes.

El capitán, antes de azotar al caballo para que se alejase, desató a toda velocidad la alforja y sacó de entre la tela roja aterciopelada aquella arma definitiva. Era su última esperanza. Soltó su espada, empuñó con fuerza la Lobera, lanzó el brazo al cielo y gritó como nunca antes lo había hecho.

—¡Sin piedad! —el eco de la voz rebotó varias veces entre las rocas—. Hoy vamos a vender muy cara nuestra muerte.

2

A pesar de haber transcurrido tres días desde el robo de la reliquia, pocas personas tenían conocimiento de los hechos. El Adelantado de Andalucía había dado la orden de sustituir la famosa espada y restringir el acceso a la capilla. La rápida actuación, al contrario de lo que hizo el paralizado cardenal, evitó que la noticia se propagase por Sevilla. Una vez tuvo la situación bajo control, hizo llamar a don Alonso y a sor Isabel.

—Buenos días, don Perfán —se adelantó la monja al entrar en la pequeña sala del palacio.

—Bienvenidos ambos —contestó—. Han llegado más temprano de lo que esperaba.

—Mejor no hacerle esperar, Adelantado —indicó el capitán—. La situación no está para frivolidades.

—Cierto. Por favor, tomen asiento.

Aquel espacio había sido adaptado por don Perfán para trabajar en los asuntos de gobierno que venían ordenados desde Segovia. El capitán y la monja se sentaron frente a la mesa ocupada por papeles administrativos, un pequeño crucifijo, el reposa plumas con su tinta y un cofre abierto que dejaba entrever el sello real y la lacra. El Adelantado retiró, con lentitud, la silla de respaldo alto, tallada con motivos vegetales, y dejó caer el peso de su cuerpo en ella.

—Bien, señores. Les he hecho venir por la complicada situación en la que nos encontramos —el anfitrión hizo una leve pausa—. Tenemos tres asesinatos encima de la mesa; su autor o autores andan sueltos por la ciudad; los nobles que apoyan a la reina María temen por su vida; y, por si fuera poco, han robado la reliquia más importante de Sevilla, sobre la que se sustentaba la construcción de la nueva catedral, que no olvidemos, estaba bajo nuestro control. ¿Han podido avanzar alguna cosa?

—Bueno… —la monja tomó la palabra con dudas—. El robo de la espada ha sido un contratiempo inesperado. No entendemos aún el significado de esa acción ni si está vinculada o no con los asesinatos. En cuanto a estos, estamos casi seguros de que el cardenal Cervantes está implicado en ellos.

—No me extrañaría —interrumpió el Adelantado—. Es nuestro más ferviente enemigo. Pero de ahí a que él sea la mano ejecutora, media un abismo. ¡Es un hombre de Iglesia!

—También lo era Martín V y sobre su cabeza pesa la sangre de muchos inocentes —puntualizó el capitán.

—Bueno, pero necesitamos pruebas para poder acusarlo formalmente. —Don Perfán temía las complicaciones del caso en el supuesto de hacerse público la implicación del cardenal—. Su poder es inmenso y cuenta con el respaldo de la Corona.

—Más bien con el respaldo del príncipe heredero —interrumpió de nuevo el capitán.

—Sea como fuere, deben traerme pruebas irrefutables para que ordene su detención.

—La cuestión es saber el objetivo real de esas muertes —indicó la monja, que había permanecido callada—. Si averiguamos el sentido de esas acciones, podremos saber si habrá más muertes o no.

—Sí, claro. Lo que nos faltaba. Un asesino insaciable —contestó don Perfán.

—Ese es el verdadero problema, que el miedo corra como la pólvora y se desate una guerra entre nobles de consecuencias impredecibles. —La monja sembró de temor la cabeza del Adelantado.

—No pierdan ni un minuto. Les quiero a los dos en la calle, sin dejar de investigar ambos asuntos. Quiero el nombre del culpable encima de mi mesa antes de que esto se descontrole.

—El tema es que ya se ha desbordado, don Perfán —puntualizó el capitán.

—Pues procuren ponerle fin cuanto antes. Las obras de la catedral no se pueden ver afectadas bajo ningún concepto.

—Lo intentaremos, pero necesitaremos un salvoconducto y un permiso para interrogar a cualquier persona, incluidos los nobles de la ciudad. Es necesario que lleve el sello real —contestó don Alonso.

—Pasen a recogerlo a primera hora de la tarde. Tendrán libertad de movimiento e inmunidad durante las próximas semanas. Pero no quiero ni un asesinato más.

3

La muerte rondaba a los tres soldados cristianos mientras los nazaríes se veían ya con el botín que obtendrían del asalto. No esperaban un gran tesoro, pero al menos les daría para sobrevivir con comodidad durante una semana.

El capitán esperó a que los musulmanes se abalanzaran contra ellos. Intentaba mantener compacta la formación de defensa junto a sus compañeros para evitar puntos de penetración. A la vez que la tensión aumentaba, una extraña fuerza recorría su mano, su brazo, su cuerpo entero. Casi no podía contenerla cuando los nazaríes se les echaron encima. Entonces, batió el brazo derecho hacia atrás y comenzó a luchar con la espada como jamás lo había hecho.

Durante algunos minutos, aquel doble filo pareció tener vida propia. Cargó de rabia al capitán, lo dotó de una rapidez inhabitual en él y llevó al pequeño grupo a tomar la iniciativa. En el momento en que distinguió al cabecilla de los musulmanes, se lanzó a por él sin pensarlo. Se arrojó con toda su fuerza. Descargó la espada una y otra vez sobre la jineta del moro, que no podía hacer otra cosa que defenderse a duras penas. Le hizo retroceder un paso tras otro hasta que, acorralado contra el precipicio, intentó enfrentarse al capitán. Tras unos segundos de refriega, la afilada hoja de la Lobera atravesó el cuerpo del enemigo. Entonces, el capitán aprovechó para empujar de una patada a su contrincante y despeñarlo por el acantilado.

El silencio inundó la cabeza del capitán, que permaneció unos segundos inmóvil con la punta de la espada a ras de suelo. Los otros cuatro asaltantes, al ver desaparecer a su líder, emprendieron la huida. No les importaba más que su vida. Dieron por perdido el botín a la vez que pensaban en la terrorífica figura del cristiano.

Al volver con sus compañeros, el capitán comprobó que otro de los hombres había resultado herido de gravedad y yacía en el suelo. Se acercó hasta él y, sin soltar la Lobera, le cogió la mano.

—¡Juan! Hemos ganado. Ha sido un milagro, pero lo hemos conseguido —se detuvo un instante para alzar su mano derecha sin dejar de mirar al compañero—. ¡Ha sido ella!

En ese momento, el soldado que yacía en el suelo dejó de respirar mientras el destello de la espada revitalizaba el cansado brazo del capitán.

4

A la mañana siguiente, con el salvoconducto firmado por el Adelantado, el capitán y la monja se dirigieron a la iglesia de San Isidoro para tratar de encontrar a don

Diego López de Zúñiga, Conde de Miranda, el mejor de los aliados del príncipe Enrique y muy unido a don Juan de Cervantes. El cardenal servía de enlace entre ambos, lo que hizo pensar a sor Isabel que sería una fuente de información para determinar el origen y el objetivo de los asesinatos.

—No creerá usted que vamos a encontrar ahora a don Diego por casualidad, ¿verdad, hermana?

—Por supuesto que no, capitán. El conde usa esa iglesia como castillo, pero no aparecerá por ella hasta la tarde. Sin embargo, el párroco, que no respira sin permiso de don Diego, tendrá cosas muy interesantes que contarnos.

—Esta ciudad es increíble, un mundo de contrastes. No he visto ninguna otra en la que la nobleza, dividida en bandos, luche de forma tan encarnizada.

—Así es. Los Zúñiga darían su vida por el príncipe. Los Guzmán, por el rey. Y nosotros estamos en medio. —De repente, una amplia sonrisa inundó el rostro de la monja—. Más que en medio, somos como álfiles. Nos movemos de un lugar a otro para adelantar los movimientos de la reina.

—¿A qué se refiere?

—A nada. Doña María es una excelente jugadora de ajedrez. Solo usted y yo sentimos lo débiles que somos, ¡gracias a Dios!

—Y que así sea por mucho tiempo —una sonora carcajada del capitán cerró el tema de conversación—. Por cierto, ¿se ha dado cuenta de que aún se oyen los cantos y gritos de los trabajadores de la catedral? ¡Qué maravilla! Y eso que ya la hemos dejado atrás hace cinco minutos.

A esas horas de la mañana, Sevilla desarrollaba una creciente actividad, pese al calor. El tumulto de los comercios hacía reverdecer las tabernas de los alrededores del nuevo templo a medida que el sol comenzaba a pasearse con autoridad por las inmediaciones de las obras. El ruido de los cinceles y los cánticos acompasados de sus dueños casi ahogaban el trotar de los caballos, que golpeaban una y otra vez las empedradas calles del centro.

Al llegar a la iglesia de San Isidoro, sor Isabel le hizo señas a don Alonso para que tomara la iniciativa, a sabiendas de la antipatía del párroco con las religiosas clarisas.

—Buenos días, reverendo. Queríamos saber si don Diego de Zúñiga se encuentra en este templo o tiene previsto llegar en breve. Nos gustaría poder conversar con él.

—Buenos días. ¿Con quién tengo el gusto de hablar? —contestó el sacerdote.

—Perdone, tiene razón —el capitán trató de rebajarse para facilitar el diálogo—. Yo soy don Alonso de Luna y la hermana clarisa que me acompaña es sor Isabel de Rivera. Investigamos el reciente fallecimiento del arzobispo.

—Algo había oído, sí. Una pena lo de don García —el párroco cogió del brazo al capitán y lo giró hacia la sacristía—. Deberían ser precavidos. El rey Juan se hace mayor y no se sabe las cosas que pueden cambiar —el silencio acompañó unos segundos a ambos—. Don Diego no tiene previsto venir esta mañana por aquí. No sé si yo les puedo ayudar en algo.

—En realidad, sí, reverendo —la voz de la monja se levantó desde atrás—. Queremos saber si don Juan de Cervantes ha mantenido alguna reunión reciente con el conde.

—Don Alonso, el cardenal es un buen amigo de esta parroquia —el sacerdote despreció a sor Isabel en la conversación—. Por supuesto que se ha reunido con don Diego, nuestro más firme protector. Lo hacen a menudo.

Al llegar al fondo de la sacristía, el cura se detuvo y se situó frente al capitán.

—Todo el mundo en Sevilla conoce la vinculación de las clarisas con la reina María. Esa impía no es bienvenida a San Isidoro.

—Sor Isabel es una religiosa ejemplar. Debería tener más respeto por ella —contestó el capitán.

—Una hermana que anda por ahí como una cualquiera, en busca de culpables y al servicio de una monarquía templaria, no se merece mi atención.

—Le tengo que recordar, reverendo, que la reina María es hermana del rey Juan y tía del príncipe Enrique. Le reitero que guarde respeto hacia ella.

—¿Se reunieron cerca de la calle de la Especiería dos días antes de la muerte del arzobispo? Solo tiene que responder a eso —interrumpió ofendida la monja.

—Dígale a esa religiosa que yo no persigo al conde cuando va por la ciudad. Y menos si se dirige a la botica en busca de sus medicamentos.

—Bueno, mantengamos la calma —don Alonso trató de destensar la situación—. Creemos que el arzobispo pudo haber sido envenado por la misma persona que acabó con la vida del maestro Carlín.

—Con sinceridad, capitán, creo que más gente debería morir. Son la reencarnación del mal. Siempre en contra de los dictados del Señor.

—Querrá decir del príncipe —saltó enfurecida sor Isabel.

—Usted no sabe nada, hermana. Muchos son los nobles que apoyan a don Diego. Pero demasiados, aún, los que se baten por don Alonso Pérez de Guzmán. A este también… —el sacerdote dejó de hablar de forma intencionada—. Bueno, capitán, igual se les hace tarde. Les acompañaré hasta la salida.

—No se preocupe, reverendo. Podemos llegar nosotros solos. Muchas gracias por su amable atención.

—No hay de qué. Me tiene aquí para cuando lo desee. Avisaré al conde de su visita.

Sor Isabel y don Alonso salieron de la iglesia en silencio. Andaban con paso ligero hasta que, dos manzanas más hacia el sur, ella tomó la palabra.

—Imagino que se ha dado cuenta de la gran cantidad de información que nos ha proporcionado, ¿no es así?

Entrevista a:
Sor Isabel de Ribera
Cuarenta y siete años. Monja clarisa

Estoy acostumbrada al desprecio de algunos. No crean que me afecta tanto. Forma parte de mi trabajo. Eso, sin ninguna duda, es señal de que me temen.

El pobre cura de San Isidoro no da más de sí. Lo peor de la sociedad es la patética forma en la que se empobrecen encerrados en sus propias ciudades. No hay solidaridad, no hay humildad, solo se vanaglorian de sí mismos sin pensar que más allá de sus muros hay un mundo mucho más importante. Ese sacerdote forma parte de ellos.

¿Que si me ha parecido correcto el comportamiento del capitán? Por supuesto. Por eso formamos un buen equipo de trabajo. Ha salido a protegerme en el momento justo, aunque, a decir verdad, yo podría haberme defendido sola. ¿Por qué? Porque yo no soy una monja como las demás. No agacho la cabeza y me someto a lo que digan. Nunca lo he hecho, ni cuando era novicia ni cuando entré a trabajar para la reina María, y más de un disgusto me ha acarreado. Pero no pienso cambiar. Alguien tiene que quitar la venda de los ojos a los demás, aunque eso me traiga muchos enemigos.

La primera vez que vi a la reina era muy joven, recién terminada mi formación como religiosa. Al parecer, mi madre había trazado un plan para mí junto al padre de Jaume. La familia Roig ganaba peso día tras día dentro de la Corte y pensó que la mejor manera de llegar a la persona que ostentaba todo el poder de la Corona era a través de una mujer. Esa era yo.

Todavía recuerdo su mirada firme, poderosa, segura de sí misma. Era una mujer atractiva, que inundaba todo a su alrededor. Menos mal que no estaba sola y que me acompañaba Jaume, además de su padre, claro. Él había terminado también los estudios de medicina en Lérida y la familia creyó que podría aplicar sus conocimientos en la Corte. ¡Muchas aspiraciones me parecían a mí! Pero tuvimos suerte. A María le parecimos dos jóvenes con inquietudes y decidió que empezásemos a servir en palacio.

A partir de entonces, descubrí en la reina una inquietud permanente por la justicia que todavía me sorprende aún hoy. Quizás sea la chispa que me mantiene en este trabajo, pero no me dirán ustedes que si ella sigue llena de energía no me la va a transmitir a mí.

5

Doña Juana había salido a media tarde a cabalgar por los alrededores del castillo de Escalona. La condesa saboreaba cada uno de esos minutos como si fueran un oasis en su complicada vida política. Sabía manejarse con destreza. Galopaba y se fundía con la fuerza del animal hasta altas horas del día.

Esa jornada estaba contenta. Se acordó de sus hijos y decidió dar media vuelta antes de lo habitual. Cuando ya regresaba, se cruzó con doña Beatriz de Orea, fiel amiga y ayuda de cámara, que había salido a su encuentro para acompañarla.

—Buenas tardes, Juana. Veo que hoy querías disfrutar sola de tu caballo.

—¡Beatriz! —La condesa tensó las riendas para frenar la marcha—. Qué sorpresa más agradable. Me alegra que te hayas presentado sin avisar, así el retorno será más entretenido.

—¿Te apetece que andemos?

—No, mejor sigamos al paso. También podremos charlar —doña Juana hizo una pausa mientras su amiga se colocaba en paralelo a ella—. ¿Qué asuntos de faldas se cuecen en la Corte? Hace casi dos semanas que no tengo contacto con ellos.

—Poca cosa, Juana.

—Cuando hablas así, me asustas más que tranquilizas —la condesa dejó escapar una suave carcajada—. Estoy segura que hablan de mí, y no cosas buenas.

—Bueno, ya sabes la inquina que siente contra ti la reina. Mentiría si dijese que no eres objeto de sus más afilados insultos.

—Eso no es una novedad, Beatriz. Y tampoco un rumor de faldas con los que tanto me entretienes. Insisto, ¿cuál es el último chascarrillo de esa banda de vagos?

—En fin, creo que es mejor que se lo cuente yo que cualquier otra persona —doña Beatriz detuvo su caballo y esperó a que doña Juana hiciese lo propio—. La reina Isabel ha confesado a sus más allegados que el rey Juan se ve en secreto, por las noches, con su marido, don Álvaro.

—¡Zorra mentirosa! —La condesa gritó más de lo que sus cuerdas vocales podían soportar—. Es una manipuladora, una rata que hay que exterminar.

—Señora...

Doña Juana espoleó a su caballo a la vez que tiraba de las riendas, con fuerza, con rabia, con una energía que amenazaba desbocar al animal. La condesa se alejó al galope sin mirar atrás, en dirección al río. No escuchaba las llamadas de su amiga, tan solo desataba su odio al ritmo embravecido de la grupa. Cuando llegó a la orilla mansa del Alberche, descabalgó y, con la respiración entrecortada, fijó su mirada en el horizonte.

A los pocos minutos llegó doña Beatriz a lomos de su caballo, nerviosa, con temor por la reacción incontrolable de su amiga. Bajó del animal y se acercó en silencio hasta ella.

—No me importa lo que haga o deje de hacer mi esposo. Lo que me preocupa es que la reina susurre todas sus maldades al oído del monarca. Su veneno, en pequeñas gotas, acabará por corromper la mente de Juan y logrará su propósito de destruir nuestro poder.

—Solo son habladurías, Juana.

—Es mucho más que eso. No solo desea la cabeza de don Álvaro, necesita también mi sangre para estar tranquila. Esa portuguesa no parará hasta lograr que su estirpe herede el reino. Y para ello, nosotros somos un estorbo.

—No creo que la reina Isabel pueda con vuestra experiencia.

—Ni con mi experiencia ni con mi cabeza. Prepara el equipaje. Partiremos hacia Segovia dentro de dos días.

Entrevista a:
Doña Juana de Pimentel
Condesa de Montalbán
Cuarenta y cuatro años, natural de Guadalajara

Ustedes son testigos. Esa mujer está llena de ambición y de odio.

Miente. Miente sobre mi marido. Miente a sabiendas de que socaba nuestro poder. Miente para desacreditarnos.

Me da igual con quién se acueste mi esposo. Hace años que esa circunstancia no nos preocupa a ninguno de los dos. Yo también disfruto de mi cuerpo como quiero y con quien quiero. Pero tenía que ser ella la que iniciara ese rumor. ¿Amante del rey? Y qué.

Si así fuera, sería un asunto privado. Pero Isabel ha traspasado todos los límites para intentar conseguir sus objetivos.

Ella sabe que don Álvaro ya no tiene la fuerza y el carácter de antaño. Sabe que es contra mí contra quien tiene que luchar. Y me ataca en el punto más débil. Si se corre la voz de que el rey tiene una aventura sexual con mi marido, el descrédito afectará más a Juan que a mi esposo. Eso hará que el monarca se revuelva contra nosotros para silenciar comentarios. ¡Valiente rey!

He de poner fin a esas habladurías cuanto antes. Aunque no quiera, esa niña portuguesa va a saber con quién trata de pelear.

6

Al llegar a Toledo, los dos soldados estaban exhaustos. Apenas habían parado para descansar después de abandonar Ciudad Real, donde cambiaron los caballos por otros de refresco en la hacienda de don Fadrique. El capitán portaba a su espalda, atada con cinchas, la Lobera. Debían entregarla en apenas dos días, aunque sentía una extraña vinculación con ella desde que la blandiera frente a los nazaríes. No quería, más bien no podía, desprenderse de ella.

Al llegar al puente de Alcántara, decidieron continuar por la margen izquierda del Tajo y evitar el ajetreo de la ciudad. Aminoraron su paso y se camuflaron entre la frondosa vegetación del río.

—Es tarde y los caballos deben descansar. Hoy no nos hemos detenido casi nada —indicó el capitán a su compañero—. Será mejor que paremos aquí y pasemos la noche.

—Estamos muy cerca de la ciudad, señor. Igual sería más prudente alejarnos un poco.

—No. Los animales no pueden más. Nadie nos espera en Toledo y tampoco se les ocurriría buscarnos por aquí. Descansaremos y, antes de que salga el sol, nos pondremos en marcha.

El capitán detuvo su caballo y, sin soltar las riendas, se apeó. Ató al animal a un tronco cercano para comenzar, al momento, a examinar el entorno. Su compañero le siguió los pasos y, una vez consolidada la posición, buscó la mejor zona para extender las mantas y dormir al raso.

A las pocas horas, el soldado se perdía entre sueños mientras su jefe decidía hacer guardia sentado, apoyado sobre la empuñadura de la Lobera. Ni estaba cansado ni le apetecía dormir.

No desfallecía. Se sentía fuerte, ágil, seguro de sí mismo. Hacía años que no experimentaba esa confianza en sus posibilidades. Había derrotado a la partida de nazaríes con una facilidad que aún le asombraba. Estaba convencido de que esa espada era especial. Desde el momento en que agarró su empuñadura, notó recorrer por su cuerpo una intensidad que no acostumbraba a percibir.

Antes de obligarse a descansar, se puso de rodillas, clavó la espada con sus dos manos en el suelo, agarró la empuñadura y apoyó su frente en ella. Rezó. Prolongó sus oraciones durante más de media hora. Apeló al rey Fernando III, el que fuera propietario del arma, y le pidió fuerzas para concluir la misión.

Mientras permanecía con los ojos cerrados, volvió a sentir la fuerza de la espada. Intensa, electrizante, como un fuerte golpe de agua fría a lo largo de todo su cuerpo. Se asustó, soltó sus dos manos a la vez y se quedó mirándola sin descanso. Esperó de rodillas durante algunos minutos hasta que, al final, recogió el arma y se tumbó sobre la manta para tratar de conciliar el sueño.

7

La puerta se abrió de par en par para anunciar la visita de don Alonso y sor Isabel. A media tarde, el Adelantado descansaba de sus gestiones administrativas en el Salón de los Cartujos, denominado así por sendos cuadros que la Orden le había regalado en agradecimiento a sus generosas donaciones.

—Hágales pasar —indicó don Perfán a su sirviente.

El capitán y la monja estaban impresionados por la luz que traspasaba los ventanales de la estancia e inundaba las paredes. Al fondo, entre los tres grandes arcos enriquecidos con vidrieras de la escuela sevillana, la figura del Adelantado quedaba silueteada por el fuerte contraluz.

—Adelante, adelante. No se queden ahí de pie —indicó don Perfán—. ustedes son como de la familia.

—Muchas gracias, Adelantado —respondió don Alonso.

—Por favor, capitán. Para ustedes dos soy Perfán, nada más. ¿Tengo que recordarles que estamos en el mismo bando? —El anfitrión se desplazó hacia el ventanal de la izquierda y les invitó a sentarse en el mirador—. Desde aquí se ve cuanto ocurre en la plaza, incluido si alguien entra o sale del Ayuntamiento. ¡Qué delicia poder controlarlo así de fácil!

Los tres se acomodaron junto a la ventana, de espaldas a los intensos rayos que entraban por el lado opuesto de la sala. Después de que el Adelantado le sirviera vino al capitán y agua a la monja, apoyó el cuerpo en el respaldo y se dispuso a escucharlos.

—Bien, don Perfán. Antes de tratar otros temas, debemos poner en su conocimiento el temor de que don Alonso Pérez de Guzmán pueda ser el siguiente asesinado en Sevilla.

—Eso es imposible. —El Adelantado se incorporó alterado—. Don Alonso es uno de nuestros mayores pilares en Sevilla. Cualquier acto contra su vida causaría una auténtica revuelta y pondría en peligro nuestras posiciones y las de la reina María.

—Lo sabemos, señor. Pero la investigación, de momento, nos ha llevado hasta ese punto —matizó la monja.

—¿Cómo han llegado a esa conclusión?

—Porque se le ha escapado al párroco de San Isidoro. O casi —matizó don Alonso.

—Eso no es suficiente. Necesitamos pruebas, se lo he dicho mil veces.

—Lo sabemos, lo sabemos —aseguró el capitán con aplomo—. No pretendemos que arreste a nadie, todavía. Sin embargo, deberíamos alertar al duque de que su vida podría estar en peligro.

—Don Alonso es consciente de ello a cada momento. ¿Creen que la lucha entre los nobles de esta ciudad ha concluido en algún momento? Aquí nos tenemos que defender a diario de nuestros vecinos menos sospechosos. Imagínense ustedes de un enemigo declarado como es don Diego de Zúñiga.

—Creo que se pierden entre las ramas del bosque —interrumpió la monja—. Deberíamos analizar otras cosas.

—¿A qué se refiere, sor Isabel?

—A la vinculación de don Diego con los otros asesinatos. Ninguna de las pistas de que disponemos apunta en esa dirección. Sin embargo, el párroco parecía estar al corriente de los hechos. —Sor Isabel hizo una pausa larga—. Quiere decir que las muertes no están en función de los intereses de una persona, sino de un grupo. Si el fallecimiento del arzobispo no ha sido el último, es que don Juan de Cervantes actúa de mutuo acuerdo con don Diego y los nobles que les secundan.

—Juega usted con fuego, hermana —afirmó con cierto aire de condena el Adelantado—. Ya sé a dónde quiere ir a parar, pero ese terreno es demasiado peligroso.

—¿Hablan ustedes de doña Juana y su permanente odio hacia las reinas Isabel y María? —comentó descentrado el capitán.

—No, don Alonso, no. La condesa no encaja en el bando que apoya al príncipe —matizó la monja.

—Sigan con la búsqueda del asesino. Yo me encargaré de hablar con el duque para alertarle de la situación.

—¿Y si los mismos que asesinan están detrás del robo de la reliquia? —apuntó sor Isabel.

—¿Se refiere a la espada Lobera?

—Sí, Adelantado. Sor Isabel se refiere a la reliquia de Fernando III.

8

A medida que pasaban los días, el cardenal don Juan de Cervantes se acoplaba con más entusiasmo a las comodidades del palacio arzobispal. Poco a poco había adaptado algunas estancias a sus necesidades y gustos, sobre todo el Salón de Recepciones, rebautizado de esa forma para atender a los más altos representantes de la ciudad.

A pesar de haber prestado atención al desarrollo de las obras de la catedral mientras aún vivía el arzobispo don García, ahora dedicaba la mayor parte del tiempo a las reuniones de carácter político. Los trabajos seguían su curso bajo las directrices que había trazado el desaparecido maestro Carlín y que ejecutaba a la perfección el nuevo director de las obras, Juan Normán.

Cuando el ruido de las grúas se acercaba a su fin, cerca del mediodía, don Diego de Zúñiga se presentó en el palacio a petición del cardenal.

—Buenos días, eminencia. Espero no haber llegado muy temprano.

—Pase, don Diego, pase. Ya había acabado mis rezos. El Ángelus es la oración que más disfruto. La luz del día me ayuda a meditar, a pensar, a repasar las circunstancias que cada jornada debo tratar.

—Me alegra oír que está, pues, en plenas facultades. No hay tiempo para la relajación.

—Sepa usted que llevo muchos años de lucha y jamás he perdido la concentración —contestó don Juan con evidente tono de superioridad.

—Bueno, cardenal. Su capacidad es bien conocida por todos —don Diego hizo una pausa—. ¿A qué se debe esta reunión?

—Debería usted estar más nervioso de lo que demuestra. Esos dos entrometidos, el capitán y la monja, le pisan los talones.

—Estoy al tanto, don Juan. Por mucho que se aproximen no podrán evitar nuestros planes. Llevamos mucho tiempo de trabajo en esto como para que dos mosquitos nos puedan desbaratar.

—Demasiado optimista. Usted tiene tantos amigos como enemigos. Cualquier de ellos puede llevar al traste sus planes.

—Los seguidores del duque de Medina Sidonia desconocen la fuerza que nos respalda. Ya huelo su derrota.

—¡No sea soberbio, don Diego! Nada hemos ganado, aún.

—¿Usted cree? Hasta el momento hemos marcado el ritmo. No vendría mal que acelerase el proceso con alguna intervención significativa.

—Ya le dije que el asesinato del Duque no era una buena idea. Dará argumentos a sus seguidores para que soliciten la acción inmediata y directa del rey Juan. Eso nos restaría muchas posibilidades.

—Ese cretino debe morir. Si descabezamos al grupo, habremos inoculado en ellos el germen del miedo y se desperdigarán antes de que el rey retome el control efectivo de Sevilla.

—Se lo repito, don Diego: no haga nada que no lo ordenen desde arriba. Puede que su atrevimiento frustre las posibilidades de tomar el control.

—Eso es imposible. Lo tenemos tan cerca que no veo razón alguna para temer.

Entrevista a:
Don Juan de Cervantes
Obispo de Segovia y Cardenal de San Pedro ad Víncula
Sesenta y seis años, Lora del Río (Sevilla)

La suerte es un regalo difícil de entender. Algunas personas disfrutan de ella cuando se les confiere un don al nacer. Otras, sin embargo, tienen la suerte de nacer sin necesidades porque las riquezas de sus familias les protegen de cualquier percance. don Diego pertenece a este segundo grupo.

Durante años he visto cómo estas personas, carentes de cualidades destacadas, lograban lo que se proponían gracias al dinero. Pero están faltos de cerebro. Y en muchos casos, son de naturaleza maligna. En ellos anida el mal, sí. Al menos, son tontos y su cabeza no da para más.

Al final, si se les sabe manejar, pueden convertirse en una herramienta interesante para alcanzar lo que uno pretende. Don Diego no es más que eso, una triste y mediocre herramienta.

9

Doña Juana llegó a Segovia acompañada de su ayudante de Cámara, Beatriz de Orea. Se alojaron en el palacio de la calle Escuderos, cuyo personal había sido avisado tres días antes para que tuviesen dispuestas las estancias.

Esa misma tarde, casi sin tiempo de descansar, ordenó a Beatriz acudir al Alcázar y concertar una entrevista con la reina. La condesa indicó a su ayudante que hablase en primer lugar con el rey y que transmitiera el especial interés de don Álvaro por llevar a cabo la reunión. Quería evitar que Isabel de Portugal rehuyera el encuentro, como había hecho cada vez que mandaba un emisario desde el castillo de Escalona.

—Ha accedido a entrevistarse con usted mañana por la tarde en el Salón de Armas, mi señora.

—Gracias, Beatriz. Excelente escenario. Esa bruja intenta demostrar que está en guerra conmigo, pero soy yo la que busca batallar.

—No ha sido fácil, señora. Acertó usted al decirme que hablara primero con el rey. Ha sido él quien ha obligado a su esposa a recibirla.

—Ya lo sabía. Es tan cobarde que no se atreve ni a dar la cara —la condesa se dirigió hacia sus aposentos—. Prepara el mejor vestido para mañana, aquel con el que pudiera derribar al hombre más casto. Si es celosa, ahora Isabel comprobará contra quién se enfrenta.

El calor aún asfixiaba las calles de la ciudad. Solo los gruesos muros de piedra aliviaban el sopor que durante las horas centrales del día impedía pasear por los barrios menos ensombrecidos. Por esa razón, doña Juana esperó a que el sol se dejara vencer en el horizonte para salir de palacio acompañada por Beatriz.

—No caminéis deprisa, mi señora. No conviene que la reina vislumbre en su rostro el color de la ansiedad.

—Lo sé, lo sé. Pero no imaginas la rabia que llevo acumulada contra esa niña portuguesa.

—¡Puedo adivinarlo!

Las dos anduvieron calle arriba hasta la entrada del Alcázar. Aquel castillo se mostraba espléndido, fuerte, capaz de dominar todos los rincones de la Corona. Conforme se acercaban al portón de madera, la sangre circulaba a mayor temperatura por el cuerpo esbelto de la condesa. Más que nunca, notaba cómo las miradas de los soldados exploraban su figura. Se sentía satisfecha por la elección de la ropa y la imperturbable atracción que despertaba a su paso.

Cuando llegaron al patio central recordó las innumerables ocasiones en las que el rey lloraba sin carácter los desplantes de algunos miembros de la nobleza. Su esposo, don Álvaro, y más tarde ella, debían hacer el papel de padres, más que de consejeros, entre aquellas paredes que ahora empezaban a despreciarla.

—Buenas tardes, condesa. La reina os espera —indicó uno de los soldados—. Usted puede seguirnos, pero su acompañante debe esperar aquí.

—Ánimo Señora. Todo va a salir bien. No olvide que usted es doña Juana de Pimentel.

—Gracias Beatriz. Trataré de ser todo lo cauta que mi ira permita.

Al final del largo pasillo, la condesa se alzó con sutileza la falda y comenzó a subir por la escalera que le llevaba hasta la primera planta.

No necesitaba a aquel soldado para llegar al Salón de Armas. Conocía el camino de sobra, mucho antes de que la reina ocupara sus actuales aposentos.

Nunca había sentido la frialdad de aquellos muros como en esos instantes. A medida que se acercaba a Isabel, profesaba un impulso incontrolable por atacarla, por destrozarla, por matarla. Ella representaba más que un rival político, era todo aquello que odiaba. La soberbia y la vanidad de una joven cuyo único mérito había sido el de nacer en el seno de una familia real. Ningún esfuerzo, ningún trabajo. Solo cuidar una belleza realzada por el dinero y la juventud, sin darse cuenta de que ambas cosas estaban subyugadas a la permanente fugacidad.

—Mi reina. Doña Juana de Pimentel, condesa de Montalbán y esposa del condestable de Castilla.

Isabel le hizo esperar, de forma consciente, durante dos eternos minutos. Después, con una breve respuesta, autorizó la entrada a doña Juana.

—Buenos días, condesa. Es un auténtico e inesperado placer tenerla hoy en esta sala.

—A sus pies, majestad. Para mí siempre es un honor estar presente entre estos formidables muros del Alcázar, como durante los últimos veinte años.

Ambas medían cada una de sus palabras para causar el mayor de los enfados en la otra. Nada cabía en aquel espacio lleno de tensión y odio. Tan solo la luz que entraba por las apuntadas y estrechas ventanas era capaz de moverse entre aquellas dos mujeres.

La reina se dirigió entonces hacia el fondo de la sala, donde había hecho disponer un pequeño trono elevado sobre una tarima de madera. Debajo, en el suelo, había dispuesto una pequeña jamuga para atender a doña Juana. Una vez sentada, Isabel miró a la condesa.

—Por favor, no os quedéis de pie. Acercaos aquí y tomad asiento. Me gustaría que os sintierais lo más cómoda posible.

—Gracias, mi reina —doña Juana se acercó hasta ella y se detuvo junto a la jamuga—. Prefiero permanecer de pie. No creo que sea digna de estar descansada ante usted.

Isabel de Portugal sintió el desafío velado de su actitud. La condesa le hablaría con la mirada lanzada hacia abajo. Iba a ser sometida, degradada ante una noble de segundo rango, por muy condestable que fuera su marido.

—Adelante, hablad.

—Gracias, mi reina —tras unos segundos de calculada espera, se dispuso a continuar—. He escuchado en la

Corte que el rey se prepara para controlar Sevilla a la vez que refuerza su alianza con Portugal.

La condesa notaba los jóvenes ojos de la reina explorar su vestido, su silueta, su cintura, su busto, sus labios. Parecía desnudarla con los ojos mientras ella hablaba. Se sentía halagada a la vez que despreciaba el deseo de la joven reina.

—Usted, mejor que nadie, sabrá la estrategia de nuestro gobierno. Si no, siempre puede preguntar a su esposo.

—Lo sé, señora. Pero para llevar a cabo una empresa de ese tipo, mejor sería contar con el entusiasta apoyo de todos los nobles del reino.

—Así es, aunque nadie ha dicho que vaya a ser una estrategia de la Corona, más bien al contrario.

—¿No está interesado don Juan en tomar el control de la nobleza sevillana? Pues haría bien en saber lo que allí ocurra. Esa plaza determinará el futuro del reino —. El tono replicante de doña Juana se clavaba en los oídos de doña Isabel.

—Parece que, hasta el momento, la política de su esposo, el condestable, no ha reportado grandes cosas a Castilla. Haría bien el rey, mi esposo, en pensar nuevas estrategias.

—No le ha ido mal a Juan hasta ahora. Quizás los cambios no traigan más que desgracias —la condesa se quedó en silencio unos segundos—. Eso sí, muy bien presentadas y llenas de juventud.

—Condesa, le recuerdo que está usted ante su reina.

—¿Acaso he dicho algo que le pudiera ofender? No soy más que una noble dama al servicio de su Majestad.

—Debería desconfiar de mi edad, doña Juana. No soy mujer que utilice su belleza para lograr el éxito —Isabel se levantó, cogió con suavidad su falda y giró el cuerpo hacia la ventana—. He oído que las mujeres de más edad sí lo intentan.

—Algunos nobles sucumben mejor al buen vino, siempre añejo, que al mosto. El problema con este mosto es que, una vez probado, puede lanzarse a la basura sin más remordimientos.

—Es usted tan despreciable como su esposo —la reina no pudo contenerse.

—No debería perder la compostura, Isabel. La juventud no estará siempre en su cuerpo y, cuando eso ocurra, no le permitirán esas salidas de todo —replicó tranquila la condesa.

—Por favor, condesa. ¿Qué desea hoy de mí? Preferiría que terminase de una vez y fuera a pasear su cuerpo otoñal lejos de palacio.

—Rogarle que cese en sus infamias contra mi esposo —la tensión cubrió de rojo incandescente la cara de ambas mujeres—. Puede que no conozca la historia de este reino por ser extranjera, pero las reinas han respetado siempre al rey y a su entorno.

—La intromisión de su marido y la suya propia son intolerables. Ustedes quieren mandar más que Juan y eso no lo voy a permitir.

—Me pregunto si el príncipe estará de acuerdo con usted para perder la corona a favor de los nuevos hijos portugueses de su padre.

Doña Isabel se revolvió hacia la condesa con una ira desbocada. Agarró su falda con la mano derecha y dio tres grandes pasos hasta situarse a escasos centímetros de ella. Sus ojos desprendían rencor y odio a partes iguales. Soltó su falda y lanzó sus manos para agarrar los brazos de doña Juana, que perdió por momentos el equilibrio.

—Jamás volváis a mencionar a mi familia presente o futura en vuestras conversaciones. Yo soy la reina —se detuvo un instante y aproximó todavía más su rostro al de la condesa—. No olvidaré nunca las palabras que acabáis de pronunciar.

—¡Soltadme! No sois más que una niña malcriada a quien mi esposo sacó de una Corte llena de pobreza para poner a sus pies esta Corona. ¡Y cuánto se equivocó!

Doña Juana, que era más alta y esbelta que la reina, no apartó la mirada ni retrocedió un solo paso. Más bien todo lo contrario. Su cuerpo retaba al de doña Isabel, a sabiendas de que ello provocaba todavía más animadversión en ella. Se sentía superior, muy por encima de la reina, a quien veía prepotente y caprichosa.

—Os voy a recordar una cosa —insistió la condesa—. No sois más que la segunda esposa del rey Juan, a quien he criado como si fuera mi hijo. Nada impide que pueda haber una tercera o una cuarta. Así que evitad vuestras amenazas. —La condesa se detuvo un instante—. Atacaré como una loba a quien ponga en peligro la integridad de mis hijos o de mi familia.

—Marchaos de aquí. Salid ahora mismo de esta sala —gritó doña Isabel.

El silencio envolvió a las dos mientras mantenían clavadas la mirada una en la otra. Sus cuerpos llegaban a rozarse, enervando todavía más la piel que se escondía bajo los estrechos corpiños. Tras unos segundos de tenso silencio, doña Juana retrocedió un paso y dio media vuelta en dirección a la puerta. Andaba con lentitud, marcaba cada paso sin que su cuerpo se encorvara un ápice. Al llegar a la salida, giró su cabeza hacia la reina con la misma mirada desafiante que al inicio.

—La espada del destino nos juzgará a cada uno por nuestras acciones. Pero la espada de la guerra solo defenderá a quien la sepa guiar. Y esa será mía.

Entrevista a:
Doña Juana de Pimentel
Condesa de Montalbán
Cuarenta y cuatro años, natural de Guadalajara

¿Que si he sido demasiado agresiva? No lo duden: acabaré con su vida. Esa zorra no se merece respirar ni un segundo más de su acomodada vida. Veinte años. Veinte años y tiene la osadía de enfrentarse a mí.

Más baja que yo, más pálida, con un rostro menos agraciado que el mío, con menos pecho, sin caderas suficientes para marcar la línea de una mujer. ¿Y pretende contonearse ante la Corte para arrebatarme poder? Será su juventud, porque de otra cosa no creo que pueda presumir.

Manipuladora. Hace un año que se casó con el rey y ya maniobra para que sus herederos, los que espera tener con Juan, se queden en propiedad la corona. Espero que se dé cuenta el príncipe Enrique. No es mi guerra, pero sí que parezco ser yo su enemiga. Me quiere fuera del tablero para luego centrarse en acabar con su otro rival, el actual heredero.

Nunca tendrá mi derrota. Estoy curtida en mil batallas. A veces creo que olvidan que el tiempo forja también el carácter. He visto derramar ya demasiada sangre como para que me tiemble el pulso. Eso solo ocurrió la primera vez. Entonces me temblaron hasta las pestañas. No crean que fue nada del otro mundo, pero para una niña de siete años aquello le dejó marcada. Imagínense ustedes a una chiquilla que corría por los alrededores de su casa, el castillo de Arenas de San Pedro. Entre juegos, me acerqué a un corral que pertenecía a la cocinera preferida de mi madre. Con toda la confianza del mundo, abrí la puerta y me coloqué a su lado. En sus manos tenía una gallina, agarrada por el cuello. Con naturalidad, acercó su mano derecha, que sostenía un cuchillo, y le hizo un corte vertical, en el sentido del pescuezo. Después, soltó el arma y, con la misma mano, vació el buche hasta dejarlo sin un solo grano. «Lo ves, hija mía, este pobre animal ya no podía ni respirar. Menos mal que le hemos ayudado si no, no pondría más huevos y no valdría ni para caldo». Con la misma tranquilidad con la que había cortado aquel cuello lleno de plumas, lo cosió con una aguja enhebrada en hilo.

Aún recuerdo cómo me quedé paralizada, inmóvil, sin parpadear. No dije ni una palabra, pero tampoco abandoné el corral. Lo curioso es que no tengo un recuerdo negativo de aquel día. Más bien, una extraña necesidad de aprender, de fortalecerme, de intentar ser capaz de llevar a cabo aquel ritual con la misma entereza que ella. Creo que fue ese el momento en el que descubrí que dependía de mí alcanzar las metas que me propusiera.

¿Y qué debo temer de una niñata recién llegada a este reino? He visto muchas otras como ella y he sobrevivido a todas.

Entrevista a:
Doña Isabel de Portugal
Reina de la Corona de Castilla
Veinte años

¡Maldita anciana! Soberbia, engreída, altiva, provocadora. Más preocupada por realzar sus pechos por encima del corsé que por respetar a su reina. No se da cuenta que el tiempo ha pasado, que la época en la que el poder del condestable y su mujer era infinito ha quedado atrás.

Ahora estoy yo. Ni su belleza ni su cuerpo son capaces de competir conmigo. Cualquier hombre preferirá mi juventud, sobre todo el rey. ¿Cree que sus palabras van a poder vencer a mis encantos? Pobre condesa.

Primero serán mis hijos. No he venido desde tan lejos para ser la segunda esposa del rey. Voy a ser más, mucho más que eso. Mi estirpe prevalecerá más allá del príncipe Enrique, de Juana de Pimentel, del condestable o de quien quiera interponerse en mi camino. Y sí, mi cuerpo atrae con más facilidad que el de la condesa. ¡Parece mentira que no lo quiera entender!

Se lo voy a confesar: no me detendré hasta que ella y su marido estén alejados del gobierno de Castilla. Y si están muertos, mejor. Jamás le perdonaré cómo me ha desafiado hoy.

10

Don Alonso y sor Isabel caminaban por la antigua judería en dirección a la única sinagoga que quedaba en la ciudad. Eran las tres de la tarde, una hora en la que apenas algunos pocos valientes se atrevían a salir de sus casas. El calor aplastaba a los osados a finales de agosto. Por esa razón había elegido la monja la hora de encuentro. Ella era muy consciente de la visita que iban a realizar.

—Marchemos deprisa, por la sombra, para llegar cuanto antes a la calle de El Hejal, frente a la sinagoga —indicó sor Isabel—. Allí nos espera don Fernando Martínez de Medina.

—¿Ese no es uno de los Caballeros Veinticuatro del Cabildo municipal? Si mi memoria no me falla, creo que se dedicaba a las finanzas y en más de una ocasión ha prestado dinero al ayuntamiento —matizó el capitán.

—Así es. Su reputación es intachable.

—Deduzco, por el secretismo de la reunión y por el oficio del susodicho, que se trata de un judío converso.

—Veo que ha afilado su capacidad de deducción, capitán —contestó irónica la monja.

—Hermana, llevo muchas muertes encima y pocas en batalla. Hay que ser más listo de lo que parece para mantenerse vivo.

Al llegar frente a la sinagoga, enfilaron la calle hacia la derecha hasta un austero caserón, empujaron el portón entreabierto, cruzaron al interior y se aseguraron de que quedaba cerrado. El exterior humilde de aquella casa escondía la comodidad y el lujo contenido de su interior. Al segundo, apareció en el patio don Fernando. Se acercó hasta ellos y saludó de forma respetuosa.

—Buenas tardes, hermana. Buenas tardes, capitán. Por favor, no se queden en la puerta y acompáñenme. Estaremos mejor en el Salón de la Chimenea.

A la derecha del patio se abría una sala con dos grandes ventanales y un espacio para la lumbre al fondo. Frente a él, una mesa de madera rodeada de sillas altas compensaba la frialdad de las interminables estanterías traseras llenas de ensayos, literatura y libros de cuentas.

—Tomen asiento, por favor, y pónganse cómodos.

El anfitrión había dispuesto en el centro de la mesa una fuente mediana con diversas piezas de fruta y una jarra de agua junto a la que reposaban tres vasos de cristal.

—Gracias, don Fernando. —La monja tomó la palabra tras acomodarse.

—Por favor, sor Isabel. Usted siempre es bienvenida.

—El capitán don Alonso es amigo mío. Puede estar tranquilo —advirtió la monja—. ¿Capitán? Don Fernando es un viejo amigo. De origen judío, y puede que también de destino —la monja sonrió con ironía y complicidad—. Ha sido un fiel aliado de la reina María y de la Corona de Aragón. Sus informes han permitido que nuestros hombres penetren en la sociedad sevillana con una facilidad inusitada. Sin embargo, nadie sospecha de él. Su prestigio como converso es innegable y eso le ha abierto casi todas las puertas de la nobleza y el poder local.

—Vaya, una carta de presentación de lo más modesta —comentó con sarcasmo el capitán.

—Estoy convencida de que don Fernando podrá arrojar algo de luz a los últimos sucesos que usted y yo investigamos.

—Bueno, hermana, no crea que hay mucha información al respecto —intervino el anfitrión.

—En realidad, queremos saber si existe alguna conexión entre la desaparición de la espada Lobera y las muertes del arzobispo y del director de las obras de la Catedral. Estamos seguros de que las continuas peleas entre la nobleza tienen algo que ver y esconden mucho más sobre ambos asuntos.

—Bueno, en realidad todo es muy confuso. Al parecer, los Zúñiga trabajan con don Juan de Cervantes para controlar la ciudad. Sin embargo, no creo que el robo de la espada se deba a ellos. Don Juan ha enviado un informe al rey y al príncipe pidiendo disculpas por la sustracción.

—En ese caso, ¿quién puede querer la Lobera? —interrumpió el capitán.

—Esa es la cuestión. Sé que los ladrones no eran de Sevilla y que han podido recibir apoyo de don Alfonso de Pimentel.

—Por lo que parece, la espada ha salido de la ciudad. ¿Se sabe con qué dirección? —preguntó la monja.

—No —contestó don Fernando—. Me ha sido imposible averiguarlo. Lo único que podemos descartar es que fueran nazaríes, más que nada por su aspecto físico. No se trata de un ataque del reino de Granada.

—¿No tiene más información? —interrumpió de nuevo el capitán.

—¿Le parece poca? En asuntos tan oscuros como estos, nada se escapa al control de quienes lo llevan a cabo. Aún hemos tenido suerte de conocer lo que sabemos —contestó molesto don Fernando.

Los tres dialogaron durante veinte minutos más sobre aspectos políticos de la actualidad sevillana, sobre todo acerca de la financiación de las obras catedralicias. En ellas había participado de forma generosa don Fernando, con el claro objetivo de hacer olvidar sus orígenes judíos.

La primera en levantarse de la mesa fue sor Isabel, consciente del tiempo que llevaban bajo la hospitalidad del Caballero Veinticuatro. Ella temía que alguien hubiese podido verlos entrar.

—Don Fernando, me temo que ya ha llegado el momento de que nos dispense al capitán y a mí. Nos gustaría visitar al Cabildo y no queremos que se nos eche el tiempo encima.

—Por favor, hermana, no tiene que disculparse. Está usted en su casa y puede volver cuando desee. Espero haberle servido de ayuda.

—Desde luego que lo ha hecho —contestó la monja.

Los tres se dirigieron hacia la puerta del Salón de la Chimenea, cruzaron el patio por el centro y llegaron hasta el portón de entrada a la vivienda.

—Le vuelvo a agradecer que nos haya atendido, don Fernando. Usted siempre ha sido de gran ayuda para nuestra reina María.

—Para mí es un placer poder ayudar a quien respeta la libertad de nuestras tradiciones. Hágaselo saber.

Después, saludó al capitán, abrió el portón y facilitó la salida de los dos visitantes, que se alejaron bajo el aún abrasador calor del final de verano.

Los dos caminaron en silencio durante un buen rato. Al abandonar el barrio de la judería, el capitán decidió romper la precaución que les mantenía callados y se dirigió a sor Isabel.

—Bueno, hermana. No hemos avanzado tanto con la visita que acabamos de realizar.

—Mucho más de lo que imagina, capitán.

—Ah, ¿sí? Le ruego que me lo aclare.

—No sabemos aún por qué mataron al maestro Carlín y a don García. Ni tampoco para qué robaron la espada. Pero podemos descartar que ambos hechos hayan sido realizados por el mismo grupo.

—Eso era casi una obviedad.

—Sí, don Alonso. Pero no el hecho de que el robo de la espada fuese ordenado desde Castilla, y no por este grupo.

—Y por supuesto, hermana, intuye quien es, claro —indicó con ironía el capitán.

—Creo que sí. Y me parece que no es bueno para nadie.

Entrevista a:
Don Alonso
Treinta y seis años, Valencia
Capitán Trainer

¿Que si me gustaría que hubiera más acción? Este es mi trabajo. Yo no voy a la guerra, ni estoy en pequeñas escaramuzas con soldados. Mi labor es la información: obtenerla y darla.

Aunque ya he coincidido en varias ocasiones con sor Isabel, no es habitual que trabaje acompañado. Pero reconozco que la mujer tiene contactos y sabe manejar las situaciones.

Este converso nos ha ayudado bastante, aunque de alguien que reniega de sus creencias, uno nunca puede acabar de fiarse. Una vez confié en un seguidor de los papas de Avignón que había renegado del papa de Roma y casi me cuesta la vida. Suerte que mis reflejos con la espada fueron buenos.

De todos modos, el tema en Sevilla alcanza ya cotas demasiado peligrosas. Me da que en algún momento voy a tener que aumentar la agudeza de mis sentidos y estar preparado para desenvainar. Y sí, me encanta usar la espada, moverla con destreza, oír el golpe del metal, notar el miedo en los ojos del rival. Creo que me sirve para sacar toda la tensión que llevo dentro.

11

La entrega debía efectuarse en Madrid, junto al Arroyo de San Pedro, en el entorno al camino de Segovia. Media hora antes de la una del mediodía, los dos soldados llegaron al lugar convenido. El capitán portaba a su espalda el arma, la Lobera, envuelta en el tejido aterciopelado con el que había salido de Sevilla. Ataron los caballos a uno de los árboles y esperaron agazapados tras ellos.

Al escuchar los primeros ruidos, se pusieron en guardia. Eran dos jinetes, vestidos a la manera castellana pero sin ninguna divisa que pudiera identificarlos. Cuando llegaron a la altura de los soldados, se detuvieron sin descabalgar.

—Es posible que sean hombres del conde de Alba. Al fin y al cabo, son los únicos que sabían nuestra posición —susurró el capitán al soldado.

—Eso espero. Si lo son, seguro que llevan encima el dinero que nos prometieron. Quiero cobrar ya y olvidar cuanto antes este tema.

Salieron de entre los árboles y se aproximaron hasta la zona abierta, donde estaban los caballeros. El capitán hizo una señal en forma de saludo y uno de ellos se acercó sin descender del animal.

—¿Traéis el encargo por el que se os contrató?

—Por supuesto. Se encuentra a mi espalda, bien protegida —el capitán miró a los ojos al caballero y esperó unos segundos—. ¿Traen ustedes el dinero?

—Nuestro señor es un hombre de palabra —metió la mano en una de las alforjas, sacó de ella un saco pequeño y lo lanzó al suelo, junto al capitán—. Ahí tenéis la mitad. El resto, cuando comprobemos que se trata de la espada Lobera. ¿Si me permite?

El capitán recogió del suelo el pequeño saco, lo abrió y dio fe de las monedas de plata que contenía. Entonces, soltó la cincha que cruzaba su pecho y cogió con sus manos la espada. Con lentitud, descubrió la tela roja que la envolvía hasta que el brillo del sol al reflejarse en su afilada hoja casi le deslumbra.

De repente, notó un frío electrizante recorrer toda su espalda. Miró la empuñadura de la Lobera y percibió cómo le atrapaba, cómo quería quedarse con ella, cómo la necesitaba para luchar, para vencer. Esa espada era suya y le costaba entender que tuviera que entregársela.

—Vaya, bonita espada —indicó el caballero—. Si no le importa, me la llevo ya para dar cumplida cuenta al conde.

—El peso de su fuerza es una difícil carga. Háganselo saber al conde.

—Tranquilo, así será. Ahora, insisto: entrégueme la espada.

El capitán dudaba. Sus dedos, su mano, su brazo, su cuerpo se sentía atrapado, seducido, sometido por aquella arma. No la quería entregar. No la iba a entregar. Decidió llevarla con él para siempre. Estaba convencido de que la victoria estaría de su lado mientras la portase.

La tensión iba en aumento. No oía las órdenes del caballero exhortándole a que le entregara la espada. La tirantez aumentaba. El otro jinete se acercó hasta su compañero a la vez que desenvainaba su arma. Cuando parecía que la pelea iba a comenzar, el otro soldado vino desde atrás y arrancó la Lobera de la mano del capitán. Fue suficiente un golpe seco contra la afilada y desprevenida hoja de la reliquia para tirarla al suelo. Se agachó con rapidez, la recogió y la entregó al caballero.

—Aquí tiene la espada. Hemos perdido a varios compañeros al defenderla frente a los moros. Mi capitán homenajeaba su memoria antes de entregárosla.

—No juguéis con nosotros. Esta espada tiene dueño y no sois vosotros.

—Cierto —el soldado se giró y cogió la tela roja del aturdido compañero—. Tomad, envolvedla en esto o sucumbiréis a ella. Y si me entregáis el resto del dinero, podremos irnos en paz.

El caballero volvió a sacar de su alforja otro saco con monedas y lo lanzó al suelo polvoriento.

—Ahí tenéis el resto del pago. Marchaos y no volváis en un tiempo.

—Tanta fuerza te da como te quita —el capitán pareció volver a ser consciente de lo que pasaba a su alrededor—. No siento envidia por quien la vaya a poseer.

12

Sor Isabel iba por delante, con el paso acelerado. Tras ella, a regañadientes, marchaba don Alonso, partidario de posponer la visita a la mañana siguiente. La monja, que había esperado de forma paciente a que el Adelantado informase al duque de Medina Sidonia de que su vida estaba en peligro, decidió intervenir tras las confidencias del judío converso.

—Hermana, ¿no podíamos haber esperado a mañana? —insistió don Alonso.

—No. He dado un tiempo prudencial, más de siete días, para que don Perfán informase al duque de que podría ser objeto de un ataque. Como aún no le ha alertado, nuestra obligación es evitar que se derrame más sangre.

—Cierto, pero no son horas. A las ocho de la tarde se habrá retirado ya a descansar.

—¡Cállese, capitán! Ya estamos en el barrio de San Vicente. En un par de minutos llegaremos al palacio del duque. Una vez aquí, ¿no le parece oportuno aprovechar el viaje?

—Usted siempre se sale con la suya. ¡Qué mujer!

Al llegar a la entrada del palacio, encontraron la puerta entreabierta. Los dos se miraron extrañados. No era normal. Nada más cruzarla, oyeron el fuerte grito de una mujer que pedía auxilio.

—Quédese aquí, hermana.

El capitán echó su mano derecha a la empuñadura de la espada, sin desenvainar, y comenzó a correr hacia las escaleras. Antes de llegar a la primera planta, aparecieron dos hombres con la respiración entrecortada. Uno de ellos llevaba un puñal en la mano con restos de sangre. Tras unos segundos de incertidumbre, arrojó el arma al suelo y, junto a su compañero, desenvainaron las espadas. El capitán, arma en mano, dio un salto, avanzó los tres escalones que le separaban del primer piso e intentó cortar el paso a los dos hombres.

La espada del capitán quiso defenderse de ambos. Empujó al más fuerte y centró sus esfuerzos en el menos ágil. Atacó a su oponente en varias ocasiones, hasta que las hojas afiladas de sus espadas se mantuvieron en contacto durante unos segundos. Entonces, el capitán golpeó con el pomo de su empuñadura la cara del asaltante. Tras tambalearse, cayó al suelo desplomado, lo que aprovechó don Alonso para lanzarle una estocada mortal en el costado izquierdo.

Mientras sacaba la espada del cuerpo ensangrentado, el otro compañero se abalanzó sobre el capitán. Hubo de contener la descarga de fuerza de la espada, pero aprovechó el movimiento para agacharse al suelo, sacar de su cinturón una pequeña daga y clavársela en la pierna. A pesar de estar malherido, logró atacar con la punta de la espada mediante un golpe dirigido al cuerpo. Don Alonso logró esquivar al rodar hacia la derecha, pero la fina hoja de acero le hirió en el brazo y le permitió al soldado ponerse de nuevo en pie.

La monja había subido las escaleras y se encontró de cara con la pelea. Se acercó a una mesita alta, de roble, sacó uno de los dos cajones que tenía, lo agarró con fuerza y se lanzó a golpear la cabeza del hombre que arrinconaba al capitán. El momento de sorpresa lo aprovechó don Alonso para clavar su espada en el cuerpo de su enemigo, que cayó de rodillas, esta vez de forma definitiva, sobre las baldosas de arcilla del palacio. Sor Isabel aprovechó de nuevo para asestarle otro cajonazo en la cabeza, que terminó por tumbar al malherido asaltante.

El capitán se repuso con rapidez, a pesar de las molestias del brazo. Don Alonso inmovilizó a su oponente contra el suelo, colocó la espada en horizontal sobre el cuello y le miró a los ojos.

—No hace falta que me digas quien te ha ordenado venir aquí, lo intuyo.

—Las ratas que no son de Sevilla, más pronto o más tarde morirán entre la basura —contestó desafiante.

—¡No me digas! De repente has hecho que tenga mucho miedo. Fíjate, la mano está a punto de temblarme sobre tu cuello —contestó irónico—. Ahora dime, ¿qué relación tiene tu señor con don Juan de Cervantes?

—Da igual lo que me preguntes. Tú y la monja pronto os reuniréis en el infierno —a duras penas pudo soltar una carcajada—. Sí, ella también, porque morirá después de que la violemos todos juntos. No es más que una ramera, tan indigna como todos los Trainers.

En ese momento, el capitán movió su brazo hacia la derecha, soltó al hombre y se puso en pie. Durante algunos minutos, su mirada quedó fija en la sangre que brotaba del cuello de la víctima al ritmo del bombeo de su corazón. No sintió alivio, sino pesar.

—¿Era necesario, capitán? —indicó la monja al llegar a su lado.

—La escoria no puede sino dejar esta vida. Dios nos ha elegido a unos pocos para que limpiemos de podredumbre esta sociedad. Aunque me pese, es mi trabajo.

—No mencione a Dios en esto. Él no tiene nada que ver. Es el hombre el único responsable de sus actos.

Al oír el murmullo y los gritos de los criados, ambos subieron de nuevo al primer piso. Corrieron hasta la estancia de dónde procedían los lamentos y entraron en ella. En el suelo yacía uno de los hombres de confianza del duque que se había enfrentado a los asaltantes. La sangre manchaba el suelo de forma abundante mientras algunas mujeres lloraban a su alrededor.

—Señor, venían a por usted —afirmó la monja.

—Lo imagino —el duque no dejaba de mirar la dramática escena—. Los Zúñiga se han convertido en un peligro para esta ciudad.

—¿Quién está detrás de ellos? —apostilló sor Isabel.

—El príncipe Enrique y su amigo Pacheco. No tengo ninguna duda. Y si no, que se lo pregunten al cardenal, que hace de puente.

—Esa es una grave acusación, señor. Debería ponerla en conocimiento del rey.

—Don Juan solo escucha a su nueva esposa, la joven Isabel, que a su vez está demasiado obsesionada con doña Juana —el duque se detuvo un instante—. Se acercan tiempos convulsos, hermana, en los que no se aventura ganador. En función de quién resulte vencedor, sobreviviremos o moriremos todos.

13

Alba de Tormes, noviembre de 1448

Los dos soldados volvían de visitar la iglesia de San Pedro. Habían depositado una parte del dinero que obtuvieron por el robo de la espada Lobera, la que correspondía a los compañeros muertos a los que no se conocía familiares. El enfrentamiento con los nazaríes había diezmado un grupo que trabajaba junto desde hacía más de seis años, lo que pesó en el ánimo de los dos supervivientes.

Ambos llevaban más de una semana en la villa y habían vuelto a la normalidad del servicio del conde de Alba. Esperaban descansar durante algún tiempo antes de recibir un nuevo encargo y cabalgar por la ancha Castilla.

Al llegar al puente, el capitán tenía la misma extraña sensación que se había repetido día tras día desde que entregara la reliquia. Su cuerpo estaba vacío, gris, falto de una fuerza que le obligaba a reposar. Cuando eso ocurría, prefería estar solo, ausente de su entorno, dejándose llevar por un sueño profundo que era incapaz de recordar.

—Vamos capitán, aguante un poco. Estamos cerca de casa —animó el compañero.

—No puedo ni sostenerme sobre el caballo —descansó sus palabras y respiró con profundidad, con un preocupante jadeo, como si le faltara el aire—. Ayúdame a descabalgar y me sentaré junto al muro del puente.

La ansiedad de las primeras horas en las que estuvo sin la espada dio paso a ausencia de apetito y a la desidia más profunda. Hacía dos días, al ser requeridos por el propio conde en las obras del castillo, su compañero le había salvado la vida cuando el cuerpo desfallecido del capitán se precipitaba muralla abajo. El soldado, que le acompañaba a todas partes estaba convencido que la muerte le rondaba. Por esa razón, no se separaba de él ni un instante.

—Ahí, junto a esa piedra plana. Quiero relajarme al ver pasar el agua del Tormes. Me da tranquilidad.

—Sí, capitán. Pero no lo prolongue mucho. Es tarde y deberíamos almorzar algo antes de acudir de nuevo al castillo —respondió el compañero.

—Sí. Descuida. Recobro las fuerzas y nos vamos.

El capitán no se soltó el cinturón que enfundaba su espada, a la izquierda, y amarraba la daga, a la derecha. Apoyado sobre el sillar del legendario puente, se deslizó poco a poco hasta quedarse sentado en el suelo.

—Por favor... —le costaba respirar y a duras penas podía hablar—. Ata los ca... caballos, antes de que se escapen.

El capitán se quedó solo mientras observaba el agua mansa discurrir por los infinitos arcos de medio punto que arribaban hasta la otra orilla. El reverberar del agua cerca de los pilares llegaba hasta sus oídos para refrescar el caluroso final de otoño.

Sin saber muy bien por qué, sintió la profunda necesidad de beber. Estaba seguro de que podía llegar sin problemas hasta la orilla para refrescarse los labios con el agua cristalina y pura.

En ese instante, volvió a sentir la misma fuerza que cuando se enfrentó a los asaltantes nazaríes con la Lobera. Su mano derecha notó la dureza de la empuñadura y el frío del metal que llegaba hasta los dedos. Apoyó su mano izquierda en la roca que tenía en el suelo en intentó levantarse. Cuando se encontraba a medio camino, el pie izquierdo resbaló y todo su cuerpo se vino abajo, descansado sobre el lado derecho.

Algo no iba bien. Percibía el frío acero de su daga introducido en el estómago. Después surgió una sed insaciable mientras el sol se oscurecía y la voz de su compañero, cada vez más lejana, se convertía en un susurro. Había llegado la hora que durante varios días había pospuesto.

—¡Capitán! ¿Se encuentra bien? —el amigo giró el cuerpo y observó su ropa ensangrentada—. ¿Qué ha pasado?

¿Cómo ha podido…? Respire hondo, no se duerma, no cierre los ojos…

—Tranquilo, compañero, tranquilo. Es la justicia la que iguala la balanza —el jadeo y la respiración entrecortada no le dejaban hablar—. Por un momento volví a notar la fuerza de la Lobera que recorría todo mi cuerpo.

14

Castillo de Escalona, noviembre de 1448

Don Fernando Álvarez de Toledo, conde de Alba, abandonó las estancias privadas de la condesa. Aunque mantenía el paso ágil, no pudo evitar que alguna criada observara los últimos botones de su jubón sueltos.

—¡Beatriz! —Doña Juana saludó a su asistente, que esperaba en la puerta de los aposentos—. Cerrad la puerta al entrar y ayudadme con el vestido. Quiero observarla bien antes de asearme.

—Sí, mi señora.

Mientras le abrochaba por la espalda, las dos permanecieron en silencio. Ambas sabían que lo ocurrido entre aquellas paredes no podía entenderse más que como política y, con total seguridad, como la última vez que don Fernando entrara por esa puerta.

—¿De verdad era tan importante el apoyo del conde? —Beatriz rompió la incómoda ausencia de palabras con una pregunta que sonaba a reproche.

—Solo tengo ganas de bañarme, de quitar de mi piel el ingrato sudor de la diplomacia. ¿Contesta eso a tu pregunta?

Doña Juana se levantó del borde de la cama donde estaba sentada, se dirigió hacia la cómoda situada junto a la ventana y se quedó mirándola.

—Sí, era importante, Beatriz. Lo era por esto —agachó la mirada y se quedó unos instantes hipnotizada—. Aquí está. Le pedí a él ayuda, me la ha traído y ya le he pagado con aquello que más deseaba. No volverá a haber conde de Alba.

—Eso espero, señora.

—Pero estemos contentas hoy —cambió de tema—. Es un día maravilloso. Mira cómo destellan ante mis ojos, por fin, las dos hojas afiladas que nos darán la victoria sobre Isabel y Enrique —la condesa se calló y giró la cabeza—. ¡Acércate! Observa conmigo el futuro. Ya nada nos detendrá.

—Eres muy optimista, Juana. ¿Cómo vas a acabar con el poder de la reina y del príncipe a la vez?

—No subestimes la fuerza y el misterio de esta arma legendaria. Solo preciso que ellos la teman, sin necesidad de usarla.

—Sea prudente, sobre todo con su esposo.

—Él es el que menos me preocupa. Una mujer siempre sabe cómo manejar a su marido.

Al día siguiente, don Álvaro llegó al castillo. Su esposa le había mandado regresar para ponerle al corriente. El ánimo del condestable había menguado en los últimos días tras comprobar la fuerza de algunos nobles en su contra. Se lamentaba de que, cuando más asentado debía estar en el poder, más se alejaba el rey, a quien tanto había servido.

Nada más cruzar el arco de acceso al patio de Armas, el conde llevó a su caballo a las cuadras. Aún no eran las doce del mediodía. Ordenó que lo acomodaran y le dieran de beber y comer. Después, se dirigió a sus aposentos, dejó sobre la cama el jubón sudado por el viaje y caminó sin más demora hasta la sala donde le esperaba su esposa.

—Buenos días, Juana —el conde cogió la mano de su mujer y la besó de forma cortés—. Tanta urgencia, espero que sea para darme la noticia que me has prometido desde hace semanas.

—Álvaro, tú y yo sabemos que nuestros intereses son los mismos. Parece mentira que no sepas cuándo es importante mi llamada y cuándo no.

—Lo sé. Por eso me he presentado aquí tan rápido.

La condesa dio unos pasos hacia el fondo, giró su cuerpo para dirigirse al condestable y mantuvo la tensión durante un par de segundos.

—¡Ven! Quiero enseñártela.

Juana continuó hacia la mesa que presidía la sala. Había tenido en cuenta hasta el último detalle para que nada turbase la atención de su esposo. El día anterior había ordenado retirar todos los objetos de la mesa. Hizo extender una tela roja de terciopelo en el centro y depositó encima la espada Lobera.

—Ahí la tienes, Álvaro. Nuestra arma definitiva. El poder que acabará por someterlos a todos.

—¿Es ella? ¿La verdadera? —El conde se acercó para asegurarse de lo que veía—. La has conseguido por fin, Juana.

—Por supuesto —la condesa se quedó un paso por detrás para observar la reacción de don Álvaro—. Nadie la ha empuñado desde que la trajeron. Ni siquiera yo. Ese es mi regalo para ti, ser el primero en levantarla al cielo.

El condestable estaba aún sorprendido, entusiasmado, cegado por el brillo metálico de la reliquia. Apenas se dio cuenta de lo que le decía su esposa. Conocía la leyenda que rodeaba a esa espada y él iba a ser su poseedor. No solo consolidaría el poder, sino que destruiría a sus enemigos y podría mostrarse al mundo como el gran soldado que llevaba dentro.

—Seremos invencibles, Juana.

Don Álvaro no se paró a mirar a su esposa. Continuaba hipnotizado por la visión de la Lobera. Se acercó más a ella, extendió los brazos, colocó las palmas de sus manos bocarriba, las pasó por debajo de la espada y la levantó al aire para acercársela. Tras unos segundos con la mirada perdida en ella, la depositó de nuevo en la mesa y, casi a la vez que rozaba la madera, la agarró con su mano derecha, por la empuñadura. Era suya, notaba su fuerza, notaba la energía que recorría sus venas desde las manos hasta el corazón. Cuando aquella sensación electrizó el centro de su cuerpo, la alzó con fuerza, con rabia, en un gesto de desafío extremo.

—Tiemble el príncipe Enrique —gritó don Álvaro.

—Tiemble la reina Isabel —contestó más bajo doña Juana.

Entrevista a:
Doña Juana de Pimentel
Condesa de Montalbán
Cuarenta y cuatro años, natural de Guadalajara

No es fácil. Cada vez me cuesta más que unas manos indeseadas se paseen por mi piel como si fuera suya. Tengo ganas de descansar, de terminar esta carrera permanente y dedicarme a vivir, a elegir con quién disfruto de mi cuerpo, a temblar cuando esté tumbada junto a él, a sentir cómo mi piel se tensa incluso antes de que me roce. Casi no recuerdo la última vez que eso ocurrió, porque de forma consciente he querido apartar de mi lado a quien podía turbar mi objetivo. Sin embargo, ahora empiezo a dudar de si hice bien.

Bueno, no importa. Con la Lobera en nuestro poder, cualquier cosa está más cerca que nunca. Esos pensamientos de debilidad se marcharán solos, como siempre. Así que vamos a centrarnos en lo que de verdad importa.

TERCERA PARTE

1

Peñafiel, julio de 1449

De los cuatro hombres que entraron en el convento de San Pablo solo quedaban dos. El resto había caído en la refriega con los soldados que acudieron a la llamada de socorro de los monjes.

Sin perder un segundo, se dirigieron hacia la nave de la Epístola. No les quedaba mucho tiempo antes de que los refuerzos del castillo alcanzasen la iglesia conventual. Al llegar frente al muro, se detuvieron un instante para leer la inscripción que aparecía en el relieve alto de la urna funeraria. Estaba allí. A pesar de la humildad de aquel sarcófago de piedra, su instinto no les engañaba.

—¡Vamos! Date prisa y ayúdame a levantar esta losa.

—¿Estás seguro? —contestó su compañero mientras empujaba la enorme piedra.

—Nada lo es. Pero si no lo abrimos, nunca lo sabremos. ¿Tienes otra idea mejor?

Tras grandes esfuerzos, lograron moverla por el lado de la cabecera hasta que se abrió un pequeño espacio triangular. A través de él se veía, a duras penas, el interior. Tuvieron que echarse hacia atrás forzados por el olor a rancio, a humedad y a polvo añejo. Tomaron aire con fuerza y, casi a la vez, se abalanzaron a mirar de nuevo a través de la apertura.

—Ahí está. Tiene que ser ella.

—No hables más y arráncala de las manos a ese montón de huesos. Él seguro que no la necesita para nada.

El soldado que parecía ejercer el mando introdujo su brazo hasta palpar la empuñadura de la espada. Tiró de ella y la sacó como pudo del sarcófago.

Allí estaba ante sus ojos y era tal cual la habían descrito. El arma de doble filo que custodiaba el cuerpo yacente de don Juan Manuel, nieto de Fernando III, heredero de su mítica espada Lobera. Brillante, hipnótica, eterna.

—Marchémonos ya. Deben estar a punto de entrar.

—No seré yo quien te lleve la contraria —sonrió—. Deberíamos salir por la parte trasera del convento. No muy lejos he dejado atados los caballos y podemos escapar al galope hacia Segovia.

Un fuerte estruendo interrumpió la conversación. Los soldados de refuerzo corrían desde el pórtico principal hacia los ladrones. Empujaban al suelo los bancos que encontraban a su paso, sin respetar el lugar sagrado en el que se encontraban.

—No nos va a dar tiempo a salir de aquí. Suelta la espada. ¡Vamos a morir!

2

Toledo. Julio de 1449

El aire caliente circulaba esa mañana como un torrente embravecido entre las lanzas, los caballos, las tiendas y los escasos árboles que cobijaban al ejército real. Los soldados soportaban como podían el sonido seco y cortante de las telas al golpear sobre ellas el insoportable poniente. Sin embargo, odiaban el tintineo penetrante de las arandelas que sostenían los estandartes reales mientras ondeaban al viento.

—Amarrad bien esos tirantes o el campamento volará de un momento a otro. ¡Vamos!

—¡Capitán! Los caballos están nerviosos. Deberíamos retrasar su posición y protegerlos tras la arboleda.

—Está bien. Pedid ayuda a los hombres del conde de Benavente. Entretanto, que se preparen los arqueros, por si hay que defender la acción. No me fío de aquellas almenas del castillo.

El asedio a la ciudad imperial se había enquistado y los nervios comenzaron a aparecer entre la soldadesca. No parecía que pudieran derribar sus murallas, más bien al contrario. Sin embargo, el condestable de Castilla estaba tranquilo, dispuesto a decir a todo aquel que quisiera oírle que anhelaba entrar en combate. Estaba seguro de la victoria y se sentía cómodo al observar las miradas de desprecio del resto de nobles.

Don Juan había logrado reunir un ejército de casi diez mil hombres para poner fin a la revuelta toledana que, en parte, había surgido contra los nuevos impuestos decretados por don Álvaro de Luna. Los personajes más importantes del reino estaban junto a él en la creencia de que la toma de la ciudad no llevaría mucho tiempo.

Al medio día, tras el incesante movimiento de tropas en el sector norte, don Álvaro acudió a la tienda del rey. Andaba despacio, con la intención de disimular la leve cojera que le había quedado de la lanzada sufrida en la batalla de Olmedo, cinco años antes. Al llegar, entró sin avisar de su presencia y sin solicitar permiso.

—Buenas tardes, Majestad. Debemos lanzar ya el ataque definitivo.

—¿Estáis seguro, condestable? El alcalde de Toledo ha reforzado muy bien los puntos más débiles de las murallas.

—¿Cree que eso importa? Diez mil hombres llevan acampados varias semanas en el asedio de la ciudad.

Toledo está agotada. Es el momento de aplastar su debilidad.

—Algunos espías nos han confirmado la voluntad de los rebeldes de negociar y evitar más muertes —contestó indeciso el rey.

—Lo sé. Pero al enemigo no hay que mostrarle más que un camino: el de la derrota —sentenció don Álvaro mientras agarraba la empuñadura de su espada.

—Está bien. Tenéis razón. Nadie mejor que vos para saber cuándo hay que pelear. Al fin y al cabo, os debo la victoria de Olmedo. Preparad al...

—¡Majestad! Es importante —el joven conde de Benavente interrumpió la conversación—. Acaba de llegar un emisario de los rebeldes con la propuesta de negociación.

Don Álvaro y el rey se quedaron sorprendidos. Tras unos segundos de indecisión, el condestable tomó la palabra.

—Está bien, Majestad. No escuchemos la propuesta de esos sediciosos y aplastémosles. Su oferta es signo de debilidad. ¡Preparad el asalto, conde!

—¡Esperad, don Álvaro! Ya ha habido demasiadas guerras durante mi reinado, ¿no cree?

—Ganar esas batallas es lo que le ha permitido gobernar con tranquilidad, Majestad.

—No lo dudo, pero ha llegado el momento de anteponer otras cosas.

—Estoy seguro puedo acabar con ellos. Mi espada los doblegará sin piedad.

—Don Álvaro, amigo mío, tenemos ya una edad para disfrutar del descanso. Nuestra época de guerreros quedó atrás. —El rey pasó su brazo por encima del hombro del condestable y comenzaron a caminar hacia el conde de Benavente—. Por mucho que confíe en su espada, nada impedirá que una desgracia pueda cruzarse en el camino. ¿Acaso no recuerda la lanzada de Olmedo?

—Majestad, no podemos bajar la guardia. Todo es peligro alrededor.

—No, condestable. Debería aprender a retirarse a tiempo. Ahora, si me permite, voy a prepararme para atender a ese emisario. Y, por cierto, avisad al príncipe para que acuda al encuentro. Quiero que él también esté presente.

Al llegar a su tienda, don Álvaro desenvainó la Lobera y la descargó en uno de los tirantes que sujetaba el techo.

—Maldito cobarde. La reina le tiene absorbido el cerebro.

Entrevista a:
Juan II, rey de Castilla
Cuarenta y cuatro años

Este hombre no tiene remedio. Es incapaz de ver que el mundo a su alrededor ha cambiado. Sigue con su intento perpetuo de mantenerse en el poder y no se da cuenta de que las cosas avanzan. ¡Si hasta yo mismo vislumbro ya el final de mi reinado!

Es verdad que le quiero casi como a un padre. Ha estado a mi lado desde que tengo uso de razón, desde que dejé de ser niño para convertirme en el monarca que todos querían derribar. Y ahí apareció don Álvaro. Como en el golpe de Tordesillas, donde me rescató de las garras de don Enrique y permitió que hoy sea aún rey. ¡Pero eso ocurrió hace veinticuatro años! Ya es hora de descansar, de disfrutar de su familia como yo lo intento con la mía. Otros vendrán con más fuerza y ganas. Si no sabe entenderlo, acabará mal.

3

Sevilla, julio de 1449

Sor Isabel y don Alonso llevaban varias semanas con la infructuosa búsqueda de pruebas que demostraran la participación de don Juan de Cervantes en el asesinato del anterior obispo. Durante ese tiempo, uno de los correos de la reina María llegó a la ciudad con el encargo de respaldar las acciones del duque de Medina Sidonia frente don Pedro de Zúñiga. El movimiento no pasó desapercibido al cardenal, que comenzó a hostigar a la religiosa y entorpeció todavía más la investigación.

Esa mañana, don Juan los había citado a primera hora en el palacio episcopal. Como era costumbre en la monja, llegaron con diez minutos de adelanto, por lo que tuvieron que esperar en el patio interior hasta que el cardenal estuviera dispuesto.

—Odio tanto a su eminencia que me cuesta, incluso, permanecer inmóvil en este palacio. Saltaría ahora mismo sobre él y…

—Tranquilícese, capitán —interrumpió la monja—. La justicia no es tan rápida como la espada, pero siempre llega. O al menos, lo vamos a intentar.

—Está demasiado protegido por el príncipe Enrique. No sé si podremos ver su caída, hermana.

—Hay muchas formas de derrotarle. No olvide que aspira a ser cardenal primado de Toledo, lo que le daría el control de la Iglesia en la Corona. Si somos capaces de lanzar sobre él la más mínima sospecha, su carrera hacia ese cargo habrá concluido.

—No hemos logrado tampoco encontrar nuevos testigos para afianzar la acusación, así que parece que lo vamos a tener difícil, ¿no cree?

—Es usted un pesimista empedernido, capitán. Como mínimo, hemos evitado que él y los nobles que le apoyan tomen el control de la ciudad y de la nueva catedral. Ahora, deberíamos ...

La llamada de uno de los sirvientes del cardenal interrumpió la conversación. El religioso, en un lenguaje formal y nada cercano, les invitó a que entrasen en el salón, donde les esperaba su anfitrión.

—Buenos días, hermana. Buenos días, capitán —Don Juan alargó su mano para obligarles a besar el anillo cardenalicio—. Alegren esas caras, hace un día fantástico.

—Buenos días, eminencia. ¿Nos ha hecho llamar?

—¡Excelencia! A partir de ahora pueden también dirigirse a mí como excelencia —sonrió con una mueca mientras permanecía en silencio—. Creí conveniente que estuvieran informados de que he sido nombrado Administrador Perpetuo de la Iglesia de Sevilla. Lo que equivale, de facto, a tomar posesión como obispo de esta Diócesis.

—Vaya. Es una gran noticia, don Juan —la monja se adelantó para felicitar al nuevo obispo—. Nos alegramos mucho por usted. Ha sido una acertada decisión la del rey.

—Vamos, hermana. Los dos sabemos que la providencia ha llegado de la mano de su hijo, el príncipe Enrique —apostilló don Alonso.

—Sea como fuere, ha sido una gran elección. Estamos seguros de que hará cuanto esté en su mano para poner fin a esta ola de asesinatos entre familias sevillanas —matizó de inmediato la monja.

—Así es. Esta tensión permanente en la que se encuentra la ciudad desde hace unos meses debe cesar —intervino el cardenal—. Les he hecho llamar para que traten de convencer al Adelantado y al duque de Medina Sidonia de que inicien un período de tregua.

—Eminencia, con todos mis respetos, no creo que sean ellos los instigadores del conflicto. Nos consta que don

Pedro de Zúñiga acosa a algunas familias de la nobleza sevillana con la complicidad de ..

—¡Está bien, suficiente! De don Pedro me encargaré yo en persona. Ustedes limítense a cumplir mi mandato.

—¿Nos asesinará como hizo con el anterior obispo si no nos plegamos a sus órdenes? —sorprendió el capitán.

4

La iglesia del convento de San Pablo, en Peñafiel, se convirtió en una ensordecedora mezcla de gritos, golpes de bancos, ecos metálicos de los candelabros al chocar con el mármol y el lejano relinchar de los caballos que habían quedado a la entrada.

Los dos asaltantes sintieron miedo. Recorría su cuerpo centímetro a centímetro, pero estaban acostumbrados. Reaccionaron con rapidez y, antes de que los soldados llegaran a la nave lateral, habían cruzado el Altar Mayor y escapado al exterior a través de una pequeña puerta que daba acceso a los jardines traseros. Tras bloquear la salida, corrieron unos cuantos metros hasta el muro que separaba el recinto monacal del resto de la población, lo saltaron y huyeron mientras oían, a sus espaldas, enfurecidos gritos de los perseguidores. Se aproximaron a los caballos con prisa, sin miedo a las miradas de los vecinos desde las ventanas. Montaron en ellos, tensaron las riendas, espolearon a los animales y salieron como una exhalación hacia Segovia.

Habían cumplido su objetivo. Estaban satisfechos, aunque aquel botín hubiera costado la vida de dos compañeros.

Galoparon sin tregua durante más de tres horas. Al llegar a un denso bosque, se introdujeron en él hasta que creyeron estar a salvo. Redujeron la marcha durante algunos minutos y trataron de tomar aliento.

—El señor estará contento —indicó uno de ellos con la voz entrecortada—. Le llevamos su espada, tal y como nos ordenó.

—Bueno, además de cumplir una orden espero que sepa también ofrecernos una buena recompensa —contestó a duras penas.

—¿Qué crees que hará con ella cuando la tenga en su castillo? Las malas lenguas hablan de que solo la quiere para añadir una nueva conquista a su cama.

—No lo sé ni nos tiene que importar. Nosotros debemos entregarla en el punto de encuentro, en la Iglesia de la Vera Cruz.

—¿Piensas que tiene el poder que dicen?

—No creo en la magia, creo que mis manos. Pero si el señor desea esta espada será porque trama algo que no tiene que ver con fuerzas ocultas. Más bien todo lo contrario. —En ese momento, escuchó un ruido y giró su cabeza—. Apriétale al caballo y volvamos a cabalgar. No estaremos seguros hasta llegar a Segovia.

5

En el palacio Episcopal la tensión aumentó hasta límites poco frecuentes. El capitán se había enfrentado al cardenal en unas circunstancias que hicieron saltar por los aires la calma tensa mantenida con sor Isabel hasta ese momento. El anfitrión se sintió ofendido y, por primera vez, llegó a pensar en deshacerse de aquellos dos merodeadores que le acusaban de asesinato cada vez que podían.

El cardenal, tras la acusación de don Alonso, se levantó colérico de su asiento y le miró con los ojos llenos de fuego. Después, se acercó hasta sor Isabel, la cogió del brazo de forma poco amistosa y anduvieron hacia la ventana.

—Hermana. Intente controlar los arrebatos de su guardaespaldas. Podrían llevarle al cadalso y arrastrarle a usted en la caída.

—Don Juan, es un buen momento para recordar las enseñanzas de Jesús. Siempre hay que poner la otra mejilla.

—No sea irreverente, sor Isabel.

—Eminencia, su actitud también es provocadora. No le extrañe la reacción del capitán —durante algunos pasos se hizo el silencio—. Por cierto, ¿por qué compró usted veneno en una botica poco antes de la muerte del obispo don García?

—Hija mía, no crea que soy ajeno a la investigación que llevan a cabo. Jamás podrán culparme de nada y, aunque así fuera, no dejarían que trascendiera.

—¿Quiénes, eminencia? —interrumpió sorprendida la monja.

—Cuando lo averigüen, quizás no les guste lo que encuentren. Mientras tanto, procuren no importunarme con sus pesquisas. Desde mi reciente nombramiento, la máxima autoridad eclesiástica en Sevilla soy yo. —El cardenal se detuvo para mirar a los ojos a sor Isabel—. No me obligue a solicitar su expulsión y que la reina María salga de su escondite para intervenir en este asunto.

La monja tomó con ligereza la mano del cardenal, hizo una pequeña reverencia para besarla y, sin mediar palabra, se unió al capitán. Ambos caminaron hacia la puerta hasta que oyeron de nuevo a don Juan de Cervantes.

—Por cierto. Deberían invertir su tiempo en averiguar el destino de la espada Lobera. En las manos equivocadas puede traer consecuencias muy negativas. Tanto para su reina como para nuestros intereses.

—¿Qué sabe usted de ella? —le increpó el capitán.

Don Alonso y sor Isabel habían intentado investigar la responsabilidad del robo de la reliquia, empujados por el interés del Adelantado. Sin embargo, nadie en Sevilla parecía conocer a los autores materiales ni intelectuales de la acción.

—No se altere, capitán —contestó con premeditada lentitud el cardenal—. Parece que han visto a don Álvaro de Luna con ella ceñida a la cintura. A decir verdad, más que ceñirla, su boca propagaba a los cuatro vientos que él era poseedor del arma. ¿Se lo imaginan ustedes al frente de un ejército reunido para luchar contra la Corona de Aragón? —Una sonrisa malévola se dibujó en su rostro—. Mejor que la leyenda sobre la Lobera no sea cierta, ¿no creen?

Entrevista a:
Sor Isabel de Ribera
Cuarenta y siete años. Monja clarisa

Lo que rodea al cardenal es oscuro y lleno de mil interpretaciones. Ese áurea que lo envuelve acaba por definirlo mucho mejor que cualquier otra cosa. Es un tipo de personaje que siempre me ha parecido inquietante.

Me recuerda mucho al último papa de Aviñón. Conocí a don Gil Sánchez Muñoz, sucesor del papa Luna con el título de Clemente VIII, en la ceremonia de abdicación a favor de Martín V.

Yo fui invitada por parte de la reina y representaba a las monjas clarisas. Era la primera vez que acudía a una ceremonia de tan alta dignidad. La mayor parte de las cosas eran nuevas para mí y, pese a lo joven que era, trataba de retenerlas en la cabeza. Pero solo una de ellas ha perdurado en la memoria como una lección que nunca olvidaré: la fuerza que tiene la hipocresía como arma silenciosa.

La mayor parte de los que acudieron a la cita pretendían dar una imagen opuesta a sus propios pensamientos. El primero de ellos, don Gil, el papa Clemente. Era oscuro, como don Juan de Cervantes. Convenció a los obispos de su nombramiento para mantener la línea de papas de Aviñón a la vez que ya había negociado con el rey su renuncia al papado a cambio del título de obispo y, por supuesto, cualquier prerrogativa que le permitiera continuar con un alto nivel de vida.

Allí estaba él con una falsa expresión de tristeza, de pesar, de pérdida. Si su antecesor lo hubiera visto, se muere del susto. Jajajaja En fin, para una joven como yo, aquello fue un espectáculo inolvidable y la lección de cómo una imagen puede esconder algo muy distinto a la realidad. Veremos si lo que esconde el cardenal es tan oscuro como parece.

6

Castillo de Escalona, agosto de 1449

—Ahí la tenéis de nuevo. Custodiadla como si fuera vuestra propia vida —sentenció el condestable.

—Os recuerdo que fui yo la que logró traerla hasta aquí —contestó con desaire doña Juana—. No necesito que me advirtáis sobre su importancia.

—Perdonad, esposa mía, pero son días complicados. El rey parece cada vez más decidido a retirarme del ejercicio activo del poder y percibo cómo otros quieren ocupar mi lugar.

—No os deberíais preocupar tanto. Dejad en mis manos los asuntos de la Corte y tratad de manteneos cerca del rey.

Don Álvaro había regresado del sitio de Toledo lleno de rencor por no haber podido demostrar, victoria en mano, su valía ante el rey. Con la espada de don Fernando estaba convencido de la derrota de los rebeldes, pero don Juan no lo quiso entender. Tras varias jornadas lejos de Escalona, por fin se decidió a regresar y poner a buen recaudo la espada, temeroso de que se la pudieran robar.

—Deberías cuidar tus espaldas. Ahora mismo, son más peligrosos los nobles que el propio rey —afirmó la condesa—. Juan nada te hará, pero los amigos de la reina están dispuestos a poner precio a tu cabeza. Vigila bien a la Liga si no quieres que la separen de tu cuerpo.

7

Segovia, septiembre de 1449

La reina estaba cada vez más integrada en los asuntos de la Corona. Se desenvolvía con facilidad entre los nobles mientras su esposo, el rey, vacilaba aún si apoyar al condestable o a su hijo Enrique.

Septiembre había sido un mes afortunado para ella desde hacía años. Afrontaba los días con ánimo, vigorosa, llena de una energía que el resto de la Corte visualizaba en su cuerpo, en su cara, en sus ojos, en la forma de vestir o en pequeños detalles como la forzada elevación de la barbilla.

Aquella mañana sentía que la Corona estaba a sus pies. Con solo veinte años, se había convertido en aliada de la reina María y en referente para parte de la nobleza. Ante ellos, ante su cabecilla, don Fadrique Enríquez, estaba hoy dispuesta a demostrar por qué la temían casi tanto como la deseaban.

—Almirante de Castilla, dichosos los ojos que por fin pueden conocerle.

—Buenos días, mi reina. Está usted espléndida, como no podía ser de otra manera.

—Déjese de formalismos, don Fadrique. Usted y yo llevamos muchos conflictos en la maleta como para rodear los temas.

—Bueno, doña Isabel, la educación siempre ha de estar presente.

—¿Qué desean de mí esos nobles que intentan resucitar la Liga contra el condestable?

—Hace honor a su propia fama —indicó sonriendo el veterano Almirante—. Sabe bien para qué estoy aquí. Queremos su apoyo para derrotar a don Álvaro.

—Querrá decir para intentar, una vez más, derrotarlo. Porque hasta mis oídos de joven portuguesa ha llegado la información de que ya han sido vencidos ustedes en varias ocasiones. ¿Por qué habría de ser esta diferente?

—Porque las circunstancias lo son. Contamos con el apoyo del príncipe Enrique, del rey de Navarra y de los condes de Haro, Plasencia y Benavente, entre otros. Esta vez, venceremos.

—Y, ¿qué obtengo yo si les apoyo? La presencia del heredero no es que me ilusione. Debería saberlo.

—Esa circunstancia la podemos resolver después de deponer a don Álvaro. Seguro que podrá encajar en el nuevo orden de cosas.

—Prefiero contar con mis propios aliados —contestó la reina mientras daba la espalda a su invitado.

Isabel había elegido un vestido ceñido que dejaba al descubierto los hombros y parte de la espalda. De forma sinuosa, se acercó al ventanal apuntado mientras esperaba la mirada del Almirante clavarse en cada rincón de su cuerpo.

—Mi reina, ya tengo una edad como para no aceptar el reto de un cuerpo tan joven como el suyo.

—No se equivoque, don Fadrique. Todo hombre tiene deseo, solo hace falta reclamarlo —la reina se giró hacia el Almirante para mirarle a los ojos—. Llegado el momento, me encantaría tener su apoyo. La Liga contará con el mío, pero no con mi alianza.

—Usted tiene belleza y juventud. Doña Juana tiene belleza y experiencia. Ella desequilibra el empate con su marido. ¿Cómo puede vencerla ahora?

Entrevista a:
Doña Isabel de Portugal
Reina de la Corona de Castilla

¡Hombres! Todos son igual de fáciles. Don Fadrique no es una excepción. Mi cuerpo, joven y vigoroso, es capaz de seducirle sin el menor trabajo, diga lo que diga. Y él lo sabe.

La pobre doña Juana no se da cuenta de que ya ha pasado su edad. Necesita enseñar mucho más que yo para obtener el mismo resultado. Esa vieja está cerca de su final y aún intenta pelear. Me causa una risa infinita.

La Liga hará su trabajo. Presionará al condestable hasta lograr que mi marido desconfíe de él. Y cuando eso ocurra, yo le susurraré el último empujón al rey para que dé con los huesos de don Álvaro y de la arpía de su mujer en las mazmorras más ocultas del reino.

Después, manso como un cachorrillo, vendrá hasta mis pies el almirante dispuesto a dejarse seducir de nuevo. Será el momento de preparar el asalto definitivo.

Las directrices de mi tío Enrique y de la reina María eran claras: consolidar a mi descendencia como únicos herederos. Y en esa guerra con el príncipe Enrique y con Pacheco, el Almirante debe ser mi aliado.

8

Una semana después de la entrevista con el cardenal, sor Isabel había encontrado la forma de reanudar la investigación sobre el robo de la Lobera. La oportunidad se presentó con el vicario de la antigua catedral, encargado de la custodia de la espada antes de que esta fuera trasladada al palacio episcopal a causa de las obras. No parecía un gran comienzo, pero al menos esperaba obtener información.

Al doblar la calle Sierpes, sor Isabel y don Alonso corrieron unos metros para cambiar a la acera de enfrente. Buscaban caminar por las zonas de sombra, único espacio soportable a esas horas del mediodía. En silencio, rogaban que apareciesen de una vez las esperadas tormentas de septiembre. Durante esos meses de insoportable calor, las jornadas parecían dislocar su natural transcurrir. El día se dilataba sin actividad y las noches se aceleraban con desenfrenado ocio. Esa especial forma de vivir el estío desagradaba tanto a la monja como al capitán, acostumbrados a moverse en permanente lucha contra el tiempo.

Una vez dejado atrás el trasiego de aquella calle principal, se dirigieron a la iglesia de San Andrés, cuyo vicario aguardaba impaciente en su interior. El cardenal había sabido desterrar al religioso a una iglesia mucho más modesta y con menos contacto social, pero esa degradación no le sentó nada bien.

Tras un gesto discreto, muy en línea con la arquitectura circundante, les condujo hasta la sacristía, desde la cual se accedía a una pequeña sala aún más fría y austera.

—Buenos días, hermana. Buenos días, capitán. Por favor, pasen y siéntanse como si fuera su propia casa —indicó el religioso con más nervios que de costumbre.

—Tranquilo, vicario. No le importa que le llame así, ¿verdad? —matizó la monja.

—No, no, por supuesto. Es el trabajo que desempeñaba.

Los tres se sentaron alrededor de una sencilla mesa de madera decorada, en el centro, con un cuenco de cerámica y algunas piezas de fruta de verano.

—Ya sabe quiénes somos y a qué venimos —sentenció la monja—. Pero su nerviosismo, ¿es por nosotros o contra nosotros?

—Se refiere a si apoya al bando de don Pedro de Zúñiga o al de don Perfán de Ribera. En esta ciudad parece que todo se divide siempre en dos —intentó aclarar don Alonso.

—¡A don Perfán, a don Perfán! —respondió asustado el vicario—. Mi compromiso siempre estuvo con el Adelantado y con el obispo don García.

—Estoy segura de que don Perfán hará todo lo que esté en su mano para sacarle de aquí. Nosotros le haremos llegar el mensaje.

—Gracias, gracias, hermana. Este templo acabará con mi salud mental y física.

—Lo sabemos —sor Isabel acercó todavía más su silla hacia el lado donde se encontraba el religioso—. Pero vayamos a lo que nos preocupa. Hace ya unos meses que desapareció la espada Lobera del palacio arzobispal. Le supongo a usted al corriente.

—Eh… eh, bueno, sí —el vicario incrementó su nerviosismo hasta tartamudear de forma reiterada—. Pero en la capilla del palacio hay una espada …

—Vamos, ilustrísima, que estamos al corriente de la sustracción por boca del propio cardenal —interrumpió el capitán.

—Bueno, pues sí, la robaron. Pero yo no sé nada. No sé quiénes fueron. Se lo prometo.

—Lo sabemos, no se preocupe. No venimos a preguntarle por eso —trató de calmar la monja al sacerdote.

—Entonces, ¿qué desean saber?

—Por qué la robaron —indicó con contundencia el capitán.

—Ya les he dicho que no lo sé.

—No se refiere a eso, ¿puede relajarse de una vez? —la monja retomó el interrogatorio algo molesta—. Queremos saber qué esconde la Lobera. Su historia, sus orígenes, sus secretos. Algún motivo especial tendrá la persona que la ha robado, ¿no cree?

—Ah, bueno. Es una reliquia importantísima para nuestra ciudad. Es motivo suficiente para robarla.

—No, no lo es. Hay otras reliquias mucho más valiosas o que podrían obtener más dinero con su venta. Ni el capitán ni yo creemos que esa sea la razón.

El vicario hizo una señal con la mano a los dos interlocutores. Los atrajo hacia sí y comenzó a susurrar, como si tuviera miedo de que alguien pudiera escucharle.

—No todos conocen el poder de la espada. Los reyes han tratado de mantener en secreto que quien la empuña obtiene la victoria, por eso la depositaron como una reliquia en la catedral, para que nadie la usara.

—Quién puede tener acceso a esa información —preguntó el capitán.

—Supongo que, además del rey, los muy leales que le rodeen. Pero no creo que alguien la quiera por ese motivo. ¿Contra quién va a luchar? Está destinada a que, cuando llegue el momento, sea el propio rey el que la empuñe, como hizo Fernando III, para derrotar y expulsar a los moros de nuestras tierras.

—¿Por qué se le ha otorgado ese poder a la Lobera? —insistió el capitán.

—Porque el rey Fernando conquistó Sevilla a los musulmanes con ella en la mano. El 23 de noviembre de 1248, el emir sevillano Axataf se rindió ante él que, a partir de ese momento, instaló en Sevilla su Corte.

—Eso ya lo sabemos. No es necesario recordarlo —interrumpió insolente el capitán.

—Perdón... no sabía... disculpe, capitán.

—Continúe, por favor. Le pido disculpas —terció la monja.

—Está bien. Como les iba a indicar, desde entonces, inclinó la balanza de la victoria a quien la empuñaba. Lo hizo en todas y cada una de las batallas, no solo en las que tomó parte el rey Fernando. Por ejemplo, en la batalla de Guadalhorce, el 29 de agosto de 1326, los soldados castellanos, conducidos por don Juan Manuel, avanzaban sobre las tropas del reino de Granada. En un momento dado, ante la delicada situación castellana en retaguardia, el hermanastro de don Juan, don Sancho Manuel de Castilla, tomó la espada Lobera y pronunció una oración antes de entablar combate. Después, los derrotó —el religioso se detuvo un instante para dramatizar su historia—. Años más tarde, en 1340, en la batalla del Salado, el infante don Juan Manuel volvió a empuñar el arma para vencer a los moros. También la utilizó Fernando de Antequera contra los musulmanes en Zahara, el 1 de septiembre de 1407. Luego, victorioso, en solemne procesión por las calles de Sevilla hasta la catedral, la devolvió a las propias manos del rey santo yacente. Él mismo tornó a empuñarla en 1410 para la conquista de Antequera. ¿Es necesario que siga con más ejemplos?

—No, creo que es suficiente —contestó sor Isabel.

—Es decir, quien la haya robado busca su poder, no su valor económico —pensó en voz alta el capitán.

—Me temo que sí, señor. La leyenda ya otorgó a Fernando esa suerte de magia. Antes de partir hacia la reconquista de Sevilla, el rey se encomendó a Dios para que le diera la victoria sobre los musulmanes. A Dios y a la espada Lobera. Pero una vez empuñada, debe conocer la victoria, so pena de sufrir su ira. Por esta razón, en las procesiones anuales de nuestra ciudad, el alcalde levanta la espada pero la sujeta por la punta.

—¿A quién perteneció antes de Fernando III? —El capitán seguía atento las explicaciones.

—Al conde Fernán González. Fue el primero en unificar Castilla bajo su mandato y alejarse, casi por completo, del reino leonés. Su mítica espada fue enterrada con él hasta que Fernando III viajó al monasterio de San Pedro de Arlanza y la recuperó para las batallas contra los musulmanes. Desde entonces, la leyenda se ha transmitido de generación en generación.

—Me intriga, no obstante, el origen de ese poder. ¿Por qué es invencible? —insistió don Alonso.

De nuevo, el religioso hizo un gesto con la mano y se acercó a ellos. Parecía no fiarse de nadie a su alrededor, ni siquiera de los fríos muros de la sacristía.

—He investigado un poco. Al parecer, para forjar su afilada hoja se utilizaron los clavos de la cruz que presidía la iglesia del monasterio de San Pedro de Cardeña. Un ejército musulmán, al mando de Abderramán III, profanó el convento, destruyó cuanto encontró a su paso y mató a doscientos monjes que había en su interior. Cuando el Conde Fernán González observó la dantesca escena, se encomendó a Dios para que le ayudara a fabricar un arma con la que vengar aquella afrenta.

—Ya veo. Tiene todos los tintes para ser una buena leyenda.

—No debería tomárselo a broma, capitán —respondió el religioso.

—El problema es que llegan noticias de que el condestable de Castilla alardea de ella en público. ¿Cómo ha podido llegar hasta él?

—¿Don Álvaro de Luna? Es un error, es una torpeza. No la puede empuñar nadie que no sea el rey —matizó nervioso el vicario—. Deben recuperarla antes de que traiga más desgracias.

—Está bien, señores —interrumpió la monja—. Ya hemos tenido bastante melodrama por hoy. Se nos hace tarde, vicario. Agradecemos sus explicaciones y estoy segura de que nos han sido de gran utilidad, pero debemos marcharnos.

—Sor Isabel, recuperen lo antes posible esa espada. Es peligrosa —sentenció el religioso.

Entrevista a:
Sor Isabel de Ribera
Cuarenta y siete años. Monja clarisa

Lo que nos faltaba. Historias fantásticas, mitos y poder. Una suerte encontrarse con este tipo de juegos en medio de la investigación más importante de las que he tenido que llevar a cabo. ¡Ay, Señor!

Ahora resulta que la espada tiene poderes. Ni más ni menos. Menos mal que yo no creo en esas cosas. Soy racional. Lo he sido desde que tengo uso de razón. ¡Pues no me ha costado disgustos cuando estaba interna en el monasterio! En fin, que no. Hay que recuperar la Lobera y que los fieles la adoren como quieran.

Entrevista a:
Don Alonso
Treinta y seis años, Valencia
Capitán Trainer

Qué interesante se pone la cosa. Ahora resulta que tenemos una espada mágica que es capaz de dar siempre la victoria. Es normal que se peleen por ella. Yo lo haría. Hasta grabaría mi nombre en uno de los filos.

Cómo me gustaría poder tenerla en mi mano, notar su fuerza, recuperar el valor de aquellos que la han empuñado. Lo que no entiendo es cómo no la usan más los reyes para vencer al enemigo, a los moros, a otros invasores. No sé.

9

Mondéjar, septiembre de 1449

Don Íñigo llegó a caballo frente a la iglesia de la Magdalena. Había pasado la noche fuera. No estaba nervioso por el retraso, aunque reconoció rápido su falta de puntualidad.

—Lo siento, don Jorge. Anoche fue una velada intensa —una sonrisa sarcástica recorrió su rostro—. Me ha sido imposible llegar antes. Ruego me disculpe.

Descabalgó con rapidez. Su vida alegre no le impedía dominar el arte ecuestre y, en menor medida, la espada. Cogió del brazo, de forma amistosa, a su interlocutor y comenzaron a caminar por la plaza.

—Tal y como me indicó la última vez que estuvo en estas tierras, la famosa espada del conde Ferrán está a punto de caer en mis manos.

—Mi reina le urge para que sea depositada, cuanto antes, en manos de la Orden del Santo Sepulcro. El prior ha sido puesto sobre aviso y preparan ya el escondite para la reliquia. No puede retrasarse por más tiempo.

—Tranquilo, don Jorge. Mis hombres nunca fallan. ¿A qué viene tanta prisa?

—La Lobera de Sevilla ha sido robada. Debemos recuperarla al mismo tiempo que utilizamos el poder de su hermana. Es imprescindible para la causa que ambas queden en nuestras manos.

—Puede decirle a su reina que el plan trazado sigue en curso.

—Eso espero, don Íñigo. Como veo que su confianza en el buen resultado de este encargo es ciega, esté preparado para el siguiente paso.

—Ahí ya no tengo ninguna duda. Con las mujeres no fallo —una carcajada recorrió la plaza.

10

Sor Isabel fue parca en palabras desde que salieron de la entrevista con el vicario. Andaba pensativa. El tema de la espada penetró cortante en su cabeza. Don Álvaro había sido el enemigo más importante de la Corona de Aragón durante años. La sola posibilidad de que, al poseerla, intentara una nueva guerra con la Corona de Aragón tiraría por tierra toda la estrategia de la reina María.

Dejaron atrás el centro de la ciudad. Sin darse cuenta, acabaron junto al río. Al alcanzar el Puente de Barcas, el capitán comenzó a hablar algunas frases sueltas, sin mucha coherencia. La monja, sin embargo, continuaba callada, absorta en sus propios pensamientos.

—Don Alonso —interrumpió de repente—. Convendría que se desplazara a Segovia para intentar seguir el rastro de la espada. Hay que recuperarla a toda costa.

—Sí, hermana. Llevo también todo el camino con ello. Pero no sé si es buen momento para dejarle sola en medio de la investigación. La tensión con don Juan de Cervantes me hace temer hasta por su vida.

—No se preocupe, don Alonso. Tengo el apoyo y la protección de don Perfán y el duque de Medina Sidonia. Aquí queda menos trabajo por realizar del que parece. Sin embargo, esa reliquia, al igual que lo fue en la Corona de Aragón el Santo Grial, puede convertirse en un peligro de inestabilidad para los intereses que servimos.

—Entonces, prepararé mis cosas y marcharé a Segovia antes del fin de semana. Veré qué puedo hacer para traer de vuelta la Lobera—. El capitán se quedó pensativo unos segundos—. Esperemos que la conexión con el Santo Sepulcro esté de nuestro lado.

~

Entrevista a:
Sor Isabel de Ribera
Cuarenta y siete años. Monja clarisa

Lo voy a echar de menos, lo reconozco. El capitán es un apoyo importante para mí en Sevilla. No es que sea un lince, la verdad, pero siempre aporta esa chispa necesaria en el momento más oportuno. Jajajaja, es la sal de todo condimento.

Pero ahora mismo es imprescindible que se esfuerce por recuperar la espada. Solo Dios sabe lo que su mal uso puede depararnos.

Don Alonso sabe serpentear sin miedo entre ese nido de víboras dispuestas a matar por poder. Conoce como nadie los enlaces que dejaron abiertos los Templarios hace ya demasiado tiempo y dispone de los contactos necesarios para llegar a cualquier parte.

No tengo dudas: es el mejor preparado para cumplir el objetivo. Seguro que se moverá como un fantasma y cumplirá su promesa sin levantar sospechas. Siempre funciona así. Cuando él actúa, las cosas vuelven a su sitio sin dejar rastro.

11

Sor Isabel había iniciado la semana con la rutina acostumbrada. A primera hora, tras realizar los primeros rezos del día, se disponía a retirarse a su celda para repasar los pormenores de la investigación. Antes de que pudiera salir de la capilla, un enviado del Adelantado se presentó sin previo aviso.

—Hermana, debe acompañarme a la iglesia de San Esteban. Don Perfán reclama su presencia de forma inmediata.

A regañadientes, renunció a los papeles de la investigación y se encaminaron hacia el humilde barrio del sur de la ciudad. En silencio, con el penetrante frío de la mañana sevillana, recorrieron las estrechas calles del centro hasta el pequeño templo del barrio de San Bartolomé. Una vez allí, en lugar de entrar, se dirigieron hacia una pequeña casa situada a pocos metros. En ella, la puerta entreabierta parecía estar esperándoles.

—Creía que íbamos a la iglesia —indicó la monja algo contrariada.

—No, no, hermana. Don Perfán quiere que se reúna con el párroco en esta otra casa. Es importante.

Al entrar, se dirigieron a la parte de arriba, donde les esperaba el cura de San Esteban y una joven vestida de forma humilde y con una actitud corporal algo temerosa.

—Sor Isabel, que alegría conocerla. Don Perfán me ha hablado mucho de usted —indicó el párroco de forma efusiva.

—Muchas gracias, padre. Es un placer —contestó sin demasiado entusiasmo—. Creía que me había hecho llamar el Adelantado.

—Sí, hermana. Pero él no ha podido venir. No obstante, creíamos que lo descubierto por esta joven en su casa podría ser de su interés para el caso que lleva entre manos.

La monja, de repente, cambió de actitud. No entendía que podía haber en aquella casa que estuviera relacionado con las muertes del maestro Carlín y del obispo.

—Verá, ayer por la tarde, después de la misa dominical, Inesita vino a la sacristía para avisarme de que alguien había entrado en su casa porque la habitación de su padre estaba diferente. El sacristán y yo decidimos acompañarla para ver lo ocurrido.

—Entiendo. Quiere usted decir que hay algo aquí que les preocupó —interrumpió la monja mientras comenzaba a moverse en busca de alguna cosa extraña.

—Así es. Acérquese a la mesita y verá ese polvillo blanco.

La religiosa, cada vez más sorprendida, se agachó para observar de cerca las patas del mueble, donde descubrió un polvo blanco. Sin perder el tiempo, lo tocó con su dedo índice y lo llevó a la boca.

—Además, Inesita nos confesó que ese mismo domingo se había tropezado con dos hombres vestidos a la manera religiosa —continuó el cura con la conversación—. Entonces es cuando comenzamos a preocuparnos.

—Inés, ¿sabría decirme si eran curas o monjes? —interpeló la monja con rapidez.

—No, hermana. Aunque creo que no eran religiosos. Uno de ellos me miró y lo reconocí. Era un antiguo vecino del barrio que hace ya dos años se trasladó para trabajar al servicio de algún señor.

—¿De quién? Es importante —indicó sor Isabel.

—No lo sé, hermana. Los rumores circularon durante un tiempo por aquí, pero nunca se supo con certeza si se había convertido en soldado o en qué —la joven se detuvo un instante—. Pero le aseguro que ni mi padre ni yo tenemos nada que ver. De verdad, hermana.

—Lo sé, Inés.

—¿Cómo está tan segura, sor Isabel? —interrumpió el cura.

—Mire, padre. Este polvo es arsénico árabe. Es un veneno mortal y muy pocas personas en Sevilla son capaces de adquirirlo.

—Pero... —titubeó el religioso—. ¿Qué hace aquí?

—Alguien trata de desviar mi investigación. Falsos curas y falsos culpables. Lo más inquietante es por qué quieren involucrar en todo esto a la Iglesia.

12

Madrigal de las Altas Torres, noviembre de 1449

El día había amanecido lluvioso. El barro y el frío dejaron a doña Isabel postrada en palacio sin poder montar a caballo, por primera vez en varias semanas. A medida que avanzaba la mañana, la situación parecía mejorar, aunque el cielo nuboso la confinó el resto de la jornada.

La pequeña Corte desplazada hasta el palacio de Madrigal de las Altas Torres suspiró esa mañana, por una vez, tranquila. Al entorno de la reina le costaba, a veces, seguir el ritmo que esta imponía. Su cuerpo joven requería de una actividad mayor que las personas de su alrededor.

La reina solía escapar de su esposo cuando necesitaba acercarse más hacia Portugal. Al menos, era lo que gustaba decir en Segovia para justificar sus continuos viajes al palacio de estilo mudéjar donde ella era la única que daba órdenes sin la sombra del valido ni del rey.

Doña Isabel había citado a las doce al Señor de Mondéjar, con quien trataba los asuntos más personales. Don Íñigo era conocido en Segovia por su actitud temperamental y, sobre todo, por el infinito gusto, nunca suficiente, hacia las mujeres. De ello se aprovechaba doña Isabel cada vez que necesitaba de sus servicios en alguna parte del reino.

Esa jornada, a pesar del frescor que aún cerraba el cielo, la reina decidió ceñir su cintura y elevar el busto más de lo normal. El negro aterciopelado del vestido no hacía sino contribuir a resaltar más las no excesivas sinuosidades de su cuerpo. Se sentía irresistible, segura de su juventud, dispuesta a coquetear lo que fuera necesario para doblegar la voluntad del señor de Mondéjar.

—Adelante, don Íñigo —indicó la reina desde el trono en la Sala de los Embajadores—. Le esperaba con máximo interés.

El joven lanzó una astuta sonrisa mientras andaba de forma acelerada hacia su anfitriona. Estaba dispuesto a poner el máximo esfuerzo en el envite para, por una vez, conquistar el cuerpo de ella.

—Está usted tan irresistible a la vista como siempre,

señora —cogió su mano, hizo una leve reverencia y volvió a mirarla—. Me alegra que me haya hecho llamar.

—Bien sabéis, como yo, que buscasteis la cita a través de mi doncella —sentenció. Soltó la mano, se giró y comenzó a caminar despacio—. Creo que tenía alguna noticia que comunicarme, así que nada mejor que este palacio, alejado de la Corte, para atenderle como se merece.

Don Íñigo desabrochó el cinturón, del que pendía su espada, lo agarró con la mano derecha y lo dejó sobre el trono de la reina. Después, siguió los pasos de la joven, la cogió por el brazo y forzó el cruce de miradas.

—Primero, cuénteme a lo que ha venido a Madrigal de las Altas Torres —enfatizó con tranquilidad cada una de las palabras.

—Eres astuta como nadie —soltó una carcajada el noble—. Tu gran enemiga, doña Juana de Pimentel, se ha hecho con la mítica Lobera, la espada que jamás ha perdido una batalla.

Doña Isabel se echó hacia atrás. Estaba confusa, sorprendida, llena de rabia y temor a partes iguales. Escuchar siquiera el nombre de esa mujer le revolvía todo su cuerpo. Desairada por la noticia, se giró y volvió hacia el trono.

—¿Qué puedo temer de la espada que no sepa? —indicó mientras caminaba.

—Nada, salvo que sea supersticiosa —el joven se sintió por momentos dueño de la situación. Tenía a la reina desorientada y podía controlar la conversación—. Su doble hoja solo ha contado las batallas por victorias, más allá del propio rey Fernando III. Su leyenda es famosa en Castilla entera. ¿Se imagina a doña Juana empuñando la espada contra usted? —una carcajada volvió a retumbar en la sala.

—No sea necio. Las leyendas solo existen mientras no se les destruye. Quizás haya llegado el momento. ¿Se le ocurre algo que podamos hacer?

—Por supuesto. No creerá que solo traigo malas noticias.

—Y ¿a qué espera?

—A que sea el momento oportuno .—Don Íñigo se acercó hasta la reina, la cogió por la cintura, la giró hacia él y aproximó su cara a tan solo unos centímetros—. ¿A qué está dispuesta?

13

Sevilla. Diciembre de 1449

Al subir las escaleras, el crujido de la madera rebotaba por las paredes sin control. Los dos religiosos iban deprisa, casi a trompicones. No les importaba. Querían acabar pronto su trabajo. Estaban nerviosos. Les hubiera gustado no tener que llevar a cabo ese trabajo.

Al acercarse al portón de entrada, habían tenido que esquivar las miradas de tres mujeres con las que se cruzaron de frente. Uno de ellos creyó reconocer a la más joven, asidua a la iglesia de San Esteban, donde las mujeres más humildes acudían a sus rezos dominicales. Decidió ignorarla y agachó la cabeza. Desde ese instante, fueron conscientes del peligro que corrían si eran descubiertos.

Cuando llegaron a la puerta de la habitación principal, prepararon la cuerda y el pequeño saco de tela negra. Tomaron aire y entraron tras empujar la puerta con fuerza. De dos zancadas se plantaron en medio de la estancia, miraron alrededor de forma compulsiva y se quedaron parados, inmóviles, sorprendidos. No había nadie. La casa estaba vacía. Les habían informado que la monja solía guardar reposo después la comida, pero allí no estaba ella.

Tras la sorpresa inicial decidieron observar bien a su alrededor. Procuraron no tocar nada, para evitar que sor Isabel averiguara que habían estado allí. Cuando terminaron su minucioso reconocimiento, retrocedieron por donde habían venido y abandonaron la habitación.

Al llegar a la planta baja, casi sin pensarlo, se precipitaron a toda velocidad hacia la salida. Abrieron la puerta tan solo unos centímetros. Miraron a la calle, se aseguraron de que nadie pasaba en esos momentos y, como una exhalación, abandonaron la casa.

14

El prior se retiró a su celda bien entrada la noche. El frío segoviano arreciaba en diciembre y las paredes humildes del convento no contribuían a paliarlo. Además, había sido una jornada intensa. Los problemas habituales de la congregación se unían a la inestabilidad política de la Corte.

Cerró la puerta, encendió el candil que tenía en la mesa y se sentó para repasar asuntos pendientes. Cuando fue a retirar algunos papeles que tenía a su derecha, encontró la última de las cartas de la reina María. La cogió con interés y se dispuso a releerla. Quería encontrar sentido a los movimientos, a las órdenes, a la sensación de entrar en una fase decisiva de su trabajo.

Estimado Prior,

Entiendo su desazón por los nuevos apoyos que sumamos a nuestra causa. No obstante, usted, mejor que nadie, entenderá la confluencia con la portu-

guesa Orden de Cristo. Todos nacemos de un mismo proyecto común.

Quizás valga la pena recordarle algunos hechos que definen lo que somos y que le harán entender mejor nuestros objetivos.

Montpellier acoge desde hace décadas la Escuela de Médicos que le ha dado nombre en Occidente. La misma ciudad donde nació Jaume I, quien cedió la educación de su hijo al maestro templario Guillem de Montrodó.

Pues bien, en esa Escuela de Médicos, en la que estudiaron Ramón Llull o Arnau de Villanova y se empapó de leyes el Papa Luna, es a la que, hace pocos años, envié al joven Jaume Roig para consolidar los estudios de medicina. Él y mi buena amiga sor Isabel de Ribera trabajan en silencio a la vez que usted. La hermana clarisa, en unión con el trainer don Alonso, deben concluir con éxito su parte del plan. ¡Ayúdeles en cuanto sea necesario!

¿Cree usted que todo ese trabajo no tenía un objetivo último? Nosotros hemos sido elegidos para alcanzar la meta. Estamos tan cerca, que cualquier error puede echar por tierra siglos de esfuerzos.

Tiene a su entera disposición el poder de la Orden de San Juan, la Orden de Montesa y la Orden de Cristo. Aproveche la oportunidad para convertirse en el elemento que una todas las partes y active, allá donde llegue, los mecanismos de nuestro éxito.

El futuro de la espada Lobera está en sus manos.

Reciba un cordial saludo

María de Trastámara
Reina de la Corona de Aragón

15

Era día de mercado en las inmediaciones de la catedral. Las calles se llenaban desde primera hora de una intensa algarabía de la que nada escapaba. Los primeros compradores se mezclaban con el ir y venir de comerciantes y proveedores y las obras se unían a la fiesta como una celebración del caos que animaba el espíritu de la ciudad.

Esa mañana, sor Isabel se encontraba alegre, dispuesta a disfrutar de la pieza de fruta que había pensado comprar mientras observaba a los sevillanos enmarañarse en un divertido regateo permanente por todo cuanto se comerciaba.

—Buenos días, sor Isabel. Le veo poco centrada hoy en sus oraciones.

—Vaya, que casualidad, eminencia —contestó sorprendida la monja—. don Juan de Cervantes se digna a pasear por las calles de la ciudad en pleno día de mercado. Esto es una novedad.

—Sí. El pueblo quiere a sus autoridades y estas deben dejarse ver de vez en cuando junto a ellos. Espero que aproveche bien la mañana, hermana —trató de despedirse el cardenal.

—¡Espere un momento, don Juan! —interrumpió la monja—. Quería preguntarle por qué razón aparecieron dos religiosos en la casa donde me hospedo. ¿Sabe algo al respecto?

—Por supuesto que no. Ya estoy acostumbrado a sus acusaciones, pero por el tono de voz, me parece que no tiene mucha fe en que, sea lo que sea, tenga yo algo que ver.

—Estoy segura que de un modo u otro debe conocerlo.

—Se equivoca. Solo tratan de desviar su atención, algo que por otro lado dudo que hayan conseguido —el cardenal ofreció su mano a la monja para que le reverenciara.

—Espero que no se vea comprometida mi integridad física, eminencia. Debería tomar cartas en el asunto. Que tenga un buen día.

16

Segovia diciembre de 1449

El anaranjado y débil sol que iluminaba el alcázar al atardecer era preludio de la fría noche de invierno que estaba por llegar. Una intensa ola invisible se abriría paso calle a calle hasta encerrar en sus hogares a los habitantes de la ciudad más importante del reino. Ese fue el momento elegido por don Alonso para montar a caballo, abandonar la pequeña posada donde se encontraba hospedado desde hacía unos días y cruzar la muralla en dirección a la iglesia de la Vera Cruz.

El sonido metálico de las herraduras rebotaba contra los sillares mientras galopaba junto a las aguas del río Eresma. Tenía prisa. Llegaba tarde al encuentro con el prior. Cruzó el puente de Santo Domingo y enfiló el camino hacia la iglesia mientras dejaba atrás las almenas donde se escondía la joven reina.

Cuando estuvo ante la fachada, detuvo con suavidad el caballo y admiró aquel pequeño edificio. Los templarios habían sido sus constructores y, ahora, la Orden del Santo Sepulcro se encargaba de mantener viva la fe entre esas doce paredes. A su encuentro salió el prior, ataviado con el hábito blanco de la orden, sobre el que había bordada una cruz roja de Godofredo.

—Sea usted bienvenido, don Alonso.

—Muchas gracias, prior —el capitán descabalgó y ató al animal en una argolla que sobresalía del muro—.

Pongámonos a cubierto de este frío invernal que penetra hasta los huesos.

Una vez en el interior del templo, rodearon el edículo hasta llegar al ábside, donde el prior realizó una pequeña reverencia y se santiguó. Don Alonso imitó los gestos de fe del prior. Después, cruzaron la construcción central y subieron al primer piso a través de unas pequeñas escaleras interiores. La segunda planta, circular, desde cuyas ventanas formaban los brazos una perfecta cruz griega, estaba adornada con símbolos templarios y del Santo Sepulcro.

Ninguno de los dos tomó asiento. El prior se situó en el centro exacto de la planta y esperó a que el capitán le prestara toda su atención.

—Don Alonso, fuimos avisados hace unas semanas del robo de la espada Lobera, para gran preocupación nuestra. Hemos hecho diferentes averiguaciones y la tenemos localizada. Sin embargo, se nos antoja muy complicado poder recuperarla, algo que es de vital importancia tanto para la Orden como para la reina María.

—Lo sé, prior. Sor Isabel me ha dado órdenes expresas para que facilitemos el retorno del arma a Sevilla, bajo el control directo de la Iglesia. Si su poder se despliega en medio de una nueva guerra entre los nobles de Castilla, todo el proyecto de unificación previsto por la reina María se vendrá abajo.

—Tiene nuestro apoyo para la tarea que le han encomendado. La espada, como sabe, está en poder de don Álvaro de Luna y de su esposa. Doña Juana controla las escasas salidas del arma fuera del palacio de Escalona. Sustraerla será complicado.

—Es cierto. Habrá que esperar el momento adecuado. Lo más oportuno será acecharla.

—Nuestros hermanos preparan también una acción complementaria. Debemos tratar de apoyarnos en la reina Isabel para compensar el poder que puede acaparar ahora doña Juana al poseer la Lobera. Parece una opción más prudente que buscar una alianza con el príncipe Enrique.

—Necesitaré soporte logístico: vivienda, armas, un salvoconducto de la Orden y un listado de nobles con los que podemos contar.

—Dispondrá de todo cuanto nos pida —el prior abandonó por fin el centro de la sala, se acercó al capitán, lo cogió por el brazo y comenzó a andar hacia las escaleras—. Recuperar esa espada debe ser lo más importante, por delante, incluso, de su propia vida—. En ese momento se detuvo y giró su cabeza hacia el capitán—. Por favor, bajo ningún concepto debe empuñarla. No lo olvide nunca.

~

Entrevista a:
Don Alonso
Treinta y seis años, Valencia
Capitán Trainer

Echaba en falta la acción. Cuando se lleva al guerrero en el corazón, uno necesita la adrenalina del riesgo de tanto en tanto. Pero también es verdad que cuantos más días pasan, más extraño se me hace la ausencia de esa monja. Al final, me he acostumbrado a su impertinente compañía.

Ya sé que es inteligente y sagaz, pero en un mundo de cuchillos nunca se puede bajar la guardia ni llevar como único escudo la fe. Temo por su seguridad... O quizás no Esta mujer es capaz de enfrentarse a cualquiera. Lo mejor sería recuperar cuanto antes la Lobera y volver a Sevilla. Si algo le ocurriera a esa monja, no me lo perdonaría la reina María ni, mucho menos, yo.

Tendré que confiar en estos monjes guerreros de la Orden del Santo Sepulcro. Son nuestros mejores aliados en Castilla. Aunque reconozco que me causan un poco de recelo, ¿a ustedes no les echa para atrás tanta parafernalia?

17

Madrigal de las Altas Torres, diciembre de 1449

La joven reina y el Señor de Mondéjar habían olvidado sus prejuicios y se dejaron llevar por la atracción desbocada de la juventud. Doña Isabel estaba dispuesta a cualquier cosa con tal de obtener el poder que, desde su llegada a palacio, ansiaba. Sin embargo, sentía más y más deseo en cada una de las insinuaciones con las que provocaba a don Íñigo. Se diría que las necesitaba, que las deseaba, y no tuvo reparo, con su silencio, en dar luz verde al joven para abalanzarse sobre ella.

A partir de ese momento, el tiempo se detuvo, la Sala de Embajadores desapareció, ellos dos flotaban en el aire mientras sus cuerpos sudaban con cada movimiento, se rozaban, se excitaban.

Tras más de media hora de generar un desenfrenado calor, la reina, por fin, se separó de él. Mientras recolocaba el vestido sobre su sonrojada piel, no podía parar de pensar en las manos de don Íñigo cuando soltaba el cordón que ceñía los corchetes de la espalda, al tirar del bordado negro de los hombros o al dejar sus pechos al aire frente a esos ojos de deseo. Ardía aún su cuerpo a la vez que se arreglaba a duras penas el peinado.

Al observar su reflejo sobre el cristal de la ventana volvió a encenderse su mente. Recreó el momento en que le había levantado la falda, cogido por la cintura y cargado sobre él. Dieron vueltas alrededor del trono hasta que la apoyó contra la pared encalada mientras ella cogía a don Íñigo del pelo. La reina se dejó embestir una y otra vez. Había dado rienda suelta a sus deseos. Por fin, un eco sordo que recorrió las cuatro paredes de la Sala de Embajadores puso fin al momento. Se relajaron con ambos cuerpos aún unidos hasta que la temperatura comenzó a remitir.

—Don Íñigo, ¿cuál es la buena noticia que me traía?

—No pierdes nunca tu obsesión por el poder, Isabel —sonrió él de forma maliciosa.

—Eres tú el mensajero.

—Cierto —soltó una breve carcajada—. La buena noticia es que existe una hermana —volvió a hacer un silencio caliculado—. Lobera tiene una gemela, quizás verdadera o quizás falsa, pero los pocos que conocen el origen de la leyenda dudan si la copia posee también o no los mismos poderes.

—Bien, don Íñigo. Supongamos que me intereso por ella. ¿De qué me sirve a mí? Doña Juana ya posee el original.

—Eso es lo que ella cree. Pero ¿se sentiría tan fuerte si conociera que tú posees la otra Lobera? Cuanto menos, socavaría su confianza y pondría en cuestión la que genera entre sus partidarios.

—A veces me sorprende usted. Llega a ser casi tan inteligente como yo —la risa de Isabel cambió la tensión de su rostro—. ¿Por qué existe esa otra Lobera?

—Ambas se atribuyen al conde de Castilla, Fernán González. Por un lado, la que estaba en manos de Fernando III. El soberano la cedió a Sevilla como símbolo del amor que sentía por esa ciudad, reconquistada a los moros. Por otro, la que posee la familia la de don Juan Manuel, que pasó de generación en generación.

—Bueno, pero eso no responde a por qué tiene ese misterioso poder.

—Se dice que, en la batalla de Guadalhorce, cuando todas las tropas del padre de don Juan Manuel estaban rodeadas y abocadas a ser reducidas a cenizas, don Sancho Manuel, hermano de nuestro literato, la cogió, se arrodilló y se puso a rezar apoyado sobre la espada. Al día siguiente, solo un bando quedaba en el campo de batalla, y no eran los moros. Desde entonces, se asegura que el poder es real y que trasciende el tiempo.

—Habladurías del pueblo.

—Lo sean o no, hay personas dispuestas a creerlo y, por tanto, a engrandecer ese poder en el subconsciente. ¿Hay algo más peligroso que eso?

—En realidades ciertas os podéis confiar, más de las fantasías os debéis alejar.

—¡Vaya! —Respondió impresionado don Íñigo—. Veo que también habéis leído a los autores castellanos. ¿Eso me convierte a mí en Patronio?

—Nunca dejáis de sorprenderme. No os hacía tan versado en letras.

El joven se acercó por la espalda a doña Isabel y se adhirió a su cuerpo como si fuera una parte más de él. Dieron varios pasos cortos hasta la ventana, sin soltarse, mientras las manos de don Íñigo recorrían cada milímetro de los pechos de la reina y se adueñaban de nuevo de ellos.

—No despreciéis nunca la sabiduría popular ni sus leyendas. Tienen más fuerza de lo que piensa y más realidad de la que imagina.

Ella agarró las manos de él, las separó de su cuerpo y se giró para mirarle a la cara. El carácter duro y altivo había vuelto a su rostro. De nuevo era la esposa del rey.

—¡Don Íñigo! No me importa en lo que crean usted y el pueblo. Yo quiero mi reino, sin validos ni mujeres que susurren al oído de mi marido. Y como quiera que tenga usted razón en las cosas que me ha contado acerca de esa espada gemela, salid de aquí y no volváis hasta traer entre vuestras manos la nueva Lobera.

Entrevista a:
Doña Isabel de Portugal
Reina de la Corona de Castilla
Veintitrés años

Sí, me gusta el sexo. Disfruto con él cuando encuentro a la persona que me satisface. ¿Qué esperan de una persona con mi edad? Además, tampoco es que mi esposo sea un portento en la cama. Cumple como rey. Poco más puedo decir. Pero con el Señor... es otra cosa.

Claro que tengo mi cuerpo como un instrumento de persuasión. Los hombres caen ante él sin importarles razón alguna. Es el juego de la seducción. Solo con eso, logro muchas veces mis propósitos. En alguna ocasión debo entregarme sin desearlo, pero las más de ellas soy yo la que decido, la que elijo, la que disfruto.

En eso no tengo nada que ver con la anciana de doña Juana. Ella no distingue placer de obligación. Entrega su cuerpo para obtener algo a cambio, sin que de por medio exista ni pueda existir placer. Será la edad. O quizás que es una bruja arpía que quiere controlar el reino. Sea lo que fuere, nunca tendrá lo que yo poseo en cada encuentro.

No deberían juzgarme tan a la ligera, la verdad. Ustedes no saben lo que es dejar tu hogar, tu familia, tu entorno, tu lengua, tu vida para trasladarte a otro reino sin conocer a casi nadie, como un plato de segunda, como una simple transacción comercial. Sí, como lo oyen. Mi padre aceptó la boda a cambio del dinero que don Álvaro de Luna y mi actual esposo habían comprometido con Portugal por la ayuda en la guerra contra la Corona de Aragón.

Esos pensamientos y recuerdos golpean a diario en mi cabeza. Pero se evaden de ella cuando mi cuerpo se tensa desnudo y mi piel se convierte en objeto de deseo. En esos momentos, nada existe más que el placer. Pero no crean que es solo algo físico, también es mental. Mi cabeza goza tanto o más que el resto de mi cuerpo. No pienso en la persona que tengo ante mí, no pienso en nada, solo me evado, me alejo de un mundo tan duro como el que me ha tocado vivir. ¿Pueden juzgarme ahora?

18

Segovia, septiembre de 1450

Los domingos, el alborozo de la ciudad se podía palpar desde las sinagogas hasta las iglesias cristianas. Fieles de todo credo llenaban los templos y convertían sus alrededores en un bullicio casi festivo donde se bebía, se gritaba y se respetaba a partes iguales.

La reina había decidido esa mañana acudir a la misa de doce en San Miguel. A pesar de que el arte mudéjar no le motivaba lo más mínimo, era consciente de que Segovia entera esperaba ver a su reina caminar entre los arcos de la galería exterior, tras la misa, como habían hecho sus antecesoras en el cargo.

Doña Isabel se sentía plena, vital. La sangre parecía recorrer su cuerpo con una velocidad hasta entonces desconocida. Su piel estaba más tersa, sus pechos endurecidos, los pómulos sonrojados. Se sentía guapa, radiante y había elegido ese día para acudir al acto religioso en el que se concentraba un mayor número de nobles.

Para sorpresa de muchos, don Álvaro de Luna y don Juan Pacheco habían confirmado su asistencia a la celebración eucarística. Junto a ellos, doña Juana y el príncipe don Enrique hicieron acto de presencia para controlar las adhesiones de unos y otros a sus causas. Al mediodía, la iglesia de San Miguel se había convertido ya en un campo de batalla silencioso en el que unos y otros miraban de reojo a la joven Isabel.

Cuando concluyó el acto, los reyes salieron a la galería porticada, protegidos del sol primaveral pero visibles para los ciudadanos que transitaban junto a la iglesia. La reina iba cogida del brazo de don Juan, su esposo, en una actitud de autocomplacencia indisimulada. Tras ellos, la nobleza, agrupada en distintos corros en función de sus preferencias políticas.

Don Álvaro y doña Juana acudieron los primeros a saludar a los reyes. El príncipe don Enrique y su secretario, don Juan Pacheco, no disimulaban las miradas de control. Ambos habían tenido que vigilar sus gestos de desprecio hacia la reina durante la celebración de la misa, sobre todo don Enrique, que era incapaz de soportar a su madrastra en encuentros públicos.

—Buenos días, Majestad. —Don Álvaro hizo una leve reverencia ante el rey—. Buenos días, mi reina. Parece que la belleza le ha vestido hoy de forma especial. Está usted radiante.

—Gracias, don Álvaro. Será la luz de septiembre que ilumina Segovia de un color especial.

—No creo, querida. El brillo especial de tus ojos parece delatarte. ¿No crees que es hora de que mi fiel condestable sea conocedor de la buena nueva? —se adelantó el rey.

El rostro de doña Juana se transformó. Ella lo sabía. Hacía días que había observado pequeños detalles en la reina que solo una mujer podía identificar. No quería creerlo, pero en el fondo sabía que lo inevitable había llegado. Hubiera preferido no estar en esa situación de debilidad. Había llegado el momento de establecer nuevas estrategias que su esposo, con sesenta años ya, era incapaz de poner en marcha. La sagacidad que le había salvado en otras ocasiones, el olfato de gran político que le había llevado a dominar la Corona de Castilla perdía ya su vigor a medida que las nuevas generaciones, a las que él no conocía tan bien, pisaban poco a poco la Corte.

—Tienes razón, esposo mío. Los señores de Escalona deben conocer que me encuentro en estado de buena esperanza —una sonrisa maliciosa recorrió el rostro de doña Isabel mientras sus ojos se clavaban en los de doña Juana.

—Es una gran noticia, mi reina —se aprestó a contestar con rapidez la condesa—. El futuro de la Corona estará asegurado, con permiso del príncipe.

La conversación y las reacciones de los cuatro no pasaron desapercibidas para los nobles que les rodeaban, entre los cuales se encontraba Pacheco y el heredero al trono. Doña Juana avistó de forma rápida que su nuevo aliado frente a doña Isabel debía ser don Enrique. Mientras su marido estaba todavía en proceso de asimilar la noticia, ella se giró, acercó su cuerpo de forma sinuosa al heredero y le susurró al oído.

—Creo que su Alteza debería conocer la buena nueva de la reina. Estoy segura de que será de su interés.

—Vaya sorpresa, doña Juana. Me alegra que por fin me muestre sus respetos.

—Siempre los ha tenido, Alteza. Pero es ahora cuando más puede necesitar mi apoyo.

Don Enrique temía la noticia de su madrastra. Mientras se acercaba a ella y a su padre, pensó que la fuerza de la naturaleza era insalvable. Pero era el heredero legítimo, aunque no se fiaba de ella ni de su progenitor.

—A sus pies, Majestad. Buenos días, padre. Ya me han dicho que tenéis una muy buena noticia que ofrecernos.

—Así es, Enrique. Vas a tener un hermano, o hermana —doña Isabel miró con malicia al joven heredero—. Espero que estéis tan contento como vuestro padre.

—No solo eso. Mucho más que contento. Por fin podremos establecer lazos con otros reinos, siempre que sea una niña, claro está.

—Don Enrique, la corona necesita garantizar su supervivencia por si algo malo, Dios no lo quiera, le ocurriera a usted —contestó con odio la reina.

En ese mismo instante, doña Isabel miró a doña Juana, con quien había perdido contacto visual al iniciar la conversación. Durante algunos segundos, ambas clavaron sus pupilas en la otra, desafiantes, dispuestas a guerrear hasta las últimas consecuencias. Fue cuando la reina comprendió la fuerza de la alianza que acababa de propiciar. Por un instante, temió a doña Juana y al príncipe. Por un instante, hubiera deseado no estar embarazada.

Entrevista a:
Doña Juana de Pimentel
Condesa de Montalbán
Cuarenta y cuatro años, natural de Guadalajara

No dirán que no se lo había avisado. Yo no suelo fallar en mis pronósticos. Esa zorra ha logrado lo que quería: un hijo del rey. Pero ha errado su estrategia. Lo único que va a conseguir es que busque con más ahínco una alianza con don Enrique. Esos dos no se pueden ni ver, así que el enemigo de mi enemigo es mi amigo.

Con el príncipe no lo voy a tener fácil. Ese pobre diablo no se excita con una mujer ni aunque la pongan desnuda delante de sus ojos. Al que tendré que trabajarme es a su secretario, Pacheco. Un hueso muy difícil de roer, la verdad. Pero el deseo obra milagros en un hombre.

Mi marido se encargará de la diplomacia, porque ya está mayor para poner a trabajar su astucia. Y si la situación se complica, mi espada infundirá el terror que no pueda vencer mi cuerpo.

Esa niñata de Isabel tiene los días contados. No pararé hasta volverla loca.

19

Sevilla. Diciembre de 1450

La mañana de los lunes solía ser tranquila en la ciudad. El frío, acompañado del lento amanecer, hacía que las calles estuvieran aún vacías cuando la luz apenas iluminaba las esquinas. Ese silencio animaba la oración de sor Isabel. Después, puntual como un reloj, emprendía su paseo diario hasta la Torre del Oro.

Ese día, tras algunos minutos frente al Guadalquivir, decidió dirigirse hacia las obras de la catedral a través de las estrechas y enrevesadas calles que tenía frente al mercado. Comenzó a caminar, despacio, tranquila, envuelta en el despertar paulatino de los comerciantes que comenzaban su jornada.

Dobló la esquina hacia la derecha para acortar el trayecto. La ausencia de tiendas reducía también la presencia de vecinos. Caminaba sola. El sonido de sus zapatos rebotaba por las paredes hasta que escuchó el rápido avanzar de alguien a su espalda. No hizo caso. Serían los vecinos que comenzaban la jornada con el tiempo justo.

Al oír cómo los pasos se convertían en carrera paró, giró su cuerpo y solo le dio tiempo a ver a dos hombres abalanzarse sobre ella. Le golpearon la cabeza con contundencia, le colocaron un saco en ella, la ataron y cargaron su cuerpo sobre los hombros.

A partir de ese momento, todo se volvió oscuro. Poco a poco dejó también de escuchar las voces de los hombres y su propia respiración. Notó cómo se la llevaban hasta que la nada invadió su cabeza.

20

El señor de Mondéjar miraba con curiosidad la estructura de la iglesia. No conocía otro templo igual en Castilla. Un octógono circunscrito en otro más grande, elevado sobre el primer plano, abierto en cada uno de sus lados, rodeado por una especie de galería que llevaba hasta el ábside. Pensó que aquello no era normal.

Esperaba en el primer piso, en el centro mismo de la construcción, en el vértice de un espacio que respiraba a la extinta Orden Templaria por todas partes. Pero no la temía. Quería formar parte de ello. Sabía que se proyectaba hacia el futuro y que cualquier otra elección, incluida la del príncipe, supondría un paso atrás.

—Buenos días, don Íñigo —indicó el prior al entrar por sorpresa—. Espero que le guste nuestro humilde templo. La Orden no tiene tantos medios económicos como quisiera.

—Este templo es innovador, diferente, enigmático. Pero me gusta.

—Me alegra oírle decir eso. ¿Qué le trae por aquí, señor?

—Bueno, creo que ya lo sabe. Aunque no nos han presentado de forma oficial, ambos conocemos la existencia del otro. ¿Acaso va a negar que la reina María se ha puesto en contacto con usted?

—He sido advertido, sí.

—Entonces, sabrá que estamos en el mismo bando. ¿Cierto?

—Sus hombres me confiaron hace dos días la espada. ¿Viene a hablar de eso?

—Por supuesto, prior. Me encargaron recuperar el arma y aquí la tiene.

—Falta la segunda parte de su misión.

—Lo sé. Pero ahora mismo, me importa más poder comprobar el brillo de la doble hoja.

—No se preocupe. La traerán en un momento.

—Estupendo. Dos de mis hombres han muerto por ella. Quiero tenerla en mi mano antes de que no la vuelva a ver.

Tras diez minutos de espera, por fin apareció uno de los monjes con un bulto envuelto en terciopelo rojo. Caminaba despacio, con la mirada clavada en el suelo.

—Está bien, hermano. Puede retirarse ya —ordenó el prior.

—¿Cree que esa mujer tan joven sabrá hacer un correcto uso?

—Lo que yo piense vale para poco. Lo importante es que ella luche por el mismo objetivo.

21

Sevilla, diciembre de 1450

Los hombres de don Pedro de Zúñiga avanzaban con rapidez hacia el palacio del duque de Medina Sidonia. A esas horas de la noche, la ciudad estaba tranquila, sin apenas vecinos por las calles. Los soldados, liberados de miradas anónimas, centraron sus esfuerzos en llegar cuanto antes a su destino.

Al introducirse en el barrio de San Vicente, aceleraron la marcha. La vanguardia marcaba el sentido de la iglesia de San Miguel. Iban todos agazapados, escondidos entre las zonas de mayor oscuridad. Cuando la avanzadilla avistó el palacio del duque, corrió a avisar a su capitán.

—Está bien —respondió. Se giró hacia el grupo y los reunió en torno suyo—. El efecto sorpresa lo tenemos de nuestro lado. Quiero que entréis en ese palacio y matéis tanto al duque como al resto de su familia. No debe quedar ni una persona viva. Si cumplís las órdenes, ya sabéis la recompensa que os espera. Más de lo que nunca podréis obtener en vida —hizo una pequeña pausa, tomó aire y se dispuso a arengarles—. ¡A muerte! ¡Por don Pedro! —gritó histérico—.

Cuando corrían en tropel hacia la puerta de entrada al palacio, aparecieron por los lados dos docenas de soldados armados con espadas, dagas y alguna lanza corta. Se abalanzaron sobre los atacantes y comenzó una lucha sangrienta como no se recordaba en la ciudad.

El duque de Medina Sidonia recibió por la mañana el aviso de que don Diego había dispuesto un asalto a su palacio esa misma noche. El chivatazo le permitió preparar la defensa y sacar a su familia con destino a Sanlúcar. Poner a salvo a su estirpe era tan importante como el legado que les pudiese dejar.

Los enfrentamientos entre la nobleza sevillana eran comunes desde hacía décadas, pero en los últimos años se habían radicalizado. En varias ocasiones, el Cabildo tuvo que llamar al orden a las familias, aunque las luchas se repetían al poco tiempo. Ahora, a la tradicional enemistad se unía la bandera del rey o del príncipe. Un fuego que amenazaba con extenderse al resto de la Corona.

Durante una eternidad, la lucha sangrienta y embravecida lo ocupó todo en aquel barrio sevillano. Tras más de veinte minutos, el ruido de las espadas al chocar sus afiladas hojas comenzó a disminuir al mismo ritmo que el empedrado quedaba anegado por la sangre de los soldados.

Los hombres del duque superaban en número a los de don Pedro de Zúñiga, que apenas pudieron aguantar la posición. Caían uno tras otro con heridas mortales con las que ya no superarían la media noche.

Tras la crueldad del lance, que segó la vida de casi todos los asaltantes, el cabecilla sería acorralado contra la fachada del palacio. Era el último de entre sus compañeros. Rodeado por ocho hombres de Medina Sidonia que aún seguían vivos, soltó la espada y puso la rodilla en el suelo en señal de rendición.

Don Enrique de Guzmán hizo entonces acto de presencia. Dejó entreabierto el portón, se acercó con lentitud hasta el prisionero y clavó en él su mirada llena de odio.

—Podéis estar tranquilo. Os voy a perdonar la vida para que entreguéis un mensaje a vuestro señor.

El duque sacó de su cintura una pequeña daga con empuñadura dorada, la desenfundó y se acercó hasta el soldado. Llamó a dos de sus hombres para que lo sujetaran mientras un tercero le separaba el pelo de la cara. Se situó por detrás de él, acercó su mano izquierda hasta la oreja, la agarró con fuerza y abatió sobre ella la daga que empuñaba en la derecha.

Un grito de intenso dolor rebotó por toda la plaza hasta despertar al último de los vecinos de la ciudad. La sangre brotó incontenible de su cabeza para manchar las botas del propio don Enrique. Este sacó de su bolsillo un pañuelo blanco, se agachó, limpió el calzado y comenzó a andar hasta situarse delante del desafortunado.

—¡Cállate y deja de quejarte! No son tus gritos lo que te salvarán, así que escucha bien. Este es el mensaje que entregarás a don Diego —indicó mientras levantaba la oreja cortada delante de su cara—. Si no lo entendiese, adviértele que el siguiente en morir será un miembro de su familia.

El duque, borracho en su propio instinto de venganza, lanzó con desprecio la oreja a su dueño, hizo un gesto a los hombres que habían sobrevivido y se retiraron al interior del palacio.

En la calle, por fin, volvía el silencio, más ruidoso que nunca, más sangriento que de costumbre.

22

Don Íñigo descabalgó con una sonrisa en la boca. Habían decidido encontrarse en los alrededores de la ermita de la Virgen de Fuencisla. Desde hacía tres meses, el joven señor de Mondéjar no ocultaba un especial interés por la reina, aunque esta mantenía a escondidas sus esporádicos encuentros.

Tras dejar atado al caballo, se dirigió a la parte trasera de la ermita, donde aguardaba doña Isabel. Estaba seguro de sí mismo, confiado en ofrecerle un triunfo a la reina, satisfecho por haber cumplido el trabajo encomendado.

—Buenos días, Isabel.

—Vaya, don Íñigo, veo que ya no me trata usted como a una reina.

—Te equivocas. Nada hay más importante que tú en este momento.

—Por favor, no sobreactuéis. No sois hombre de fidelidades infinitas.

—Con quien merece la pena, sí —una amplia sonrisa iluminó su rostro.

El joven se abalanzó sobre la reina, la cogió por la cintura con su mano derecha, la acercó cuanto pudo a su cuerpo y la besó durante veinte eternos segundos. Al separar su boca, doña Isabel pasó sus manos por la cabeza de don Íñigo y se fundieron de nuevo sin tener conciencia del tiempo. Cuando las manos de él comenzaron a explorar el cuerpo tensado de la reina, esta lo separó.

—Detente, Íñigo. No es lugar ni momento para desatarnos.

—¿De verdad eres capaz de contenerte?

—Por supuesto —un incómodo silencio heló las ansias de don Íñigo—. Hemos venido hasta aquí porque tenías algo que decirme.

—Sí —la mirada de él perdió el brillo chispeante de hacía tan solo unos segundos—. La espada que tanto buscabais ya está en mi poder.

—Es una noticia fantástica —la reina se separó todavía más y comenzó a caminar en círculos—. La necesito en mi poder cuanto antes. Esa bruja de doña Juana debe enterarse ya mismo de que no es la única que tiene una Lobera.

—La tuya está depositada en la iglesia de la Vera Cruz. Deberá llamar al prior y solicitarle que se la entregue.

La reina se acercó de nuevo a don Íñigo, cogió su mano derecha, le miró a los ojos y sonrió.

—Deberías estar contento. Te recompensaré hasta cansarte.

23

A la mañana siguiente, la noticia de la refriega corrió por todos los rincones de Sevilla. Cuando los primeros vecinos comenzaron a salir de sus casas, la sangre aún manchaba partes visibles del empedrado frente al palacio del duque. Los cuerpos acuchillados la noche anterior habían sido retirados por los dos bandos, conscientes de que debían despejar la zona antes de que el Cabildo dictaminase medidas poco favorables para la ciudad y para ellos mismos.

La intensidad del combate fue de tal calibre que el Adelantado de Andalucía decidió tomar cartas en el asunto. Había sido informado del enfrentamiento a las ocho de la mañana por uno de sus criados. Aceleró su aseo personal, desayunó de forma ligera y se preparó para visitar al cardenal, a quien iba a solicitar que pusiera fin al conflicto entre los nobles de la ciudad.

—¡Señor! —con voz entrecortada por la respiración, interrumpió otro de sus criados al Adelantado antes de que saliera de palacio—. Señor, traigo noticias de la monja.

—¿No pueden esperar? No creo que puedan ser peores que la matanza de anoche.

—Lo son, señor, lo son.

—Está bien. Adelante. ¿Qué quiere de mí ahora esa clarisa?

—Ha sido secuestrada.

—¿Cómo dice? —contestó sorprendido don Perfán.

—Llevaba un día sin dar señales de vida hasta que Hernando, el productor de jabones de Triana, nos informó de que uno de sus trabajadores vio cómo se llevaban amordazada a la monja.

—¿Es segura esa información?

—Sí, señor. Han comprobado que sor Isabel lleva ausente más de un día y no ha dormido en su residencia.

El Adelantado lanzó con rabia su sombrero contra la pared y se acercó a la ventana. Estaba pensativo, preocupado. La estabilidad de la ciudad se le escapaba por momentos de las manos. Solo pensar en la posibilidad de que la monja falleciera le hacía sudar. No solamente perdería a una amiga y aliada, sino que podría ser causa de un enfrentamiento entre la Corona de Castilla y de Aragón a cuenta de la amistad que sor Isabel mantenía con la reina María.

Estaba confuso, nervioso. Temía el paso de los minutos, de las horas. Sin saber muy bien qué hacer, se volvió, recogió su sombrero y se dirigió hacia la salida.

—Disponed mi caballo y que me acompañen dos hombres. Voy a visitar al cardenal.

24

Segovia, diciembre de 1450

La reina aprovechó el sol del mediodía para subir a la terraza superior del alcázar y respirar el puro, aunque gélido, aire de la sierra. Necesitaba que el sol cayera de pleno sobre su piel para recuperar la intensidad que se apagaba entre los gruesos muros del palacio.

En la mano llevaba la carta que había redactado, de su puño y letra, para la reina María. Estaba segura de la alianza que había forjado. Sentía que el futuro le esperaba y estaba dispuesta a avanzar hacia él. Poseía la Lobera, al menos su hermana gemela. Tenía la fuerza de su juventud. Y contaba con la rendición incondicional de su esposo.

Se acercó al muro para dirigir la mirada hacia la iglesia de la Vera Cruz. Al ver brillar el sol sobre las campanas de la torre, pensó en la importancia de las palabras que iba a mandar a su cuñada. Levantó la mano izquierda, desdobló la carta y se puso a releerla de nuevo.

> *Estimada María,*
>
> *Me complace comunicarte que la espada Lobera ya obra en nuestro poder. Era la reliquia que faltaba para poder lanzarnos de lleno a finalizar el proyecto común.*

Ahora tiene más sentido que nunca la necesidad de desprendernos de los lazos del condestable y su mujer con el poder. Mientras ellos gobiernen junto a mi marido, no dejarán evolucionar a Castilla para forjar la gran Corona que perseguimos.

De igual modo, el príncipe Enrique supone una amenaza constante para nuestros intereses. ¿Podremos doblegar su voluntad y la de Juan Pacheco?

He meditado en torno a la propuesta de unir nuestras familias con una futura boda entre mis hijos, los que puedan venir, y los que pudiera engendrar su cuñado Juan, rey de Navarra. Creo que sería una solución definitiva para fortalecer nuestra unión y dejar cerrada la Corona en manos de los Trastámara. Puede contar con mi trabajo para hacerlo posible.

En cuanto al tema del señorío de Segorbe, me preocupa la actitud que pueda tener la viuda y señora, doña Beatriz de Pimentel. No tengo que recordarle que es hermana de doña Juana de Pimentel, la gran manipuladora de la Corte segoviana. Debería atar en corto cualquiera de sus movimientos…

En ese punto, la reina dejó de leer, bajó su brazo y notó cómo le subía la temperatura del cuerpo. No soportaba a la condesa de Montalbán. Ni siquiera podía oír hablar de su familia. Ya había recibido una carta de la reina María para tranquilizarle con el asunto de doña Beatriz. Pero aun así, no estaba tranquila.

Doña Isabel cerró su abrigo para protegerse todavía más del gélido viento que, de cuando en cuando, refrescaba sus mejillas. Levantó la cara hacia el sol y permaneció en silencio durante diez minutos.

—Hay que apretar a la nobleza para que se alce contra el condestable. Si no cae, la otra Lobera seguirá en manos de su esposa. ¡Y debe ser nuestra! —pensó en voz alta.

25

Don Perfán cabalgaba con excesiva prisa por las calles de Sevilla. Los vecinos, que andaban de un lado a otro, gesticulaban con las manos a su paso, a sabiendas de que nada evitarían. Estaba furioso a la vez que preocupado por la creciente violencia desatada y, sobre todo, por la suerte que podría haber llevado la monja.

Mientras montaba camino del palacio arzobispal pensó que la muerte rondaba por las esquinas desde que el maestro Carlín, director de las obras de la nueva catedral, falleciera en extrañas circunstancias. No podía ser casualidad. Y si era así, detendría y enjuiciaría al asesino costase lo que costase.

Cuando llegó frente al palacio, se detuvo, levantó la cabeza, miró la ventana del despacho del cardenal y, al observar movimiento, descabalgó con rapidez. Los dos hombres que le acompañaban hicieron lo mismo. Ataron sus caballos a las argollas de la pared, no dio explicaciones a nadie, no se detuvo ante la guardia, no escuchaba los llamamientos del personal religioso. Solo quería llegar a la sala donde despachaba don Juan de Cervantes. Sabía dónde se encontraba, así que subió al primer piso, abrió la puerta sin solicitar permiso y encontró al cardenal sentado en su mesa de trabajo.

—Buenos días, eminencia. Le emplazo a que ponga fin de inmediato a esta indecente sangría. Usted es tan responsable como el que más.

—Buenos días, don Perfán —contestó con evidente sorpresa—. ¡Cálmese, por favor! Esos no son modales para un grande de Sevilla. Ha entrado sin llamar y ni siquiera me ha saludado.

—Mueren personas mientras usted es incapaz de mediar para que todo eso termine. ¿O acaso está de acuerdo con alguno de los bandos?

—¡Adelantado, por favor! —el cardenal respondió ofendido—. Ni don Pedro de Zúñiga ni don Enrique de Guzman se comportan con honor frente al Altísimo. Pero al menos don Pedro…

—Parece mentira que ampare las indecencias de un necio. Tanto si está de acuerdo con él como si no, le repito que ponga fin al derramamiento de sangre o seré yo quien tome cartas en el asunto.

—Y, ¿qué va a hacer usted para lograrlo? —una sonrisa se desprendió de su rostro.

—Por de pronto, escribir al rey para poner en su conocimiento la realidad de los hechos. Será interesante ver la respuesta de don Juan al enterarse de su falta de interés por pacificar el reino.

El cardenal, lleno de odio y desprecio, se levantó de su asiento, se dirigió hacia donde se encontraba el Adelantado y le mostró la fuerza de sus ojos con una mirada penetrante.

—¡Cálmese! Usted no va a escribir a nadie. Ya lo haré yo hoy mismo —el cardenal estaba molesto por la intromisión del Adelantado, pero descansó un par de segundos para coger un poco de aire y templar el ánimo—. Las cosas importantes siempre me toca hacerlas a mí en persona.

—Le imagino al corriente también del secuestro de sor Isabel de Ribera. ¿Tiene usted algo que ver?

—¿Cómo dice? —el rostro del cardenal cambió de gesto.

—Me ha escuchado bien. La monja ha desaparecido.

—Nada tengo que ver y parece mentira que piense que yo podría hacer algo así.

—Cosas peores he visto en la curia.

—¡Cállese! No blasfeme ante mí —Don Juan se detuvo un instante para evaluar la situación—. Cuente con mi ayuda para encontrar a sor Isabel. Solo nos faltaba ese escándalo para que las tropas reales sitiasen Sevilla.

—Espero, de verdad, que sea cierto cuanto dice. No quisiera tener que impartir justicia con un representante de Dios.

—No diga cosas de las que luego se pueda arrepentir, Adelantado.

—Espero que movilice cuantos recursos y hombres pueda a fin de hallar con vida a la hermana clarisa. Este asunto no puede demorarse ni un solo segundo.

Don Perfán salió de la sala sin despedirse del cardenal. No pudo mantener siquiera los modales que su cargo requería. Mientras abandonaba el palacio junto a sus hombres, pensaba en cómo había logrado forzar que don Juan de Cervantes pusiera en conocimiento del rey los desórdenes. Sumaba fuerzas a sus propios informes. Ahora, esperaba que cumpliera su palabra de ayudar a la liberación de sor Isabel.

~

Entrevista a:
Don Perfán,
Cincuenta y seis años.
Adelantado de Andalucía

No puedo con el cardenal. Es superior a mis fuerzas. Ya sé, ya sé, debería ser más respetuoso con la jerarquía eclesiástica, pero hoy no ha sido un día como para mantener a raya los nervios.

Su vinculación con el príncipe Enrique es tan fuerte y evidente que debería causarle rubor. Pero no, para nada. El nivel de decrepitud de esta sociedad ha llegado a tal punto que los que dirigen nuestras vidas, incluida la fe, hacen y deshacen sin ningún tipo de disimulo. ¡Claro, tampoco reacciona nadie! Y así nos va.

En fin, no les voy a aburrir con estas cosas que, por desgracia, son recurrentes en tiempos de debilidad y crisis.

Sobre la monja, temo por su vida. Con sinceridad. Temo hasta el punto de que no se si aún respirará. El ambiente es tan tenso que un secuestro como este suele terminar siempre en asesinato. ¡Dios nos pille confesados!

26

La habitación estaba en penumbra. Apenas unos rayos de sol se colaban por las rendijas de una ventana alta mal ajustada. El olor a humedad lo inundaba todo a la vez que el frío calaba en los huesos sin más filtro que el hábito de la orden. Sor Isabel estaba consciente, sentada en medio de aquella lúgubre estancia. Desorientada, aturdida aún por el golpe, sorprendida por el secuestro. No podía moverse. Tenía las manos atadas detrás del respaldo y una larga cadena amarrada a la pared impedía que sus piernas corrieran sin pausa para liberarle de aquella situación.

—Vaya, hermana. Veo que se ha despertado ya —una voz grave entró sin avisar, acompañada de otros dos hombres armados con sendas espadas—. Es hora de presentarnos y ver cuántas cosas sabe, ¿no cree?

—¿Qué quieren de mí? Poco puede ayudarles una religiosa.

—No crea, hermana. Le sorprendería las cosas que podemos obtener de nuestros prisioneros. Por cierto, le pido perdón.

La monja se mostró sorprendida. Un perdón tan rápido no era normal. Tras dejar de hablar, el hombre se acercó con tranquilidad hasta situarse frente a ella. La miró con condescendencia, ladeó la cabeza y se quitó el guante que vestía su mano derecha. Sin avisar, con toda la fuerza que su mano podía descargar, abofeteó a sor Isabel, cuyo cuerpo se movió de tal forma que a punto estuvo de caer al suelo.

—Veo que no ha perdido el conocimiento. Es una mujer dura. Entenderá ahora que le pidiera perdón.

—No, no le perdono —contestó la monja con ironía—. Jesucristo perdonó a sus verdugos, que le infligieron mucho más dolor que usted a mí. Sería una osadía compararme con él, ¿no le parece?

Aquel hombre, mitad soldado mitad delincuente, dio una vuelta alrededor de sor Isabel, en silencio, despacio, con los ojos clavados en ella. Después, volvió a ponerse delante para repetir hasta en dos ocasiones los golpes sobre la monja. Antes de lanzar el tercero, la clarisa se había desmayado.

—Echadle ese cubo de agua en la cara. La quiero despierta para poder irnos.

A los pocos minutos, sor Isabel volvió en sí. Le dolía la cabeza y sentía las mejillas algo adormecidas. El agua, helada, bajaba por su rostro a la vez que empapaba los hábitos. Al percibir que aquel hombre seguía delante de ella, levantó la cabeza y la mantuvo firme, erguida.

—Bien, hermana. Me han dicho que anda usted con una investigación que no le corresponde. ¿No cree que estaría mejor si dedicara su tiempo a rezar?

—Puede ser. A ello dedico parte de mi tiempo. El resto lo destino a observar, solo a eso.

—¿Ha observado bien esta sala y a quién le habla?

—Por supuesto. La concha que lleva bordada en la empuñadura de su espada es muy significativa.

Con la rabia desatada por las palabras de la monja, asestó un nuevo golpe que no pilló desprevenida a su víctima. No esperaba esa agudeza mental. Había sido una pequeña torpeza que debería enmendar.

—Tendríais que ser más cuidadosa al hablar, hermana. A quien me ha mandado retenerla no le gusta que ande todo el día de un lugar a otro con sus pesquisas. Pregunta y pregunta a demasiadas personas y no sabe que en esta ciudad hay cosas que es mejor no remover. Son tiempos convulsos. O está a favor de unos o en contra de otros. Pero si se sitúa en el medio, acabará en el fondo del Guadalquivir.

—No puede hacerme daño. Mi alma está en paz consigo misma.

—Desatadla y dejadla encerrada. Esta noche se quedará sin cena, así podrá orar en ayuno. Quizás mañana tenga más ganas de hablar.

27

Segovia. Diciembre de 1450

Don Alonso había acudido a la llamada del prior para verse, de nuevo, en la iglesia de la Vera Cruz. Conocía bien el camino. Amarró el caballo y anduvo con tranquilidad hacia el interior del templo.

Hacía unos meses que residía en casa de don Fadrique, cuya familia destacó años atrás por sus vínculos templarios. Dos semanas antes, cuando recababa información acerca de la Lobera, llegó un mensajero de la reina María, quien le informó sobre los movimientos del señor de Mondéjar en busca de otra espada a la que también se atribuía el nombre de Lobera, pero le pidió que no interfiriera en el asunto.

La noticia le desorientó durante algunos días, aunque al final decidió continuar adelante con la misión de recuperar el arma robada en Sevilla. Por ello, creyó que la llamada del prior estaría relacionada con la nueva espada.

—Don Alonso, pase usted. Acérquese a este lado de la sacristía. Aquí el frío es menos intenso.

—Muchas gracias prior. Aunque estos muros no son los mejores para guarecerse del duro invierno —contestó con tono amable—. Me ha hecho usted llamar. ¿Alguna novedad de la reina María?

—No, hijo, no. Las noticias que nos llegan de Sevilla no son buenas. Han secuestrado a la hermana sor Isabel y aún no han podido liberarla. Don Perfán envió el mismo día de su desaparición un mensajero para que usted estuviera al tanto.

El capitán se quedó helado. No esperaba esas palabras del prior. Durante algunos segundos se sintió confundido. Después, reaccionó con ira, con rabia, con la necesidad de salir de inmediato hacia la ciudad andaluza para poner a salvo a su amiga.

—Parto ya, con su permiso. No puedo aguardar ni un solo minuto.

—Espere, don Alonso. Lo más prudente sería que fuera uno de nuestros hombres para intentar liberarla. Usted no puede dejar a mitad su misión.

—Perdone, padre. Llevo meses de investigación. No creo que por ausentarme una semana puedan verse comprometidos nuestros planes.

—Es un viaje muy largo.

—Por eso mismo. Saldré en cuanto recoja mis cosas. Esta misma noche.

—Está bien. Pero con el compromiso de que esté de vuelta en una semana. Ocurra lo que ocurra.

—Tiene mi palabra.

El capitán dio media vuelta y se dirigió hacia el portón principal de forma acelerada. Cuando estaba a punto de cruzar el umbral del templo, el prior le hizo esperar.

—Don Alonso. Nuestros hombres en Sevilla aseguran haber oído que varios hombres retenían a alguien en las atarazanas abandonadas de Triana —en este punto se detuvo un instante—. Espero que llegue a tiempo.

28

Sevilla, diciembre de 1450

Sobre las diez de la mañana, un cliente abrió la puerta de la botica. Vestía con hábito blanco, capucha y un peto que le bajaba hasta los pies. Sin mediar palabra, se dirigió hasta el mostrador, sacó las manos del hábito y levantó la mirada.

—Buenos días. Vengo de parte del cardenal.

El cuerpo del boticario, de pies a cabeza, adoptó una posición defensiva. Sabía que el cardenal se relacionaba a menudo con los monjes cartujos, alguno de los cuales se habían incorporado a la Orden a petición expresa del rey. El joven, alto, robusto, de voz grave y cortante, le imponía respeto si no miedo.

—Buenos días. Será un placer atenderle y agradar, con ello, a don Juan de Cervantes. ¿Desea alguna cosa en especial? —contestó con la voz un poco débil.

—No vengo a comprar ninguna medicina.

—Bien, bueno, entonces… usted dirá —respondió con temor el boticario.

—El cardenal tiene conocimiento desde hace días que una persona adquirió en esta botica arsénico árabe, un producto reservado solo para él.

—Pues no recuerdo con exactitud, la verdad. Podría ser pero ahora mismo…

El cartujo alargó su mano derecha hasta la pechera del propietario, la agarró con el puño y lo acercó hasta unos centímetros de su cara.

—No tengo tiempo ni ganas de escuchar tonterías —la voz del monje se clavó en los oídos del asustado boticario—. Quiero el nombre de la persona que compró el arsénico.

Tras unos segundos de silencio, el religioso soltó la pechera y trató de relajar la situación.

—Bien. Si no recuerda el nombre, escriba en ese papel la descripción exacta del individuo, desde su cara hasta su vestimenta. El cardenal sabrá averiguar de quién se trata.

En tan solo tres minutos, aquel hombre escribió con su pluma de boticario lo más llamativo que recordaba del encuentro. Después, tembloroso, entregó el papel al cartujo y se quedó de pie, callado, sumiso.

—Espero que sea suficiente. Si don Juan no es capaz de encontrarlo con esta descripción, yo mismo volveré aquí y me encargaré de que sus ojos jamás vean la luz del día.

29

A mitad de tarde, los sirvientes del Adelantado oyeron cómo se apagaba un trotar cansado en el patio del palacio. Pese a llevar más de diez horas de viaje ininterrumpido, don Alonso descabalgó con rapidez y se dirigió a la carrera a las estancias superiores, en las cuales descansaba don Perfán.

—¡Capitán! ¿Cómo usted por aquí? Le hacíamos en Segovia y no esperábamos su regreso tan pronto.

—Ayer me informó su mensajero del secuestro de sor Isabel. Como ve, me ha faltado tiempo para venir a Sevilla. El alfil convertido en caballo.

—Es un gesto que le dignifica, sin duda. Mi pretensión era informarle y, en el mejor de los casos, que alguno de sus hombres pudiera ayudar a rescatarla. Pero no que viniera en persona.

—Pues aquí estoy yo. Un hombre de honor nunca abandona a su compañero, más aún si es una religiosa.

—Le felicito de nuevo.

—Don Perfán, no tengo mucho tiempo. ¿Qué sabemos del secuestro?

El Adelantado comenzó a explicarle todos los detalles de la investigación, aunque los datos eran más bien escasos. Don Alonso escuchaba con atención, sin perder detalle.

—Según mis fuentes, unos vecinos de Triana han oído voces en las atarazanas abandonadas al sur del barrio, junto al río.

—¿Está seguro? Las únicas que dejaron de usarse para tareas marítimas son las de la familia Torres. De eso hace ya bastantes años, ¿no es así? Es un lugar insalubre. Solo entran algunos pequeños delincuentes para cobijarse del frío.

—El sitio idóneo para esconder a un rehén. Poco tránsito de personas, aislado de la ciudad y de fácil huida —respondió el Adelantado—. Pero no tenemos nada que lo confirme, capitán. Y ahora mismo no nos conviene levantar mucho revuelo.

—Déjese de lo que nos conviene y lo que no. La vida de sor Isabel, si no es que se ha apagado ya, está en peligro. —Don Alonso se quedó pensativo unos segundos—. Está bien. Le prometo asegurarme antes de entrar en acción.

30

El enviado de la reina María entró en el salón del viejo y modesto palacio. Se acercó a doña Beatriz, hizo una leve reverencia para besar su mano y le solicitó permiso para sentarse.

Había cabalgado desde Valencia hasta Segorbe durante toda la mañana. No se había detenido en ninguna posta ni cruzado palabra con otras gentes. Tenía un mensaje tan claro como personal. Nadie que no fuera doña Beatriz de Pimentel podía escucharlo.

—Por favor, caballero, acomódese y beba algo de agua. La necesitará después de tan largo viaje.

—Gracias, señora.

El mensajero tomó asiento en una de las jamugas de madera forrada en terciopelo granate. Estaba justo enfrente de doña Beatriz. Mientras esperaba, la señora de Segorbe, viuda de Enrique de Trastámara, infante de Aragón, se acercó a la puerta, ordenó a la doncella que nadie entrase en la sala y volvió junto al emisario real para tomar asiento.

—Espero con impaciencia. ¿Qué desea la reina de mí?

—Sabéis, doña Beatriz, el gran peso que lastra vuestro apellido para el gobierno de la reina. Sois hermana de doña Juana, esposa de don Álvaro de Luna, enemigo de nuestra causa.

—Eso ya lo sabíais desde el mismo día en que me desposé con don Enrique, que en paz descanse. No ha habido ningún problema desde entonces ni tiene por qué haberlo. Las decisiones de mi hermana no son las mías.

—Lo sabemos, doña Beatriz. Pero la situación convulsa que se vive en Castilla en estos momentos nos obliga a ser precavidos.

La anfitriona se levantó con evidente enfado, se dirigió al centro de la sala y permaneció en silencio durante algunos segundos. La vida de su hijo estaba en juego. Con tan solo cinco años, el joven Enrique se había convertido en el único sentido de su vida.

—¿Qué desea la reina María de mí? Vivo apartada de la Corte, poco daño puedo causarle.

—Su hijo es un peligro para la estabilidad de la Corona. El condestable de Castilla, e incluso el príncipe Enrique, podrían apoyarse en su hijo para atacar a la reina.

Doña Beatriz se giró sorprendida y se acercó a grandes pasos al emisario, con el rostro embravecido.

—¿Está insinuando que mi hijo debe morir?

31

El capitán llegó a caballo a las atarazanas abandonadas de Triana. Un conjunto de pequeños almacenes para reparar embarcaciones modestas de pesca que había sucumbido al paso del tiempo y al esplendor de las que construyó la Corona en el barrio del Arenal. Le acompañaban dos soldados al servicio del Adelantado.

Don Alonso decidió seguir a pie. Descabalgaron, ataron los caballos y comenzaron a caminar entre las miradas de algunos vagabundos que malvivían por la zona. Después de andar varios minutos sin encontrar nada sospechoso, el capitán se acercó a uno de los portones entreabiertos, cogió de las solapas al mendigo que lo custodiaba y lo lanzó contra la pared.

—¿Has visto algo inusual por la zona en los últimos días?

—Eh, yo... no sé de qué me habla, señor.

—Te lo repito. A lo mejor así recuerdas cosas —amenazó mientras colocaba la punta de su daga en el cuello del vagabundo—. Quiero que me digas dónde han encerrado a la monja.

—No... No he visto nada, señor. Se lo juro. Quizás mi compañero, el que vive dos puertas más hacia al fondo, sepa algo. Le oí decir que había visto mucho movimiento en los últimos días.

El capitán soltó de golpe al hombre y, sin decir nada a los otros dos soldados, se puso a caminar deprisa. Estaba tenso, nervioso. Quería terminar cuanto antes con este asunto, para bien o para mal. Según los confidentes del Adelantado, un mercenario había confesado en la taberna del Puente de Barcas la entereza con que la monja aguantaba los golpes y el encierro. Entre vino y vino, el lenguaraz indicó que le molestaba sobremanera tener que andar entre mil vagabundos que olían a pescado para llegar, cada día, al lugar donde la tenían secuestrada.

—Tienes cinco segundos para decirme dónde está encerrada la clarisa. —El capitán apoyaba la punta de su espada en el cuello del mendigo, cuyo miedo le paralizó todo el cuerpo—. No lo voy a repetir. Tu vida no le importa a nadie, me la puedo llevar por delante cuando quiera.

—En el quinto portón... No, no, en el sexto. Frente a la antigua dársena.

32

El emisario real se levantó de su asiento con tranquilidad. No estaba preocupado por la inesperada salida de tono de doña Beatriz. Entendió los nervios con los que había interpretado sus palabras y trató reconducir la conversación.

—Mi reina nunca se plantearía la muerte de su sobrino. Hace mal en pensar así.

—Explicadme, pues, lo que habéis querido decir. Quiero tenerlo claro.

—Como sabe, la reina fundó hace nueve años el Real Colegio de Boticarios del Reino de Valencia. No existe ningún otro en el mundo. Los conocimientos que atesora sobre medicina forense, plantas medicinales, venenos o brebajes sanadores no tienen comparación con ninguna otra biblioteca de Occidente.

—No veo relación con mi hijo, si me permite que le interrumpa.

—Debería cultivar más el arte de la paciencia, señora. Junto al Real Colegio, la biblioteca privada del médico Jaume Roig configura otro puntal científico de nuestra ciudad. Pues bien, este interés por la medicina hay que buscarlo en Montpellier, donde han estudiado varios de los más destacados personajes de la Corona. ¿Y por qué digo todo esto? La reina me ha pedido que le transmita su interés por que su hijo sea trasladado al monasterio de la Trinidad para encauzar sus estudios y preparación dentro de los intereses de la Corona.

—Mi hijo no se separará de mí.

—En el monasterio coincidirá con Jaume Roig, con sor Isabel de Villena, con sor Isabel de Ribera e, incluso, con la misma reina. Ellos podrán educar a su hijo para ocupar un puesto destacado en el devenir de la Corona. Tenga en cuenta que los conocimientos que necesita están en las bibliotecas del Real Colegio, de la Trinidad o del propio Roig. Todos ellos han heredado volúmenes de la colección particular del papa Luna, con lo que esto significa para los planes de futuro de la Corona.

—Lo siento. El pequeño Enrique y yo vamos a permanecer siempre juntos.

—Doña Beatriz. No es una opción ni un consejo. Es el deseo expreso de la reina. Podrá visitar a su hijo siempre que quiera. Incluso compartir con él más de una jornada.

—Lo que pretenden es secuestrarlo para tenerme a mí controlada. ¡Les he dicho que no tengo nada que ver con mi hermana! No pueden hacerme esto.

—La próxima semana, tres caballeros vendrán a Segorbe para recoger al joven Enrique. Le ruego que no oponga resistencia. Las murallas de esta ciudad no son suficientes para detener a las tropas reales.

33

Don Alonso se lanzó en tromba al interior de la vieja atarazana. Tras él salieron los dos hombres de don Perfán, que habían recibido la orden de ayudarte en todo momento.

Los mercenarios que custodiaban el edificio, sorprendidos por la aparición de aquellos tres individuos, retiraron hacia el interior. Su huida mostró el camino que debía seguir el capitán para encontrar a la monja. A partir de ahí, se inició una persecución que parecía no tener fin.

Al llegar a una gran sala de almacenaje, cuatro nuevos malhechores salieron al paso del capitán y sus hombres. El encuentro se transformó en una lucha a muerte donde el ruido de las espadas al chocar rebotaba por las paredes vacías una y otra vez. Los gritos de carga ensordecían todavía más aquel espacio cuyo caos derivó, poco a poco, en un reguero de sangre que comenzaba a manchar el suelo.

Primero fue el soldado al servicio de don Perfán. Cayó a plomo atravesado por el arma corta de uno de los defensores. Después, enrabietado por la pérdida, el capitán segó la vida de dos de los mercenarios ayudado de su daga en la mano izquierda y la espada en la derecha. El otro soldado se encargó de seccionar el cuello de un tercero sin dibujar en su rostro un ápice de piedad.

Ante la situación de debilidad, el último de los defensores que quedaba en pie echó a correr hacia la puerta de la derecha. Se inició de nuevo una persecución que parecía no terminar nunca. Por fin, la huida concluyó en la antesala de la celda de sor Isabel.

—Bien, señores. Parece que en esta pelea van a morir hoy dos hombres —gritó el jefe de los secuestradores al frenar su carrera—. Y desde luego, ni mi compañero ni yo estamos dispuestos a ser los que yazcan en el suelo —una gran risa forzada rebotó por las paredes—. Les advierto que en cuanto nuestras espadas atraviesen sus pechos, yo me encargaré de sacar el corazón de la monja con mis propias manos y echarlo al río para la hora del almuerzo de los pobres pececillos.

El capitán no pronunció ni una sola palabra. Miró a los ojos a su oponente y se mantuvo firme. Al advertir cómo empezaba a lanzarse sobre él, empujó con la pierna una de las sillas que tenía al lado. Desbarató la embestida, lo que le dio margen suficiente para atacarle con la espada. Durante algunos minutos, los cuatro se enzarzaron en una pelea que ensangrentó, incluso, las paredes de la sala ante la mirada confusa de sor Isabel.

Primero, la espada del soldado quedó insertada en el cuerpo desfondado del mercenario. Después, el capitán rasgó en dos ocasiones el brazo derecho del jefe del grupo. Este retrocedió hasta los barrotes de la celda, donde se defendió de la carga del capitán. Cuando menos lo esperaba, la monja rodeó con la cadena el cuello de su carcelero, quien soltó el arma y la dejó caer al suelo. En ese instante, don Alonso lanzó su mano izquierda sobre el cuello para rasgarlo de lado a lado con la daga.

—Hermana, marchémonos cuanto antes de este horrible lugar. Necesita reponerse y recuperar el tiempo perdido.

—Capitán, ¿no estaba usted en Segovia? —tras respirar varias veces con dificultad, la religiosa perdió el conocimiento.

34

El amanecer apuntaba una jornada templada, de las que el sol regala para pasear junto al río. Los barcos llegaban, como cada día, para atracar en la zona del puerto destinada a las obras de la catedral. Transportaban las piezas de cantera que poco a poco habían cerrado una parte importante de la cubierta central.

Al despuntar el sol en el horizonte, el capitán entró en el comedor del palacio. Don Perfán les había ofrecido alojarse en él tras rescatar a la monja. Los nobles de Sevilla mostraron también su apoyo al Adelantado para tratar de recuperar a la clarisa y averiguar quién estaba detrás de este asunto.

En los aposentos más cálidos, donde el sol entraba la mayor parte del día, se encontraba atendida sor Isabel, aún inconsciente desde que fuera rescatada de la antigua atarazana en Triana.

—Buenos días, don Alonso —indicó el anfitrión—. Espero que haya podido descansar durante la noche.

—Así es, don Perfán. Hacía días que mi cuerpo no recuperaba fuerzas de forma tan rápida. Debe ser la comodidad de este palacio. —El capitán se detuvo con gesto preocupado—. ¿Cómo está sor Isabel? ¿Ha recuperado ya la consciencia? ¿Le habían causado algún daño profundo? ¿La sangre del hábito era suya? ...

—Tranquilo, capitán. No debe preocuparse tanto. Su compañera está en buenas manos. Y no, la sangre no era del todo suya.

El Adelantado se acercó hacia don Alonso y apoyó la mano en su hombro derecho. Estaba satisfecho, contento, animado por la resolutiva intervención, la mañana anterior, del capitán.

—Lo más importante ahora es que repose y se recupere. Debemos dejarla tranquila para que vuelva a ser la misma monja entrometida que era antes.

Los dos se rieron de forma sonora mientras el anfitrión aprovechaba para conducir a su invitado hacia la mesa, donde habían preparado un abundante desayuno.

—¿Sabemos algo de esos malhechores? ¿Para quién trabajaban?

—No. Pero solo de momento. Mis hombres ya tienen las orejas bien abiertas por toda la ciudad.

—Debe poner orden entre la nobleza. Esto podría volver a repetirse en cualquier momento.

—Tranquilo capitán. Ya he dado traslado de lo sucedido al rey. Vamos a emplearnos a fondo para recuperar el control de Sevilla. En cualquier caso, usted debería volver a Segovia para terminar lo que llevaba entre manos. El retorno de la Lobera es imprescindible para evitar un conflicto aquí y en el resto de la Corona.

—Lo sé, don Perfán. Pero no estoy seguro de si debo dejar sola ahora mismo a sor Isabel. En cualquier …

—Por favor, capitán. Ella no solo se queda en buenas manos, sino que me costará bastante retenerla aquí para que concluya su recuperación. Seguro que se pone de nuevo a trabajar en cuanto abra los ojos. ¿No la conoce?

—Por desgracia, será así.

—Por favor, parta ya mismo hacia Segovia y vuelva cuanto antes con la espada.

—Así lo haré. Pero las cosas se han complicado también allí con este asunto. Más de lo que yo mismo podía imaginar. No estoy tan confiado como antes.

35

Segovia. Diciembre de 1451

Desde hacía un mes, la reina dedicaba las mañanas a caminar. Seguía las prescripciones del médico real que, a pesar del buen estado de salud de doña Isabel, se mostraba cauto con el embarazo.

Por orden del monarca, los temas de gobierno que requerían de la presencia de su esposa se concentraban a última hora de la mañana, justo cuando el sol calentaba lo suficiente para disfrutar de la terraza norte del Alcázar. Allí debían acudir los notables que deseaban despachar con la reina, agotados tras subir innumerables escalones.

Doña Isabel procuraba mostrarse serena, contenta y rebosante de salud. Cuidaba la imagen tanto o más que antes del embarazo, desde sus ropajes hasta el peinado, y exhibía su agradecimiento cuando le entregaban pequeños regalos para el futuro bebé. Todo ello había contribuido a apaciguar su carácter altivo y belicoso, tal y como constataban las personas más cercanas. Pero no por eso renunció a los asuntos de la Corona, sino más bien todo lo contrario. Seguía obsesionada con el condestable, aunque a sus conversaciones públicas había añadido ahora a la persona del príncipe Enrique.

—Buenos días, mi reina.

—Buenos días, prior. Una visita sorprendente, aunque no por eso menos interesante.

—No podía rechazar la invitación que me hizo su doncella. Será un placer rezar para que la criatura que lleva dentro sea todo felicidad.

Hacía una semana, uno de los monjes de la Orden del Santo Sepulcro había hecho correr la voz dentro de la Corte, por orden del prior, de que tenían en su poder la espada Lobera. La reina, que ya era conocedora de la noticia por boca de don Íñigo, ordenó a su doncella preparar sin dilación un encuentro con el prior.

—Corre la interesante idea de que sus monjes custodian la mítica espada de Fernando III. ¿No cree que sería mejor mantenerlo en secreto, como ya habíamos acordado?

—Bueno, Alteza. Veo que no se anda por las ramas. Pero no debe dar pábulo a todos los rumores que escuche. Algunos no siempre son ciertos.

—Lo sé, prior. Soy consciente. Pero le insisto. ¿Es verdad que han hecho correr la noticia?

—Sí, mi reina, lo es.

Isabel miró desde la terraza el río de casas que llegaban hasta el acueducto. Se quedó en silencio. Sus labios dibujaron una leve, casi imperceptible sonrisa, mientras el religioso estaba de pie, tres metros por detrás de ella, sin pronunciar una palabra. Isabel acarició con suavidad su tripa, ya crecida por el embarazo, y se volvió de nuevo hacia el invitado.

—No soy la única persona en el reino que querrá poseerla. Aunque ahora que es mía, no estaría de más que circulara el rumor y llegara a oídos de doña Juana.

—Nosotros no tenemos ningún interés en ella. La casualidad, y el Señor de Mondéjar, ha hecho que caiga en manos de la Orden del Santo Sepulcro. Si usted prefiere que lo mantengamos en secreto, así será.

—Déjese de disculpas. Tengo otro encargo para usted —sentenció con un silencio—. Necesito pruebas que avalen la legitimidad de una espada o de la otra, prior.

—La que mi reina posee es la de Fernando III, sin duda. Una espada ceremonial, que él consideraba la Lobera, y cuyo origen hay que llevar hasta el conde Fernán González.

—Le repito la pregunta: ¿Qué pruebas tiene?

—La propia espada. Tiene grabada una cruz en el puño de plata y castillos y leones en el pomo de hierro. Además, es el tipo de letra utilizado durante su reinado. Hay inscritas dos sies en una cara de la hoja y dos noes en la otra. Nuestros estudiosos han avalado su autenticidad, mi reina.

—Si es así, ostentará el poder que le atribuyen, ¿no?

—Supongo que sí, señora. Pero también las reservas sobre su uso.

—El Señor ya me puso al día que se trata de la gemela de la espada que posee doña Juana. —Doña Isabel se detuvo un momento, pensativa—. Debería, por tanto, otorgar la misma capacidad de victoria a quien la porte, ¿no, prior?

—Ya le he dicho que no lo sé, mi reina. Nosotros somos hombres de paz.

—Está bien, no importa. Tendré esa espada en mis manos esta misma tarde. A cambio, por su silencio, prometo recursos suficientes para mantener la Orden y la iglesia de la Vera Cruz durante los próximos diez años.

—Así sea, mi reina.

—Retiraos, prior. Os espero esta tarde a las seis en la Sala del Trono.

—Sí, majestad.

Cuando se quedó a solas, Isabel caminó por la terraza despacio, en círculos, mientras meditaba mil pensamientos simultáneos. Estaba excitada, nerviosa, contenta. Por fin podría plantar cara al arma de doña Juana, cuya posesión había sorprendido en el reino. No importaba que la intención de la condesa fuera usarla o dejarla en su castillo de Escalona. La reina dejaría correr la noticia con la intención de poner nerviosa a gran parte de la nobleza.

—Ahora, con esta Lobera, les haré dudar. Equilibraré su estrategia, podré acabar con el poder de doña Juana y su marido. Después, el reino y el futuro serán nuestros —afirmó Isabel mientras sus dos manos acariciaban, de nuevo, la crecida tripa.

Entrevista a:
Doña Isabel de Portugal
Reina de la Corona de Castilla
Veintitrés años

Parezco perversa, ¿verdad? ¿Qué sabréis vosotros de lo que es luchar por tu vida? Me casaron con Juan por pura política. Y yo solo tenía dos opciones: ser sumisa o dominar a un rey que siempre ha estado en manos de los demás. Soy la segunda esposa, existe ya un príncipe heredero que es Enrique, un condestable que maneja a mi esposo como si fuera una marioneta. No me dejan más que luchar por mí y, ahora, también por la criatura que llevo dentro.

Estoy en Segovia para reinar y para que mis hijos reinen, por encima de Enrique si es necesario. Así que cualquier medio vale con tal de obtener mis metas. Vosotros haríais lo mismo y, sino lo hicierais, es posible que vuestros hijos perecieran durante su vida. Así que no, no me arrepiento de buscar la derrota de esa bruja anciana de doña Juana.

36

Tordesillas. 21 de febrero de 1451

Aunque pareciera un milagro, tres de los hombres que más se odiaban entre sí estaban aquella tarde en el Monasterio de Santa Clara. El rey, el príncipe y el condestable se habían dado cita en la Capilla Dorada para despachar asuntos graves de gobierno. Los tres, sin intermediarios, con todas las suspicacias del mundo. Una ceremonia de susceptibilidades marcada por la falta de reflejos políticos y por el poder de los ausentes: la reina, por parte del monarca; Pacheco, en representación del heredero; y doña Juana, por el condestable, el que menos en forma llegaba al encuentro.

La reunión comenzó a las cuatro de la tarde. Los tres esperaban poder despachar lo antes posible, ya que en esa época del año los días eran cortos y en poco más de dos horas la oscuridad y el frío cubrirían toda la ciudad.

El principal de los temas, por el que en realidad estaban congregados, era el baño de sangre permanente en el que se había convertido Sevilla durante los últimos meses y la posibilidad de que una revuelta pusiera patas arriba la Corona. Además, el secuestro de sor Isabel había terminado por enervar al monarca.

Hasta la Corte llegaban a diario noticias de refriegas entre los distintos bandos de la nobleza hispalense. El reguero de muertes que se sucedía sin tregua y el caso de la monja reforzaban la idea de una ciudad sin control. La gota que colmó el vaso fue el intento de asalto al palacio del duque de Medina Sidonia, aliado del monarca. Este era consciente que su hijo apoyaba a don Pedro de Zúñiga y don Juan de Cervantes. Sin embargo, la presión de la reina, enemiga declarada de los Luna, no permitía que buscara el amparo de don Álvaro para apagar la rebelión, con lo que el problema tenía difícil salida.

La situación se agravó de tal forma que algunos cargos públicos de Sevilla acudieron a la Corte para solicitar la intervención inmediata del rey. Justo en ese momento, doña Juana de Pimentel aprovechó la ocasión para provocar una reunión entre los tres hombres con la excusa de la refriega sevillana. Con ello trataba de ganar peso al lado del rey.

Empujado por la condesa y la reina, desde posiciones diferentes, don Juan acudió aquella tarde con la intención de hacer valer su poder. Se sentía fuerte, enrabietado, protegido por la corona que ceñía desde que era adolescente. Era el momento de dar un golpe sobre la mesa con la excusa de la inseguridad que se vivía junto al Guadalquivir.

—¡Enrique! —tomó la palabra el rey—. Te pedí con claridad que templases los ánimos del cardenal y de don Pedro. Sus salidas de tono van a poner en peligro Andalucía y la van a dejar en manos de la Corona de

Aragón y de los musulmanes. Solo faltaría que el secuestro de esa monja de don Perfán lo hallan instigado ellos.

—Padre, las provocaciones del duque son constantes. ¿Acaso no lo veis? ¿Estáis ciego?

—Hijo, controla tu temperamento. Haya o no provocación, tu actitud alienta al cardenal para que desobedezca y no acate mi autoridad.

—Si me dejarais a mí el gobierno de vuestros territorios, no pasarían estas cosas. Usted está demasiado ocupado en satisfacer a la reina y no se da cuenta de los peligros que nos acechan.

—¡Cállate! No vuelvas a hablarme así.

—¡Majestad! —el condestable vio el momento oportuno para intervenir—. El príncipe lleva parte de razón al afirmar que la reina os requiere en exceso y os separa de las obligaciones de un buen monarca.

Don Álvaro, alentado por su esposa, intentaba desde hacía tres semanas acercar posturas con don Enrique y Pacheco para hacer frente común ante la reina, sin olvidar su antaña estrecha relación con don Juan. El odio de doña Isabel hacia el condestable y su mujer había alcanzado ya su punto máximo, lo que había girado toda la estrategia del condestable y la condesa contra la reina.

—Padre, debemos volver a gobernar con mano dura sobre esos nobles que cuestionan la autoridad de nuestra familia antes de que se alcen contra vos. Ya habrá momento de rendir cuentas después de que la reina dé a luz.

—Y, ¿qué sugerís vos, don Álvaro? —interpeló el rey, quién aún mantenía cierto apego por el condestable.

—Debemos tener mano izquierda con todas las partes, pero a la vez, mostrarnos firmes en la obediencia al poder del monarca. Hagamos un primer llamamiento a la paz y observemos el resultado. Eso nos servirá también para comprobar la fidelidad de cada uno de los nobles.

—Sí, pero debe ser más concreto, condestable —contestó el príncipe, que no acababa de dar luz verde a su alianza con don Álvaro, por consejo de Pacheco—. Lo que acaba de comentar ya lo sabíamos.

—Don Enrique, estas cosas se han resuelto siempre con mucho tacto. Lo más oportuno es remitir una carta al Adelantado de Andalucía para que la transmita tanto a don Pedro de Zúñiga como al duque de Medina Sidonia. Ambos deberán acatarla. —En este punto, el condestable se detuvo y no pudo esconder la falta de complicidad con el príncipe—. usted está obligado a detener al cardenal Cervantes. La Iglesia no puede alentar la rebelión de Zúñiga en Sevilla.

—¿Pero de qué habla? Ya sé que preferiría controlar la situación y evitar que yo aconsejara a mi padre, pero no es así. ¡Don Álvaro, tengo que decirle que su tiempo ya pasó!

—¡Silencio! —interrumpió el rey—. Estamos aquí para poner orden en Sevilla, no para disputas personales. Llamen al escribano, siéntense en la mesa y redactemos la carta. Mañana a primera hora debe salir el mensajero real y asegurarnos de que se pacifican las tierras del sur antes que mandar un ejército a sitiar la ciudad, como en Toledo. No quiero ningún conflicto con anterioridad al parto de la reina.

37

Sevilla, febrero de 1451

El duque de Medina Sidonia convocó de urgencia una reunión en palacio con sus principales aliados. Al encuentro fue invitada también sor Isabel, que había comenzado, de nuevo, a retomar la actividad después de unas semanas de cuidados en el palacio de don Perfán. La monja recuperaba poco a poco la salud mientras alternaba las oraciones con el repaso de los apuntes que había tomado de la investigación. No pudo agradecer en persona a don Alonso que la rescatara, pero entendió su partida.

Los invitados a la reunión, el Adelantado de Andalucía, don Lucas de Ribera, sor Isabel y don Juan Ponce de León, conde de Arcos, estaban sentados alrededor de la mesa. Hablaban unos con otros a la espera del anfitrión. Diez minutos más tarde, por la puerta lateral, entró en la sala el Duque, ataviado con sus mejores galas, lleno de un indisimulado orgullo que parecía querer exhibir sin complejos.

—Señores, sean todos bienvenidos. —Don Enrique tomó asiento y depositó sobre la mesa una carta lacrada—. He creído conveniente citarles con urgencia debido a unos hechos que pueden determinar el signo de la enconada pugna con don Pedro de Zúñiga y su aliado, don Juan de Cervantes.

—Las noticias deben ser buenas, a juzgar por su atuendo, don Enrique —contestó con sarcasmo sor Isabel.

—Hermana, es mucho más importante de lo que parece. Por cierto, ¿cómo se encuentra? La veo muy bien.

—Gracias a Dios, me he recuperado casi del todo. Aún tengo algunos dolores por el cuerpo, pero nada que no se pueda sobrellevar.

—Todos nosotros rezamos y nos movilizamos para que el secuestro acabase lo mejor posible. Parece que el Señor nos escuchó, hermana —afirmó el duque mientras cogía con su mano derecha la carta que había depositado en la mesa—. Pero vayamos al asunto por el que les he hecho llamar. Hace dos días, un correo real me entregó esta carta en mano. Se trata de una misiva escrita de puño y letra por el propio rey. En ella me pide nuestra ayuda para salvar de los problemas al alcalde de Jerez. La presión que el príncipe Enrique y su secretario, don Pedro Pacheco, hace a los nobles de esta población pone en peligro el poder real.

—Vaya, esa sí es una magnífica noticia. —Don Perfán tomó la palabra—. Eso supone que el rey ha decidido darnos su apoyo de forma definitiva.

—Así es, Adelantado. Con esta carta, nuestro grupo recibe el respaldo que hasta ahora nadie, excepto la reina María, nos ofrecía. Ahora, el enemigo es solo uno. Bueno, dos: el príncipe y su secretario.

—Traducido a Sevilla significa que o acabamos con don Pedro de Zúñiga y el cardenal o ellos acabarán con nosotros —indicó don Juan Ponce de León—. Ellos son los hombres de Enrique y Pacheco.

—Cierto —respondió con rapidez el duque—. Sería de gran ayuda si usted, hermana, lograse concluir la investigación sobre los asesinatos del cardenal.

—Los indicios apuntan a que es la persona que los planificó. Pero no está del todo claro ni, mucho menos, que los ejecutase con sus propias manos —intervino sor Isabel—. Aún no tenemos las pruebas que le incriminen con total claridad.

—¡Hermana! —Don Enrique se levantó de su asiento con evidentes muestras de enfado— Lleva con la investigación más de un año. ¿No cree que es suficiente tiempo?

—Don Enrique, el tiempo lo determina el Señor. Hasta ahora no habíamos tenido un apoyo desbordante de la casa de Medina Sidonia y, sin embargo, hemos podido descubrir quién organizó y planificó los asesinatos —la religiosa mostró una tranquilidad que sorprendió al resto de invitados—. Por cierto, si no recuerdo mal, el capitán Alonso evitó que la espada de quienes le odian a usted atravesara su cuerpo. ¿Le parece que hemos estado sin hacer nada durante todo este tiempo?

—Señores, por favor, militamos en el mismo bando. Estas disputas no conducen a ningún sitio —intervino el Adelantado—. Lo importante ahora es movilizar nuestros recursos para hacer frente a don Pedro y al cardenal, retomar el control de la nueva catedral y recuperar cuanto antes la Lobera.

—Don Perfán, ¿en qué situación queda don Álvaro de Luna y su esposa doña Juana? —puntualizó la monja.

—Es complicado saberlo. La reina ataca su poder a la menor ocasión y don Pedro Pacheco, que habla por boca del príncipe, se ha alzado como principal enemigo. Su poder parece debilitado, pero ya estuvo en situaciones peores. La capacidad para atacarnos sigue intacta.

—He ahí un problema —concluyó la religiosa.

Entrevista a:
Sor Isabel de Ribera
Monja clarisa
Cuarenta y siete años, Sevilla

¿Qué me parece este Medina Sidonia? Pues un noble con muchos deseos de poder que, por suerte, está en nuestro bando. No crean que me asustan sus gritos. A estas alturas de mi vida, pocas cosas me pueden contrariar. Lo que tiene que aprender es que a mí no me calla nadie. La libertad individual es algo que solo unos pocos presumimos poder ejercer, porque la mayoría están dispuestos a cederla a cambio de casi nada. Además, no se dan cuenta de que son peones, nada más que eso. Peones de una partida de ajedrez que ni siquiera entienden.

¿Que si estoy asustada después de haber sufrido el secuestro? Pues, como es natural, sí. En más de una ocasión, cuando estuve encerrada, vi la muerte de cerca, pero no me asustó. Estoy preparada para ello. Eso no significa que mi vida siga como si nada. Tengo miedo al girar cada esquina, al salir del portal, incluso a entrar en una iglesia vacía. Mientras el dolor remite, día tras día, gracias a Dios, yo debo volver a trabajar en la investigación. Debo disimular mi miedo y debo ser fuerte.

No me tengo por valiente, pero siempre estoy dispuesta a defenderme y a decir lo que pienso. Eso lo descubrí el día que me enfrenté a la abadesa. ¡Aún me tiemblan las piernas al recordarlo! Quizás no fuera más que un problema trivial, pero nunca he entendido bien las órdenes que no se razonan y de eso llevaba mucho. Tras la comida, aún en el refectorio, podíamos plantear preguntas a la superiora. Era un momento de liberación, la verdad. Antes, debíamos estar en silencio, durante la comida, escuchando solo a una hermana que, por turnos, leía la biblia.

Ese día, me llegó el turno de preguntas al final, ya que estábamos dispuestas por orden de antigüedad. Me armé de valor, más del que yo misma creía que tenía, y le dije a la superiora que no me parecía bien la incomunicación prolongada que teníamos con el exterior.

Bueno, ¡la que se armó! La abadesa montó en cólera, creo que por mi actitud permanente de rebeldía, y empezó a gritarme sin miramiento. Pero no me vine abajo. No podía permitir que me humillaran sin motivo alguno, sin razonar, sin dar explicaciones del porqué de nuestro aislamiento permanente.

Al día siguiente tenía a mi madre y al señor Roig en el convento para recoger las cosas. Mi salida precipitó que conociera a la reina a quien, según me contó más tarde Jaume, no estaba previsto que me la presentaran hasta dos años más tarde. Así que tampoco me puedo quejar de las consecuencias, jajaja.

38

Segovia, marzo de 1451

La reina paseaba orgullosa, todas las mañanas, su redondeada figura, consciente de que el embarazo estaba a punto de llegar a su fin. El personal del Alcázar ayudaba cuanto podía a la joven, a pesar de su insistencia en valerse por sí misma. No obstante, el rey había ordenado que nada le ocurriera a doña Isabel, por lo que soldados, criados o servicio se aprestaban a cumplirlo al pie de la letra.

Esa mañana, la reina departía asuntos de gobierno más livianos. Sentía un leve mareo y prefería no arriesgar a esas alturas de embarazo con temas que pudieran alterar sus nervios. La primera reunión había sido más intensa de lo esperado, por lo que decidió permanecer sentada a la espera de la siguiente visita.

Antes de que entrara el cabildo al pequeño salón que estaba tras la capilla, oyó cómo se cerraba la puerta de un fuerte golpe.

—No os giréis aún, Isabel. Me encanta ver vuestro cabello reposar sobre la espalda. ¡Me trae tantos recuerdos de Madrigal! —una sonrisa dibujó su rostro.

—No seáis insolente, don Íñigo —contestó con energía la reina—. No me gusta que interrumpan mis audiencias sin motivo.

—Vaya. Veo que me reconocéis sin haberme visto, solo por mi voz. Eso es buena señal ¿no?

—Vuestros modales son inigualables. ¿Cómo los voy a olvidar?

—Espero que de la misma forma sean inolvidables los momentos que has pasado conmigo tumbada. O de pie; o sobre mí; o…

—Está bien. Ya habéis llenado vuestra bolsa de vanidad. Ahora, si no deseáis nada, por favor, tengo que atender una visita.

—Vamos, Isabel, hace dos meses que no os veía. Pensaba que os abalanzaríais sobre mí.

—Claro que sí. Lo iba a hacer delante de mi esposo, pero ha surgido un contratiempo y se ha tenido que ausentar —la joven acompañó su rostro serio con una ironía punzante—. ¿Sabéis que poseo ya la espada que me prometisteis?

—Bueno, ya me encargué de que llegara a vuestras manos. ¿Te gusta su brillo? A mí me encanta la cruz y el puño de plata blanca que reluce más cuando la exhibes al sol.

—Cierto es que…

—Y esas palabras labradas en su hoja que parecen dos noes seguidos —no dejó de hablar—. Tenga cuidado con la espada, mi reina —el Señor cambió el tratamiento de forma consciente, dando un giro más serio a la reunión—. Podrían significar muchas cosas.

—Ya que me has interrumpido antes, continúa y no te hagas el interesante. ¿A qué debo temer?

—A nada y a todo, según se mire. Esas letras fueron grabadas mucho después que falleciera su dueño, el conde Fernán González. He intentado averiguar lo que significan, pero parece como si nadie lo supiera.

—Por favor, señor, abrevie.

—La traducción de «non-non» vendría a ser «no impares», es decir, «no desiguales». Como sabe, los emperadores romanos acostumbraban a decir aquello de «primus inter pares», lo que en realidad dejaba claro que el poder lo ostentaba una persona de entre los iguales. Traducido a nuestra época, podría decirse que el rey reina entre iguales, que son los nobles. Pero en la espada es al contrario. Es una advertencia. Nadie que no sea igual puede empuñarla.

—Bueno, yo soy reina. No debería preocuparme.

—Esa es la cuestión, Isabel. Tú no eres de la familia, ni hombre, ni soldado, ni rey. Deberíais absteneros de alzarla, aunque la tengáis en vuestro poder. Supongo que, al igual que la original, su fuerza radica en la empuñadura.

—¿Quieres decir que no debo liderar un ejército en el campo de batalla con ella? —La reina soltó una fuerte carcajada—. Me parece que puedes estar tranquilo.

—No seáis frívola. Trato de advertiros del mal uso que le podáis dar. Intentad no empuñarla bajo ninguna circunstancia, ni por simple curiosidad. No me gustaría perder la oportunidad de volver a Madrigal.

La reina se levantó de su silla con cierta dificultad debido al embarazo. Se aproximó a don Íñigo con lentitud, acercó las manos a ambos lados de su cara y le besó con ternura. Después, se alejó hacia la ventana y se apoyó sobre una de las columnillas que sostenía el arco apuntado de piedra.

—Esa espada la custodiará el Armero Real de Segovia. Solo la empuñaría en caso de necesidad, en el supuesto de que esa bruja de doña Juana amenazara a mi familia. Ahí entregaría gustosa mi vida. —Isabel se detuvo unos segundos sin cambiar la dirección de su mirada—. Y sí, Íñigo, sí. Antes de dar ese paso estaría unos días con vos en Madrigal.

39

La madera de los escalones que llevaban al salón principal se resquebrajaba un poco más a cada paso del Adelantado de Andalucía. Ese era uno de los pocos elementos originales del pequeño palacio que disponía en el centro de Sevilla. Don Perfán había invertido una gran cantidad de dinero en la remodelación que convirtió el viejo edificio de estilo mudéjar en una interesante residencia con aires renacentistas de la que hablaba la ciudad entera.

Allí le esperaba sor Isabel, que ocupó el tiempo observando a través de los ventanales el bullicioso trasiego de personas en la comercial calle de las Especierías. De entre esos muchos movimientos, le llamó la atención el choque que tuvieron dos clientes al intentar acceder a la vieja botica. La puerta estaba retirada hacia el interior, escondida por el muro de la vivienda contigua, que se construyó adelantada hacia la calle. Cualquier persona que venía desde ese lado no podía ver si algún cliente salía de la tienda.

—Buenas tardes, sor Isabel —saludó el Adelantado—. Sea usted bienvenida a mi nuevo palacio.

—Más cercana está la noche que la tarde, don Perfán —sonrió la religiosa a la vez que se alejaba del ventanal—. No se quejará usted de las vistas de este palacio.

—No, para qué voy a decir lo contrario. Desde cualquiera de esas ventanas puedo controlar cuanto acontece en el centro de la ciudad, que no es poco.

—Ya lo he podido comprobar. Una suerte, sin duda.

—¿Cómo se encuentra? Espero que haya superado ya la dura experiencia de su rapto.

—Sí, don Perfán. Una religiosa como yo no podría quejarse delante de nuestro Señor, que sufrió un verdadero calvario para salvarnos a todos. Así que mi mente ha retomado con fuerza todo aquello que interrumpió el incidente. Por cierto, ¿algún avance sobre quién estuvo detrás de él?

—Me temo que no, hermana. Nadie suelta prenda al respecto, por más que mis hombres insistan.

—Persevere, Adelantado, persevere.

—Le he visto que observaba con detenimiento la calle. ¿Alguna cosa le llamaba la atención? —cambió de tercio el Adelantado.

—Sí. La disposición de la botica hace que cualquiera pueda esconder su presencia al entrar o salir de ella.

—Puede que para usted sea muy importante, pero yo no acabo de ver la relevancia del asunto.

—Tengo dudas sobre la autoría del asesinato del anterior obispo.

—¿No estaba claro que había sido don Juan de Cervantes? Tiene motivos suficientes para haberlo llevado a cabo.

—Así es. Pero, ya no tengo tan claro que él mismo suministrase el veneno a la víctima.

—Y, ¿qué más da si lo hizo con sus propias manos o lo encargó a alguien? —contestó sorprendido don Perfán.

—Me pregunto si alguna persona se adelantó a don Juan. No sería lógico que el cardenal hubiese encargado el asesinato. Era innecesario aumentar los testigos para unos hechos que, o bien son un compromiso del príncipe o bien un anhelo personal del cardenal. En ambos casos, su mayor interés sería preservar el secreto del asesinato.

—Cierto. Aunque es solo una teoría. Todos los indicios apuntan a don Juan.

—Así es. Pero son solo indicios. Lo único que sabemos con seguridad es cómo y dónde se asesinó a la víctima. No hemos encontrado nada que implique al cardenal de forma directa. Tan solo un botón, que seguimos sin saber su origen.

—¿Quiere decir que alguien más está implicado en estos asesinatos?

—Al menos, en el del anterior obispo, sí. Don Juan se muestra demasiado seguro cuando insinuamos su implicación en los hechos. Lo primero que argumenta en su defensa es que la noche del asesinato no se encontraba ni en el palacio arzobispal ni en las inmediaciones. Además, los últimos hechos dejan al descubierto que alguien tiene mucho interés por incriminar al cardenal y a la iglesia. Ahí tiene a esa pobre familia del barrio de San Bartolomé. Es, cuanto menos, sospechoso.

—No me convence, sor Isabel. Tendrá que argumentar mejor su tesis o encontrar nuevas pistas que descarten la autoría del cardenal.

—Creo que don Juan está implicado en la trama del príncipe, pero algo no encaja en el caso del asesinato del obispo. Y creo tener la clave.

Entrevista a:
Sor Isabel de Ribera
Cuarenta y siete años. Monja clarisa

No es fácil investigar hechos delictivos en los tiempos que corren. No crean que lo digo porque sea difícil encontrar pistas, o interrogar a testigos o certificar coartadas. No. Es difícil por las implicaciones políticas y sociales de cada hecho.

Cuando los asesinatos, como los que me ha tocado indagar a mí, tienen que ver con la nobleza o con los representantes de la Corona, todo se hace muchísimo más difícil. Llevo meses en los que he entrevistado a decenas de personas, que tenían que ver con los hechos o que solo estaban relacionados con quienes rodeaban el caso. He escrito decenas de hojas con sus declaraciones; he recopilado las más nimias pruebas; he encajado horarios, personas, trabajos, misas en la reconstrucción de cada caso; y cuanto más cerca he estado, más presión he sentido por parte de los implicados.

No, no es fácil buscar la verdad. Estás expuesto, incluso, a la muerte. Casi lo consiguen conmigo. Pero aquí estoy. No conseguirán tumbarme.

Y aunque al final encuentres esa verdad, otros que imparten justicia tienen en sus manos la potestad para ser subjetivos, para dejarse llevar por sus propios pensamientos, filias y fobias. Así que no soy optimista con las consecuencias de la investigación. ¿Creen que será castigado el culpable si es alguien con cierta relevancia social? Ahí lo dejo.

40

Segovia. 12 de abril de 1451

Doña Isabel veía desde su alcoba cómo cruzaban el cielo las escasas nubes blancas y algodonadas de aquel luminoso jueves de abril. Estaba exhausta. Apenas podía mantenerse despierta después del interminable esfuerzo que durante más de cuatro horas la había tenido dando a luz.

Junto a ella se encontraba solamente su doncella, que permanecía en la habitación tras la marcha de médicos y parturienta para facilitar el descanso.

—¿Dónde está mi pequeña? Quiero ver a mi hija. Decidle al médico que la traiga a mi lado de inmediato.

—Sí, majestad. Ahora avisaré a la nodriza para que coloque junto a vos a la princesa. ¡Es tan bonita!

—¿Ha nacido sana? ¿Está bien? ¿Se parece a mí? ¿Qué ha dicho su...

—Tranquila, señora. Está todo bien. Intente descansar. En un momento podrá tener entre sus manos a su hija.

—Lo sé, pero la necesito ya. La he visto poco, apenas unos segundos y sus ojos me han dado vida. No me ha importado sufrir por ella. Ha sido tan intenso, tan emotivo, tan nuestro, que no creo que haya nada en la vida que se le asemeje.

—Bueno, señora, yo he visto a un recién nacido sano, fuerte, con la energía necesaria para sobrevivir a cualquier cosa que se interponga en su trayectoria.

—¿De verdad? ¿Está sana? ¿Es fuerte? ¿No me engañas?

—No, señora. Parece haber heredado su ímpetu. ¡Si viera cómo me agarraba el dedo con sus manitas!

—Se llamará Isabel. Ya no tengo dudas.

La doncella se acercó hasta el cabecero y ahuecó las almohadas mientras la reina se incorporaba. Le tapó con las sábanas y se sentó junto a ella para refrescarle la cara con una toalla humedecida.

Gracias a la suave brisa que entraba por la ventana entreabierta, doña Isabel recuperó poco a poco el color de sus mejillas. Cuando se sintió mejor, cogió del antebrazo a su cuidadora y apretó los dedos.

—Por favor, traed la cuna a este lado de la cama. Quiero que la pequeña Isabel se quede junto a mí el resto del día.

—Sí, majestad.

La joven hizo el intento de levantarse, pero sintió cómo la reina apretaba todavía más su antebrazo. Entre ambas no había acabado de desarrollarse una gran complicidad, pero la conocía lo suficiente como para saber que le quería decir algo importante.

—Cuando esté lista la cuna, por favor, traed la Lobera y depositadla a sus pies. Quiero que cualquiera que nos visite sepa que poseo la reliquia, su poder, su destino y que será mi hija, nadie más que ella, la heredera única y legítima del arma.

41

Castillo de Escalona, mayo de 1452

Casi un año después del nacimiento de la princesa, nada había podido calmar la creciente ira de doña Juana. Ni su amiga Beatriz lograba aplacar los movimientos desafiantes que planeaba y enviaba a Segovia al objeto de incomodar a la reina. Esta , en lugar de situarse por encima del conflicto, entró de lleno en él hasta responder a cada uno de los envites de la condesa con igual virulencia. Las dos mujeres más poderosas de la Corona de Castilla lideraban una guerra silenciosa mucho más destructiva que la de sus respectivos maridos.

Doña Juana había vuelto, con el agradable clima de mayo, a su castillo de Escalona. Desde allí podía manejar los hilos de su poder de igual forma que en Segovia gracias, en parte, a la red de contactos que le dispensaba la baja nobleza.

Al mediodía, cerca de la hora de comer, mandó llamar a su amiga y se reunió con ella en la sala principal del castillo. Lejos de abandonarse, la rabia acumulada había sacado la mejor versión de ella. Altiva, esbelta, con los enigmáticos y profundos ojos marrones que le caracterizaban, aún era capaz de combinar los vestidos más intensos para usarlos a diario y aumentar la leyenda sobre su atractivo físico.

—No dejaré que esa niñata y su cría pongan en peligro mi poder. Y mucho menos, el futuro de mis hijos. Quiero que dispongáis el mejor de nuestros hombres para un trabajo definitivo en la Corte.

—Mi señora, igual es algo precipitado, ¿no cree? —contestó Beatriz con intención de disuadir a su amiga y condesa.

—No. Quizás debí tomar medidas más drásticas hace tiempo.

—Tan solo ha sido una niña. Y ni siquiera es la heredera del trono.

—¿Crees que me preocupa lo más mínimo que haya dado a luz? Esa es una guerra de don Enrique, el príncipe. Es quien más debe temer con el nacimiento de Isabel.

—¿Entonces? —se mostró contrariada Beatriz.

—Es la Lobera. Solo yo tengo la verdadera espada y es a mí y a mi marido a quienes nos corresponde disfrutar de su poder.

—Dicen las malas lenguas que los monjes de la Orden del Santo Sepulcro la tenían en sus manos.

—Lo sé. Pero la intervención del Señor de Mondéjar ha sido la que ha facilitado que esa espada de mentirijilla llegue hasta ellos. Eso solo puede significar que la reina María está detrás. Ni ella ni su Corona de Aragón pararán hasta ver a mi marido muerto. No nos perdonan que impidiéramos a los Infantes de Aragón reinar en Castilla.

—Esa es otra historia, señora. Ahora, lo más importante es mantener la calma y dejar que la verdad imponga a su espada como la única Lobera.

—No, querida. No voy a esperar ni un minuto —la condesa, sofocada por la conversación, cogió una copa llena de agua y bebió para enjuagar la boca—. Quiero que el mejor de los hombres de mi guardia viaje a Segovia.

—¡Condesa! No haga locuras. Si se descubre movimientos extraños, pondrán precio a vuestra cabeza.

—No seas tonta. La reina ya nos ha sentenciado a mí y a mi marido. La primera de las dos que derrote a la otra, vencerá. Y esa voy a ser yo.

—Señora…

—Quiero que mi soldado parta antes del amanecer. Sin demoras.

42

Sevilla, mayo de 1452

Sor Isabel paseó algunos minutos por la calle de las Especierías. Observaba a los clientes entrar y salir de los pequeños comercios con cestas de mimbre o saquillos de tela. Habían llenado sus compras en los grandes recipientes de madera que exhibían, ante las fachadas de las tiendas, los colores y olores de decenas de productos.

El tránsito era abundante a media mañana. Las compradoras iban y venían de la plaza de Arriba a la de Abajo, donde se vendía todo tipo de pescado. El murmullo general obligaba a alzar la voz para poder comunicarse, lo que aumentaba poco a poco el ruido social del entorno.

A la monja le maravillaba todo aquel caos. A la una puso dirección a la botica, situada a mitad de la calle. Había concertado una entrevista con el esquivo dueño después de varias semanas de intentos. El boticario, como media Sevilla, conocía a qué se dedicaba la religiosa y su terquedad para dar con el asesino que andaba suelto.

—Buenos días, sor Isabel. Sea usted bienvenida a esta casa.

—Muchas gracias, boticario. Por fin tengo el gusto de conocerle en persona. Se me hacía extraño no habernos reunido antes.

—Usted sabrá perdonarme, hermana, pero esta época es muy mala para los resfriados y los clientes se agolpan a diario a que les recete alguna hierba que alivie su malestar.

—Entiendo, entiendo. Bueno, lo importante es que al fin ha podido encontrar ese hueco que tanto le solicitaba —contestó con sorna.

—Pasemos a la trastienda y pongámonos algo más cómodos. Aquí podemos molestar.

El boticario condujo sin entusiasmo a su invitada hasta una sala trasera donde guardaba multitud de sacos de tela llenos de algunas de las hierbas que combinaba en sus recetas. En el lateral, una pequeña mesa de madera hacía las veces de escritorio. Disponía de un tintero, una pluma, diversos recortes de papel y algunos trozos ya usados con el nombre mal escrito de sus medicinas.

—Siéntese aquí, sor Isabel —el boticario acercó una silla modesta que tenía retirada junto a la puerta—. Cerca del escritorio estaremos más cómodos.

—Muchas gracias. —La monja tomó asiento mientras el boticario hacía lo propio detrás de la mesa—. Ya sabrá usted de mi investigación sobre las muertes que en los últimos meses han consternado la ciudad.

—Lo sé.

—No quiero andarme con rodeos. Sabemos que el cardenal es un buen cliente suyo y que le encargó la compra de arsénico árabe.

—Bueno, eso no es delito. También otras personas lo han comprado y no por ello son culpables de nada.

—Efectivamente. Eso es lo que quiero saber. ¿Quién más ha adquirido ese veneno en los últimos meses?

—Bueno, no sé —el boticario se sintió confuso. Esperaba una batería de preguntas sobre el cardenal, pero no sobre el resto—. Es un producto que algunos clientes usan para sacrificar a sus animales. Quizás… en realidad, no tengo por qué saber el nombre de cada cliente que entra por esa puerta.

—Yo creo que sí. No hay tantos vecinos que requieran ese producto.

—Le digo que no, hermana —el boticario se puso a la defensiva.

—Bueno, intentaré refrescarle un poco la memoria, a ver si por casualidad le viene algún recuerdo —contestó la monja cada vez con más seguridad en sí misma—. He oído que algunos nobles, muy amigos de los Zúñiga, suele venir en persona a su botica.

El boticario se puso en pie, nervioso, a la vez que evitaba mirar a los ojos a la monja. Esta dibujó una leve sonrisa en su rostro y decidió seguir los pasos de su anfitrión.

—Tengo mucho trabajo en la tienda, hermana. Si no le importa, le rogaría que volviera en otro momento.

—Por supuesto. No quiero importunar —la monja hizo un pequeño descanso—. Antes de marcharme, ¿le importaría contestarme a la pregunta que le he hecho hace un momento?

—No recuerdo. ¿A qué se refiere?

—A los Ponce de León o a los Pimentel. Le preguntaba que si alguno de ellos ha adquirido arsénico árabe en los últimos meses.

—Es posible. Algunos de sus caballos son mayores y estaban enfermos. Supongo que lo necesitarían. Mejor debería preguntárselo a ellos, ¿no cree?

—Ah, sí, estoy de acuerdo con usted. De todos modos, supongo que anotaría la venta de un producto tan caro y escaso como ese en el libro de cuentas o en el inventario —. La monja caminó hacia la puerta de la tienda en silencio y, al llegar a ella, se giró de nuevo hacia el boticario—. Sería muy extraño que lo hubiese perdido o que las anotaciones ya no estuvieran. ¿Le importaría si vuelvo otro día para poder consultarlo y ver el nombre de la persona en concreto?

—Está usted en su casa, hermana —contestó nervioso—. Puede venir cuando quiera, aunque ahora, con tanto trabajo, no sé si podré tener a mano lo que me pide. Me tendrá que dar algo de tiempo.

—Todo el que necesite —sonrió sor Isabel—. Espero ese nombre no coincida con la persona que busco. Pase una buena tarde y que el negocio siga tan floreciente.

Entrevista a:
Sor Isabel de Ribera
Cuarenta y siete años. Monja clarisa

No crean que es fácil hacer de buena y mala a la vez. Lo único positivo de investigar con los hábitos puestos es que, de entrada, nadie desconfía de mí. Me abren sus pensamientos y tienden a sincerarse. El problema es que ya llevo demasiado tiempo en Sevilla y los vecinos comienzan a reconocerme.

Me era más fácil mi trabajo con el capitán. Sus amenazas siempre suenan mucho más contundentes que las mías. Pero bueno, no me puedo quejar del apoyo que don Perfán da a la investigación, sobre todo después del rapto.

Por cierto, espero que al capitán le vayan bien las cosas. Anda muy revuelta, en las últimas semanas, la Corte, según comentan por aquí. Recuperar esa espada sería muy importante para mantener el débil equilibrio que existe en Andalucía.

¿Que si ya tengo algún sospechoso claro? No lo sé, la verdad. Cuanto más profundizo, cuantas más pistas obtengo, más difícil se me hace vislumbrar al asesino. Creo que estoy cerca, pero a la vez todo parece lejano. En mi mente hay nombres, pero no se los diré aún.

43

Segovia, julio de 1452

El frescor de los muros de piedra, ensombrecidos día y noche, evitaban en las mazmorras del Alcázar el insoportable sopor del verano. De su agradable temperatura daban fe unos pocos presos, aquellos nobles que habían caído en desgracia ante los ojos de la Corona. No era lugar para delincuentes comunes. Sus celdas estaban solo dispuestas a albergar a quienes pleiteasen contra el rey.

La reina había decidido visitarlas y encontrarse con su nuevo morador. Hacía día y medio que la guardia real sorprendió primero, y detuvo después, a un hombre armado junto a los aposentos de doña Isabel. Tras el desconcierto inicial, los soldados condujeron al asaltante a una de las celdas del Alcázar.

El jefe de la guardia reaccionó incrédulo al reconocer la divisa del condado de Escalona en la empuñadura de la espada del detenido. Desconcertado, avisó de la circunstancia a doña Isabel, encargada de los asuntos del condestable. Tras escuchar la información, la reina le obligó a guardar silencio y le advirtió que ella se encargaría de dar traslado a su esposo.

Al entrar a media tarde en la sala central de la mazmorra, entorno a la cual se abrían al menos seis celdas individuales, la reina vio al asaltante de pie, atado por las muñecas al techo, con el torso desnudo y ensangrentado hasta las rodillas. No podía dejar de relacionar aquel desdichado con el rostro de doña Juana. Estaba furiosa, enojada, llena de ira. Al percatarse de la presencia del jefe de la guardia frente al cuerpo exhausto y atormentado del joven, cambió sus pensamientos.

—¿Alguna novedad?

—No, mi reina. El detenido no parece dispuesto a hablar. Llevamos horas de castigo y no ha soltado ni una sola palabra.

—Necesito saber qué hacía en mi palacio. Está claro que esa zorra de doña Juana le ha enviado, pero no me conformo con que solo quisiera matarme. Su mente es mucho más retorcida.

—Majestad, no creo que el dolor pueda sacar lo que lleva dentro de su cabeza.

La reina se acercó más hasta el preso, dio una vuelta a su alrededor y aproximó los labios al oído. Contuvo la respiración para no oler aquella mezcla de sangre, sudor, miedo y humedad. Se separó, exhaló todo el aire que pudo, volvió a acercarse al oído del detenido y pronunció unas pocas palabras.

A pesar de tener los ojos hinchados por los golpes recibidos durante horas, el soldado pudo entreabrirlos un instante y mirar de cerca a la reina.

—Su vida. Su vida y la espada que guarda a su lado.

—¿Pretendíais robarme? —La carcajada que siguió después heló la sangre de los guardias que custodiaban al preso— Doña Juana ha perdido por completo la razón. Ahora sé que ya le teme a mi espada, a mi Lobera —empujó con su mano al detenido para ayudar a separarse de él y miró al jefe de la guardia—. Matadlo y arrojad su cuerpo al río, desnudo.

La reina se alejó poco a poco del torturado soldado. Estaba contenta. Que quisiera matarle entraba dentro de sus cálculos, pero que doña Juana deseara también robarle el arma le había sorprendido.

—Si anhela vencerme, deberá empuñar su espada. Y no creo que se atreva. Tiene miedo. Lo percibo. Así que ha llegado la hora de contratacar y acabar con esa vieja de una vez por todas —pensó mientras caminaba hacia la salida.

44

El boticario esperó a que sonaran las ocho campanas que marcaban el final de la jornada. Se acercó a la puerta, cerró con llave y volvió a la trastienda. Había sido un día complicado, lleno de fórmulas nuevas y de clientes de siempre.

Pese al calor del incipiente verano sevillano, arrimó unas ramas secas a la chimenea y encendió fuego. Después, se acercó a la cómoda, abrió el primer cajón, rebuscó en el fondo y sacó el libro de cuentas. Al verlo, su pulso se aceleró, la sangre bombeaba con una intensidad tal, que las sienes parecían querer explotar.

Durante algunos segundos quedó paralizado. Al reaccionar, se dio media vuelta para dirigirse hacia la chimenea. Observó el fuego crepitar con las llamas vibrantes de la leña seca. Era hipnótico. Estaba entre la espada y la pared. Su mente divagó algunos segundos. Las amenazas habían sido claras y no podía poner en riesgo su vida por la investigación de la monja.

Cualquier movimiento que se producía en el negocio, lo apuntaba. Registraba en el libro de contabilidad incluso las visitas, al margen de que esta s comprasen o no productos. Era meticuloso hasta la exageración. Así se sentía seguro. Controlaba su vida, su negocio, sus compras, sus ventas.

Abrió el libro por la página exacta. La leyó despacio. Quería asegurarse de que arrancaba la única donde estaba escrito aquel nombre. Cuando lo vio, maldijo su obsesión por anotarlo todo. Arrancó la hoja con cuidado, sin dejar rastro de su existencia en el lomo. La miró por última vez y la acercó hasta el fuego.

De pie, frente a la pequeña chimenea, vio cómo las llamas devoraban el papel de dentro hacia afuera. Estaba tranquilo. Ya no había rastro.

Al intentar separar los troncos para apagar el fuego, se dio cuenta que había volado un minúsculo trozo de papel salvado de arder con el resto. Entonces, los nervios le volvieron como un fantasma del pasado. En ese minúsculo trozo estaba dibujada una cocha, la misma que puso junto al fatídico nombre como divertimento. Lo cogió con los dedos y lo metió con rabia entre los troncos aún al rojo vivo. Ahora sí. Ahora era ya libre.

45

Don Alonso llevaba varios días hospedado en casa de Fernando López Hurtado, comerciante de ganado y aliado de la Corona de Aragón en sus disputas con don Álvaro de Luna. Durante dos jornadas, vestido con la ropa civil que le prestó su anfitrión, paseó por las calles, tabernas y mesones de Escalona. Llegó a pisar tantas veces la arena de la plaza, lugar de encuentro de los vecinos, que algún anciano observador comenzó a saludarle.

Al capitán le interesaba, sobre todo, conocer a la perfección las costumbres, los horarios, las salidas, las personas de confianza y todo cuanto tuviera que ver con la condesa, doña Juana de Pimentel, que habitaba tranquila en el castillo.

—La ciudad entera sabe que la señora tiene en su poder la mítica espada de Fernando III, pero acertar con la ubicación exacta es complicado. Correrías mucho riesgo si asaltases la fortaleza para intentar hacerte con ella —advirtió Fernando López.

—Lo sé. He observado el movimiento de la guardia, sus horarios, sus relevos, incluso sus destrezas, y va a ser difícil acceder hasta el corazón de ese palacio fortificado —contestó don Alonso.

—Algunas noticias que han circulado durante este tiempo dicen que don Álvaro ha empuñado la espada en ocasiones puntuales, como el sitio de Toledo. Quizás lo más prudente sería esperar una de esas salidas. Estoy seguro de que tendríais más oportunidades de éxito.

—No creo que pueda disponer de tanto tiempo. Sor Isabel necesita que le dé cobertura a sus investigaciones en Sevilla.

—Pues no disponéis de mucho tiempo, capitán. Por cierto, ¿sabéis que la reina tiene en su poder otra espada a la que también llama Lobera?

Entrevista a:
Don Alonso
Treinta y seis años, Valencia
Capitán Trainer

¿Que si echo en falta Sevilla, a don Perfán y a sor Isabel? Pues claro. Esa investigación que dejé a medias me había enganchado a la ciudad y a su entorno. Sor Isabel y su punzante ironía lo hacen todo más fácil. Pero yo soy un soldado, me gusta la acción, me gusta el cuerpo a cuerpo y, sobre todo, debo cumplir con las misiones que se me encomiendan. Esta es importante. Debía estar aquí.

¿Que si echo en falta otras cosas? Por supuesto. Pero bueno, voy cubriéndolas como puedo. Antes de llegar a Escalona, en Segovia, pude compartir unas larguísimas horas en buena compañía. Es el sino de un soldado, buscar el calor humano de taberna en taberna. Aunque reconozco que esta vez, las mujeres segovianas me dejaron bastante impresionado. Nunca habían contorneado mi cuerpo de esa forma. Por no decir de las jóvenes curvas que las vestían. La juventud es lo que tiene. Jajajajaja. No les contaré más, por si les parece muy soez, pero les aseguro que la dureza de sus carnes podía compararse, casi, a la de mi cuerpo.

46

Sor Isabel había acudido a misa de ocho en la iglesia de Santa María la Blanca. El sol de julio obligaba a celebrar oficio en horas discretas, cuando el calor comenzaba a remitir y la vida social recuperaba la calle.

La monja solía alternar diferentes templos para la celebración del domingo. De esta forma, podía conversar con vecinos de unos y otros barrios. Era su forma de entender la mentalidad de una ciudad en pleno proceso de crecimiento y la violencia derivada de esa lucha implacable por el poder.

Sentía predilección por Santa María la Blanca. Le encantaba el olor que desprendían las calles de alrededor, estrechas, irregulares, llenas aun de señas de identidad judía y musulmana. Las miradas de sus moradores eran libres. No se consideraba observada sino todo lo contrario. Era ella la que no dejaba escapar los peinados, las vestimentas, los colores e incluso los aromas a comidas llenas de especias y tradición. Con toda esa excitación de los sentidos entró en el templo para atender la palabra del Señor.

Cuando se encontraba en medio de la eucaristía, un sentimiento de culpabilidad le recorrió la cabeza al darse cuenta que su atención estaba centrada en las yeserías del techo y no en las palabras del cura. Admiraba en lo que se había convertido aquel templo al cobijar bajo el mismo techo una sinagoga, una mezquita y, ahora, una iglesia cristiana. Era ejemplo de la convivencia que predicaba siempre que podía. Y siempre que le escuchaban.

Al terminar la celebración, los fieles se amontonaron en la calle para intercambiar conversaciones de todo tipo, en esencia intrascendentes. Sor Isabel se acercó a un grupo de jóvenes entre los que reconoció a familiares de las casas de Ponce de León, Zúñiga y Pimentel.

—Buenas tardes, señores. Ha sido un sermón de lo más interesante, ¿no creen? —interrumpió la monja.

—Dichosos los ojos, sor Isabel —Diego Ponce de León fue el primero en contestar—. Nos alegra verle de nuevo en nuestra iglesia. Le echábamos en falta, sobre todo después de su secuestro.

—Cierto —se añadió a la conversación don Pedro de Pimentel, hijo menor de don Alfonso—. No esperábamos que la misa del domingo fuera a contar con tan ilustre presencia —agregó con un tono irónico.

—Como sabéis, hijo mío, hay que cuidar el rebaño para que no se devoren unos a otros —contestó la religiosa mientras se escuchaban risas sordas de fondo—. Y sí, hijo mío, fue muy duro vivir la experiencia de mi rapto.

—Qué difícil es vencerle a usted —el menor de los Zúñiga quiso intervenir—. Nunca tira la toalla. Por cierto, ¿algún avance en su investigación? ¿Ya ha averiguado el nombre del asesino que anda suelto? No quisiera encontrármelo por la calle y tener que acabar con ese indeseable. ¿No será él quien le retuvo contra su voluntad? —el resto de jóvenes profirió risas más sonoras que las anteriores.

—Por favor, señores. Tienen una actitud demasiado infantil. Les recomendaría, eso sí, que ajustasen bien los cinturones para añadir elegancia a sus paseos diarios. Hoy los veo algo descuidados.

—No lo dirá por mí, ¿verdad? —Don Pedro de Pimentel se abrió hueco entre sus amigos, separó las piernas, levantó los brazos y se miró a sí mismo de los pies al pecho —. Las mujeres con las que me tropiezo no piensan lo mismo que usted.

En ese preciso instante, sor Isabel se quedó parada mientras observaba la vestimenta del joven. Repasó una y otra vez el jubón hasta que por fin se decidió a contestar.

—Don Pedro, veo que es usted amante de la moda castellana. ¿Acaso pretende introducir los botones de metal en la vestimenta masculina sevillana?

—Así es, hermana. Me gusta seguir los usos y costumbres de la corte segoviana. Es una forma, como otra cualquiera, de distinguir a las personas de alto linaje del resto del pueblo.

—Supongo que estará al tanto de que le falta un botón. No le favorece lo más mínimo. Algunas personas entendemos lo suficiente de moda como para pensar que carece de sirvientes que le repongan esa leve pérdida en el jubón.

Don Pedro adoptó con su cuerpo una postura defensiva. Se sentía humillado, ridiculizado por una monja en un tema del que presumía con asiduidad. Ajustó su cinturón, dio un paso al frente y se aprestó a despedirse de ella.

—Si no le importa, debo marcharme para atender temas más importantes. Ha sido un verdadero placer charlar con usted, sor Isabel.

—Descuide, hijo. El placer ha sido mío —la monja hizo una pausa de forma consciente mientras el joven se giraba para marcharse—. ¡Don Pedro!, espero que encuentre el botón. No hay muchas personas que vistan con ellos en Sevilla.

47

De nuevo era día de mercado en Escalona. Desde primera hora de la mañana, agricultores y comerciantes abarrotaban los soportales en busca de sombra. En ese momento, el centro del pueblo se llenaba de un bullicio mercantil del que no quería escapar ningún vecino. Unos y otros madrugaban para huir del mediodía, cuando la arena se convertía en un suelo casi incandescente.

La condesa había decidido sumarse esa jornada al mágico entorno del mercado. Adelantó el despertar, dispuso un vestido no demasiado ostentoso y se despojó de todas las joyas que llevaba sobre su piel, a excepción de un modesto colgante de plata. Cuando consideró que la plaza podría estar llena, salió del castillo y se dirigió a pie hasta ella.

Su presencia no podía pasar desapercibida. Las miradas de mujeres, y hombres, se clavaban en ella con una mezcla de admiración y prudencia que abría, de forma inconsciente, un pequeño pasillo a su paso. Doña Juana, sabedora de la situación, caminaba bajo los arcos laterales de la plaza con lentitud, con la parsimonia suficiente para mostrarse tan cercana como distante de sus vecinos.

Junto a ella, su fiel amiga y doncella, doña Beatriz, susurraba los nombres de las mujeres con las que doña Juana se iba a tropezar. La condesa, después, se encargaba de ponerles voz, sorprender y ser admirada a partes iguales. Esos saludos personalizados inyectaban vigor y adhesión permanente hacia ella, cada vez más querida por sus vecinos y día a día más repudiada por la Corte.

—¿Qué piensas hacer, Juana? —indicó Beatriz en un momento de descanso.

—No lo sé. La reina ya sabe que deseaba matarla y robarle la espada. Me temo lo peor.

—¿Desde cuándo usted tira la toalla tan pronto? Esa no es la condesa que yo conozco.

—Esta vez es complicado. Ahora tiene excusa y acabará de convencer al rey —doña Juana bajó el tono de su voz y se acercó al oído de su ayudante—. Mi esposo ya no está en plenas facultades para poder evitarlo.

—Pues prepárese para defenderse. Piense en sus hijos y en sus posesiones.

—¡Qué remedio! Por ellos puedo llegar a matar.

—Ya lo sé. Gracias a Dios tiene la Lobera, ¿verdad?

—Preferiría no tener que empuñarla, Beatriz.

Doña Juana se acercó a un puesto de fruta y cogió dos cerezas. La tendera, que sabía de quien se trataba, le ofreció con rapidez un puñado más grande con sus dos manos. La condesa prendió unas pocas mientras su cabeza se llenaba de imágenes de la reina. No la soportaba. Era superior a sus fuerzas. Sentía profundo asco y odio por ella. De forma inconsciente, cerró con fuerza la mano estrujando entre sus dedos las carnosas cerezas. De ellos empezaron a caer pequeñas gotas rojas, de un color tan intenso como la madura fruta que las había generado. Miró cómo goteaba durante algunos segundos mientras doña Beatriz alargaba su mano hasta cogerla por el antebrazo.

—No se preocupe. Póngame un kilo y llévelo a palacio. La condesa no se encuentra hoy bien —indicó con rapidez.

Don Alonso, que visitaba, como cada mañana, la plaza de arena, observó la escena desde la esquina del soportal. Después, esperó a que las dos mujeres se marcharan y se acercó hasta el puesto de fruta.

—Al acabar la mañana, una vez recoja todo, estaré en este mismo sitio para acompañarle a tomar un pequeño refrigerio —indicó a la vez que observaba los ojos asustados de la mujer. Entonces, se detuvo un instante—. No debe temer nada malo, aunque quiero que sepa que no le voy a quitar ojo durante todo este tiempo, por si se le ocurre huir.

48

Sor Isabel rebuscaba entre sus pertenencias de forma precipitada. Sabía que el cofre que escondía en su dormitorio no se había movido del sitio desde que lo cerraran ella y el capitán don Alonso. A pesar de los nervios, recordaba dónde encontrarlo. Quería comprobar lo que su cabeza había procesado tras el encontronazo con los jóvenes en la iglesia de Santa María la Blanca.

Al hallar el pequeño cofre, introdujo la llave y lo abrió con rapidez. Fue entonces cuando, siquiera por unos segundos, se tranquilizó. Después, comprendió que aquel botón que tenía ante sus ojos, el mismo que habían cogido de la mano del curtidor asesinado, cambiaba por completo la investigación.

—¿Interrumpo, sor Isabel? —La voz grave de don Perfán sacó a la religiosa de sus pensamientos.

—Adelante, adelante. Por favor, tome asiento —la monja se incorporó para acercarse al Adelantado, a quien había hecho llamar hacía unas horas.

—Debe ser muy urgente lo que desea contarme para molestarme un domingo a estas horas de la noche.

—Lo es. En medio de esta violencia eterna entre la nobleza de Sevilla, ha aparecido una circunstancia que podría ayudar a apaciguar la situación o romperla del todo.

—Sor Isabel, no conocía esa faceta tan dramática en usted. En otras ocasiones suele ser mucho más comedida.

—Don Perfán, creo que sé quién es el dueño de este botón —la monja levantó su mano derecha para mostrárselo—. Le recuerdo que es el que llevaba en la mano el curtidor asesinado en su celda. Es posible que la misma persona que lo mató se encargara también del obispo García.

—Adelante, soy todo oídos.

—Creo que se trata del hijo de don Alfonso de Pimentel.

—¿Está usted segura? La familia Pimentel se ha mostrado equidistante en la lucha entre Medina Sidonia y los Zúñiga. ¡Solo nos faltaba eso ahora! Uno noble que va por libre o un agente del príncipe que actúa con la complicidad del cardenal. Sevilla puede saltar por los aires. —El Adelantado hizo una pausa apoyar el peso de su cuerpo en el respaldo de la silla—. ¿Tiene alguna prueba de lo que dice, hermana?

—Don Pedro de Pimentel viste un jubón con los mismos botones. Y justo le falta uno, el más bajo.

—Podría haber más en la ciudad.

—No lo creo. Su gusto por la moda castellana no la comparte el resto de los nobles de la ciudad.

—Es una acusación muy grave.

—Lo sé. Pero de ser cierta, exculparía al cardenal, al menos de la autoría física del asesinato. De uno o de varios de ellos.

—Está bien. Si es cierto lo que dice, lo más importante a partir de ahora es saber a quién sirven los Pimentel. —Don Perfán se levantó de su silla—. Hay que confirmar si son o no aliados de don Juan de Cervantes y del príncipe Enrique.

—Para eso necesitaría ir acompañada. No puedo presentarme en casa de los Pimentel sin su respaldo.

—Es hora de dar un paso adelante. Quizás sea una de las últimas oportunidades para pacificar esta ciudad. Cuente conmigo.

Entrevista a:
Sor Isabel de Ribera
Cuarenta y siete años. Monja clarisa

En los momentos más complicados es cuando me acuerdo de la reina María. Ella se muestra serena, tranquila, siempre dispuesta a encontrar una solución. Sí, me parece una mujer digna de admirar. Se puso sola al frente del gobierno de la Corona, se ha impuesto a todos los nobles que le rodean, ha fomentado la cultura y la justicia. Y todo eso, sin acudir a la guerra, sin levantar ejércitos, sin regar de sangre la tierra.

La vida en palacio me resultaba cómoda, para que lo voy a negar. Pero incluso en esos momentos, María, que se ha convertido más en amiga que en reina, nos empujaba a trabajar como una forma de fortalecer el ánimo. Con ella, he compartido rezos en el convento de la Trinidad. Tiene una religiosidad sincera, una fe difícil de hallar en otras personas.

Esa fe en la justicia es lo que me empuja a continuar hasta que halle al culpable de los asesinatos. ¡Qué ahora aparecen nuevos sospechosos! Pues motivo de más para esclarecerlo. De todos modos, creo que don Juan de Cervantes esconde mucho más de lo que parece.

49

Segovia. Febrero de 1453

Al infinito verano sucedió el gélido frío de la Meseta. Un cambio monótono, previsible, sin sobresaltos, que pareció contagiar a la Corte y sus intrigas de palacio. Se mirase por donde se mirase, todo había sido tensa calma. Seis meses en los que la reina frenó sus embestidas contra doña Juana y esta , a su vez, relajó los movimientos de ataque para centrarse en la defensa del castillo de Escalona.

Sin embargo, a medida que parecía acercarse la primavera y el día llenaba de luz las últimas horas de la tarde, las órdenes de la reina en el Alcázar se hacían de nuevo presentes. La política retomaba impulso por sus venas como un veneno insaciable y cada vez más potente. Estaba ansiosa, sedienta de victoria, de acabar con los enemigos y asegurar el trono para su descendencia. Un viaje en el que se hizo acompañar por la nueva generación de nobles, libres de ataduras con el condestable.

Esa mañana, doña Isabel entró en los aposentos reales con la fuerza de una madre que protege a su cría, a la pequeña Isabel, a punto de cumplir ya los dos años. En aquella habitación se encontraba Juan, rendido a los deseos de su esposa y cansado de su casi medio siglo de vida.

—Cómo me gusta ver que has recuperado el ímpetu que tanto te caracteriza. Lo echaba de menos, Isabel.

El rey disfrutaba de la juventud de su esposa, de su belleza equilibrada y de su carácter decidido en la misma proporción en la que él se marchitaba.

—Se acabó, Juan. No puedo más. Te dije hace año y medio que pusieras fin al gobierno de don Álvaro.

—¿Qué te ocurre, Isabel?

—Sabes muy bien lo que es. No voy a consentir ni un día más que el condestable entre en tu cabeza y la maneje a su antojo. En tu mente y en tu lecho. —La reina se acercó hasta los pies de la cama, donde estaba el rey, y apenas dejó que unos centímetros los separase—. Tienes a la nobleza alterada y dispuesta a apoyar al príncipe Enrique si no das un golpe sobre la mesa. Y encima, don Álvaro ha negociado con don Pedro, duque de Coímbra, para que dispute la corona de Portugal a mi familia. ¡Reacciona, Juan!

—No es fácil, querida. El condestable me salvó la vida en varias ocasiones en las que todo estaba perdido. Ha guiado el reinado y a Castilla durante estos años sin atacar mi legitimidad.

—¿Qué crees que pedían los sublevados de Toledo? ¿Qué crees que pide la Liga de Nobles? ¿Qué crees que anhela Pacheco? Don Álvaro pondrá en rebelión a sus partidarios y os hará deponer la corona.

—No digas tonterías, Isabel. ¿Acaso va él a convertirse en rey de Castilla?

—No, Juan, no. Por si no lo sabéis, ha establecido una alianza con tu hijo, el príncipe Enrique, para que acceda al trono.

—¡Eso no es cierto!

—Tan cierto como que tu hija Isabel descansa ahora con la placidez de una niña. —La reina cogió por los brazos a don Juan y lo zarandeó con ligereza—. ¡Despierta de una vez! Si tú no acabas con su vida, él lo hará contigo.

—Esto es por doña Juana, ¿no? La odiáis.

—Esto es por tu hija. ¿Acaso no recordáis que la arpía de la condesa mandó a uno de sus hombres para asesinarme y robar la Lobera?

—Lo sé.

—Pues deshaceos del condestable.

—Con prudencia, esposa mía, con prudencia.

—Os recuerdo que lleva más de dos meses haciendo acopio de armamento y alimentos en su castillo de Escalona. No quisiera ver cómo mueres en una cruenta guerra.

—No voy a morir.

—Eso espero. Doña Juana posee la Lobera, la misma espada que empuñó su marido en el asedio a Toledo y del que salisteis victorioso. Pero no cuentan con que ahora, también yo tengo una Lobera.

50

Escalona, febrero de 1453

A las siete de la tarde, la oscuridad se había extendido a la misma velocidad que el silencio. El único ruido que retumbaba entre las casas provenía de dos tabernas que se mantenían aún abiertas. El griterío del vino silenciaba los chasquidos de las antorchas que iluminaban el castillo.

Don Alonso esperaba desde hacía una hora a oscuras y cubierto con una manta. Estaba tranquilo, con la cabeza fría y armado de paciencia. Confiaba en obtener esa noche los datos para dar el golpe definitivo. Una vez realizado, saldría hacía Sevilla con rapidez.

Pasadas las siete y media, maese Sancho de Almendral puso fin al mágico momento del vino, dejó atrás la taberna y anduvo calle abajo en dirección a su casa, situada en las afueras del pueblo. Al llegar frente a la puerta, sacó como pudo la llave y, tras varios intentos, logró introducirla en la cerradura. El exceso de alcohol había mermado sus facultades. Tampoco estaba preocupado por esa circunstancia, ya que los trabajos que restaban en la fortaleza apenas requerían su atención al día siguiente.

A duras penas pudo cruzar el umbral, cerrar de un golpe y apoyarse en el respaldo de la única silla que esperaba junto a la mesa del comedor. Alargó la mano hasta la vela, la acercó y, con sus manos temblorosas, dio fuego a la mecha. Al levantar la cabeza, de un salto, retrocedió hasta la puerta.

—No tema, maestro. Tengo buenas referencias y sé que me va a ayudar en todo cuanto le pida —indicó el capitán.

—¿Quién es usted? ¿Quién le ha dado permiso para entrar en mi casa? ¿Qué desea de mí? ¿Por qué...?

—Tranquilo, Sancho. Cálmese. —Don Alonso se levantó de su asiento y comenzó a caminar hacia la mesa—. No quiero hacerle daño, tan solo necesito que me entregue un plano del interior del castillo con la distribución de estancias.

—Eso sabe que es imposible. No puedo dárselo. Imagínese si se enterase el condestable.

—Ni pensarlo siquiera. Cierto. Por eso sé que no va a contar a nadie que me ha entregado a mí una copia —contestó el capitán con ironía.

—Pero, pero... me pone usted en un apuro. No puedo, lo siento.

Entre las paredes de la humilde casa sonó con eco metálico el ruido de una espada al desenfundarse.

—Estoy seguro de que si hace un esfuerzo podrá colaborar conmigo y entregármelo —amenazó el capitán.

A los diez minutos, don Alonso cerraba de un portazo

y abandonaba la casa. Cobijado bajo el espeso manto de la noche, se dio prisa por desaparecer de aquel escenario. Quería llegar cuanto antes a su alcoba para trazar la ruta por la que se introduciría en el castillo.

Dos días después, la tensa calma se transformó en nervios y estos, en hiperactividad del personal del castillo. El patio de armas concentraba más de trescientos soldados. Arqueros, lanceros, caballeros e infantería componían la fuerza que el condestable había logrado reunir en las últimas tres semanas. En Segovia había asegurado que preparaba una acción de castigo contra los musulmanes, aunque los rumores insistían cada vez con más fuerza en el pulso iniciado contra la reina y sus seguidores, cuya hostilidad privaba a don Álvaro del contacto con el rey.

El condestable y su esposa observaban la formación del pequeño ejército desde la ventana del salón principal, ajenos al ir y venir del personal de servicio. don Álvaro estaba herido en su orgullo. Se sentía relegado, mermado por su avanzada edad e incapaz de ver la fuerza con la que contaban sus enemigos. A su lado, doña Juana, en eterna lucha contra la reina, se mostraba más cauta que su esposo.

—No vayáis a Burgos, por favor. La Liga de Nobles se ha reforzado con el liderazgo de don Álvaro de Estúñiga, amigo del príncipe y de los Zúñiga de Sevilla. No espero nada bueno de él.

—Tranquila, mujer. Solo necesito un poco de tiempo para acabar de convencer a don Enrique de nuestra alianza. Hemos acercado posturas con el duque de Coímbra y la mitad de la nobleza de Castilla nos apoya. No hay por qué temer.

—Vuestros pactos están en el aire. Por no decir del apoyo que la Corona de Aragón presta ahora a la reina. —La condesa cogió del brazo al condestable, lo giró hacia ella y le miró a los ojos—. Quedaos y liderar al ejército. Con la Lobera en vuestras manos, nadie podrá deteneros.

—No. La espada se quedará aquí para defender nuestra posición, al igual que los soldados que veis ahí abajo. Este castillo tiene que parecer inexpugnable. Tiene que dar suficiente miedo como para evitar un ataque.

—Está bien —la condesa se quedó unos segundos en silencio—. Pero tened cuidado con el rey. Esa niña malcriada con la que se acuesta ha inyectado veneno en su cabeza. No os fieis de él ni por un solo segundo.

—Al final habéis tenido razón con vuestro odio hacia la reina —sonrió con ironía el condestable.

Entrevista a:
Don Alonso
Treinta y seis años, Valencia
Capitán Trainer

La tensión nos afecta a todos. Como soldado, huelo la batalla, siento el hedor de los guerreros, presiento los gritos de los vecinos, escucho en mi cabeza el ruido metálico de las espadas. Sí, esto se pone feo por momentos.

Nervioso estoy. Cualquier soldado que diga lo contrario miente o es un loco. Y yo no soy ni lo uno ni lo otro. A mí me tienen por enemigo tanto los que defienden el castillo como los que lo atacan. Así que comprenderán mi situación.

Mejor pensar en las chicas de la taberna segoviana. No se han olvidado, seguro. Yo tampoco. El recuerdo de esos cuerpos me permite ciertos momentos de alegría y, cuando hay una situación tan difícil como la que tengo por delante, relajar mi cabeza mientras ejecuto el plan. Qué se le va a hacer, yo soy muy primario en esas cosas. Lo mejor que pueden hacer es sonreír conmigo.

51

Burgos, 4 de abril de 1453

Don Álvaro de Luna había acudido a Burgos para ganarse el favor de los nobles que integraban La Liga. En un intento por reafirmar su poder, decidió hospedarse en casa de don Pedro Cartagena, regidor de la ciudad, al que creía uno de sus aliados.

Hasta ese momento, todo parecía transcurrir según lo previsto. Aseguró a su anfitrión durante la cena que doblegaría la voluntad de la nobleza y recuperaría el pulso por el poder. Después, se desplazaron a la sala de la Chimenea para tratar asuntos de la ciudad, aunque se retiró temprano a sus aposentos y descansó la noche entera.

—¡Abran la puerta en nombre del rey!

Los gritos y golpes despertaron a los vecinos a primera hora de la mañana. La ciudad se preparaba para el inicio de una nueva jornada cuando los soldados, encabezados por don Álvaro de Estúñiga, se presentaron en el palacio del condestable.

—Abran de inmediato o procederemos a derribar la puerta —volvieron a gritar.

Los criados y sirvientes comenzaron a ponerse nerviosos. Corrían de un lado para otro mientras don Álvaro bajaba las escaleras de forma precipitada. Llevaba una semana en la ciudad y había tratado de negociar con los Estúñiga, en dos ocasiones, una alianza estratégica.

El condestable se colocó delante de la puerta, firme, con la dignidad que correspondía a quien lo era todo en el gobierno de Castilla. Ordenó a uno de sus soldados que abriera la puerta y se dispuso a atender los requerimientos.

—Don Álvaro de Luna, condestable de Castilla y conde de Escalona, queda usted arrestado en nombre de su majestad, don Juan II.

—¿De qué se me acusa? Yo soy la máxima autoridad de esta Corona y exijo ver el documento que les autoriza a presentarse ante mi casa y querer sacarme de ella a la fuerza.

Don Álvaro de Estúñiga se abrió paso entre los soldados. Cuando llegó frente al condestable, con aire desafiante, le entregó una carta con sello real.

—Señor, se le acusa de usurpación de poder real y apropiación de las rentas de la Corona.

—¡Eso es mentira! Vos lo sabéis tan claro como el agua que bebéis. ¡Mentís! —la ira del conde de Escalona crecía por momentos—. No les acompañaré a ninguna parte.

—Por favor, don Álvaro, me encantaría que nos lo hiciera más difícil todavía y poder poner fin a su vida aquí mismo.

—Exijo hablar con el rey. Mi autoridad está por encima de la suya. No es más que un Estúñiga. ¡Yo soy el condestable de Castilla y Gran Maestre de la Orden de Santiago!

Los soldados, tras un movimiento del capitán, desenvainaron sus espadas y apuntaron todas ellas hacia don Álvaro de Luna. Solo en ese preciso instante, el conde de Escalona percibió la situación de debilidad y la amenaza real a su vida.

—¡Arrestadle! —recalcó el capitán—. En los próximos días será trasladado al castillo de Portillo para su confinamiento. Allí podrá entrevistarse con el rey, si así lo desea don Juan.

—Espero que haya elegido bien el bando. No es la primera vez que mis enemigos intentan matarme y que sucumben después a la ira de mi venganza.

52

Sevilla, abril de 1453

El palacio de los Pimentel se había llenado de color con la llegada de la primavera. Al cruzar hasta el patio interior, sor Isabel y el Adelantado de Andalucía pudieron comprobar la abundancia de flores que engalanaban las paredes de la galería norte.

—Síganme, por favor. Don Alfonso les atenderá en la Sala de la Chimenea —indicó una de las mujeres del servicio.

Los tres subieron las escaleras laterales para acceder al segundo piso. Marchaban en tenso silencio, roto tan solo por el estruendoso crujido de la madera que cubría todo el suelo de la galería. Al abrir la puerta de la Sala de la Chimenea, una extraña combinación de madera y yesería abofeteó la mirada de sor Isabel. Esperaba un gusto más refinado de una persona que presumía estar en contacto con las nuevas tendencias marcadas por Florencia.

—Por favor, pasen. Siéntanse como en su propia casa.

—Muchas gracias, don Alfonso. Hacía tiempo que no visitaba estas acogedoras paredes —contestó don Perfán.

—Ya sabe que un representante del rey siempre es bienvenido por la familia Pimentel. Por cierto, lo mismo digo para usted, hermana. Es un gusto conocerla en persona después de tanto tiempo. No hay vecino en la ciudad que no haya oído hablar de la clarisa y el capitán. Por cierto, ¿no le acompaña hoy?

—Buenos días, don Alfonso. Sabe bien que don Alonso se encuentra ausente de Sevilla desde hace meses. Es posible que su vuelta se produzca en breve. Quizás pueda interesarle la información que nos traiga sobre la espada Lobera.

—Es cierto. Una pérdida lamentable la de esa reliquia. Es cierto —Don Alfonso se mostró nervioso y trató de cambiar de tema—. Don Perfán, dígame, ¿qué les trae por mi casa?

—Bueno, solo queríamos charlar con usted a propósito de la violencia actual que envuelve nuestra ciudad.

—Sí, algo habría que hacer para poner fin a esta sangría permanente. Usted sabe que yo siempre he procurado mantenerme al margen de esas disputas familiares. Solo traen el caos y la pobreza.

—Lo sé, don Alfonso, pero nos preocupa ...

—Queremos saber si su hijo está implicado en el asesinato del obispo García, del curtidor y de Dios sabe cuántas personas más —interrumpió la monja con su carácter habitual—. Tenemos pruebas que lo incriminan.

—¿Cómo osa hablarme así en mi casa? ¿Quién se cree que es usted para culpar a mi familia, a los Pimentel, de esas acciones? No le tolero que me...

—Cálmese, don Alfonso —el Adelantado quiso serenar la situación—. Sor Isabel no ha tenido tacto a la hora de hacerle la pregunta, pero en realidad estamos preocupados por los últimos datos de la investigación. Lo que menos necesita la Corona en estos momentos es un escándalo y el derramamiento de más sangre.

—Me ofende que piensen siquiera que mi hijo puede haber estado detrás de esas muertes. ¿En qué nos beneficia a nosotros? No obtenemos nada con ello.

—Puede que no lo veamos aún, pero los nobles de esta ciudad siempre se posicionan en algún bando de la Corte segoviana. ¿En cuál está usted? —volvió a preguntar la monja.

—Todo el mundo en Sevilla conoce que los Pimentel no están ni con los Zúñiga ni con los Medina Sidonia. Nosotros servimos a la Corona.

—Hay muchas formas de servirla. ¿Ustedes son más de la corona de la reina Isabel o de la corona de don Álvaro de Luna? Al fin y al cabo, los Pimentel están emparentados con el condestable.

—Ya he oído suficiente por hoy. Les ruego que salgan de esta sala y vuelvan por donde han venido.

—Don Alfonso, tranquilícese —interrumpió el Adelantado—. A nosotros, como a usted, nos preocupa la violencia con la que se resuelven los problemas entre los nobles de esta ciudad.

—Don Perfán. Si sirviera al condestable sería en honor a la Corona, puesto que es el cargo más importante de la Corte, además de familiar. Pero siempre he demostrado mi fidelidad al rey. No me gusta que una monja venga a mi casa a poner en duda nuestra credibilidad.

—Entréguenos el jubón con botones de metal que viste su hijo y saldremos de dudas —se adelantó a señalar la monja.

—Dudo que aún esté en su poder. Mi hijo no tiene por costumbre guardar vestimenta rota entre sus pertenencias.

—¿Le importa si lo comprobamos? Sería bueno poder descartarle como sospechoso —preguntó el Adelantado.

—No creo que sea de su incumbencia, don Perfán.

—Cree usted mal. Le recuerdo que soy el representante del rey y de la Corona en Andalucía. Mi autoridad está por encima de todo —Don Perfán se acercó hasta la ventana que daba a la calle principal, la abrió y miró hacia abajo—. Capitán, pueden entrar. A usted le espero en la Sala de la Chimenea.

Un grupo de seis soldados más el capitán abrieron el portón por la fuerza, se dirigieron a la carrera hacia las escaleras y se presentaron en la galería superior a la espera de órdenes del Adelantado. Los gritos del servicio se oían por todo el palacio a la vez que corrían de un lado a otro. El capitán entró en la sala con la mano derecha en la empuñadura de su espada. Don Alfonso había retrocedido varios pasos lleno de sorpresa y temor a partes iguales.

—Buenas, capitán. Diga a sus hombres que registren los aposentos de don Pedro de Pimentel en busca de un jubón con botones de metal, así como cualquier otra cosa que pueda llamar la atención.

—Sí, Adelantado.

—Ah, por cierto, indíqueles que sean todo lo cuidadosos que puedan. Don Alfonso merece nuestro respeto.

Al abandonar la sala, el Adelantado tuvo que frenar los ataques de ira del anfitrión, que profería todo tipo de insultos y amenazas. Mientras tanto, la monja salió a la galería en busca de los soldados. Rodeó el pasillo porticado y entró en los aposentos de don Pedro, que era objeto del minucioso registro de los soldados.

Al cabo de media hora, aparecieron por la puerta don Perfán y don Alfonso. Esperaron en la galería a que la monja saliera y diera explicaciones de la situación. La religiosa salió acompañada por el capitán, que portaba en su mano derecha un saco preparado sobre la marcha con las sábanas de la cama.

—Adelantado —indicó el capitán—. Además del jubón, hemos encontrado diversos objetos que sor Isabel cree determinantes para el caso y que ha pedido que nos llevemos.

Sor Isabel estaba pálida. Tanto al Adelantado como a don Alfonso les llamó la atención la mirada perdida de la monja.

—¿Está usted bien, hermana? —preguntó don Perfán.

—Sor Isabel se ha mostrado confundida al observar el detalle del bordado en la cabecera de la cama y nos ha pedido que lo recortáramos para incluirlo entre los objetos que nos llevamos. Desde entonces, no ha dicho ni una sola palabra.

53

Fortaleza de Portillo. Mayo de 1453

Don Álvaro se acercó hasta la ventana de sus aposentos, de los cuales no había salido hacía tres semanas. Abrió una de las hojas y contempló las murallas que él mismo había ordenado reformar hacía solo unos años. Se sentía atrapado, humillado por el giro irónico del destino. De nuevo, la vida lo situaba ante un momento difícil, casi definitivo, solo que esta vez, su edad jugaba a la contra.

De repente, el portón de su celda de oro se abrió. Tras ella, entraron dos soldados acompañados por el rey. El condestable se sintió aliviado. Al fin tenía la oportunidad que le habían negado desde su detención en Burgos.

—¡Majestad! Qué alegría verle —Don Álvaro se acercó deprisa hacia él para saludarle con un abrazo, consciente de los lazos de amistad que los habían unido durante años—. El comportamiento de Estúñiga ha sido de lo más desagradable. Quiero que le confisquen todas sus ...

—Cálmese, condestable —el rey se deshizo con discreción del abrazo, algo que no pasó desapercibido para el conde de Escalona—. La situación en la Corona es muy delicada. Como bien sabéis, mi hijo, el príncipe, junto a Pacheco, se ha alzado en mi contra; la Corona de Aragón, liderada por mi hermana, auspicia de nuevo una guerra civil en mis territorios; y por si fuera poco, su mujer, doña Juana, está en guerra abierta contra la reina, mi esposa.

—Lo sé, Majestad. Es una situación complicada, pero hemos salido de otras peores.

—Es cierto, aunque esta vez depende de usted, condestable. Le pido que renuncie a todos sus cargos y se retire al castillo de Escalona, junto a su esposa, bajo la promesa de no interferir más en los asuntos de gobierno y de mantenerse alejado de Segovia.

—Pero ¿cómo me pide eso, Majestad? Soy yo quien le ha sostenido todos estos años en su trono. ¿Acaso lo ha olvidado ya?

—Su tiempo ha pasado, don Álvaro.

—Mi tiempo es el suyo, Majestad. Sin mí no es más que un pajarillo en manos de la reina y los nobles que la apoyan. ¿Acaso han liderado ellos ejércitos para defenderle a usted? Yo sí.

—No me lo ponga tan difícil, condestable. Durante los últimos meses ha tratado de poner en mi contra a Portugal, al príncipe Enrique, a los nobles de diversas ciudades y a todo el que pudiera ser mi enemigo. —El rey se detuvo un instante al notarse a sí mismo alzar la voz—. Si estima en algo su vida y la de su familia, le ruego que renuncie al cargo y se retire de forma voluntaria a Escalona.

—Jamás me arrodillaré antes mis enemigos. Ni aunque usted me lo pida.

—Aténgase, pues, a las consecuencias.

Don Juan salió contrariado de la sala, protegido por los dos soldados, pero con el firme deseo de satisfacer a la reina. No sabía si estaba enojado con don Álvaro, pero sus últimas acciones le habían impedido defenderle en la Corte.

En Escalona, toda la población andaba revuelta. La tranquilidad se había tornado en temor ante una posible represalia del monarca tras la detención del condestable. Algunos comercios no habían abierto en los dos últimos días, mientras el trasiego de soldados con destino al interior del castillo se hacía cada vez más frecuente.

Doña Juana comprendió la gravedad de la situación en cuanto se le informó del encierro de su esposo en la fortaleza de Portillo. Ordenó acumular alimentos en los sótanos del palacio, doblar el número de soldados acampados en su interior y preparar las obras necesarias para el abastecimiento continuado de agua.

—¡Beatriz! Enviad al mejor de nuestros mensajeros con estas cartas para cada uno de los nobles que apoyan de forma incondicional a don Álvaro. Debemos lograr un levantamiento urgente de sus tropas contra el rey, antes de que sea demasiado tarde.

—Sí, señora. Aunque será complicado.

—Es cierto, pero no nos quedan muchas más opciones.

—¿Ha intentado negociar?

—Sí, claro. Con la persona que más me odia en el mundo: la reina. La misma que ha ordenado a su marido que detenga al condestable y, después, con toda seguridad, venga a por mí. Esa bruja ha logrado que me enroque en mi castillo.

—No es momento de orgullos, Juana.

—Al contrario, Beatriz. Solo si mostramos determinación y firmeza podremos detener a esa arpía portuguesa. No pienso entregarme ni dejar que detengan a mis hijos. Si quieren algo, que vengan a luchar.

—Moriremos todos, Juana.

—Al revés, amiga. No solo tengo el valor, sino también al destino de mi parte. Ahora es cuando, por fin, empuñaré la Lobera. No me importan sus leyendas, quiero la victoria.

A primera hora de la tarde entraron al patio de armas más soldados enviados por el Conde de Santiesteban. El ejército de doña Juana tomaba cuerpo y se aprestaba a defender el castillo.

La llegada de aquellos hombres vino a coincidir con el acceso a la fortaleza de varios carros cargados con armas y munición, además del aprovisionamiento diario de comida que desde hacía tres jornadas llevaban a cabo las dos carnicerías de la población.

Un hombre vestido con el uniforme de las tropas del condestable se abrió paso entre el bullicio sin levantar sospechas. Se dirigió hacia la puerta lateral del palacio, por donde se acaparaba el hielo que debía servir para mantener las despensas de carne. Al llegar al final de la cocina, abrió una pequeña y estrecha puerta de madera, de escasa altura, para acceder al comedor. Todo estaba en silencio. Aún era pronto para que los criados comenzaran a preparar la cena. Bordeó la estancia hasta la chimenea y se quedó inmóvil. Su mano agarró con firmeza el puñal escondido en el cinturón de cuero. Cuando estuvo seguro de no oír nada en la sala contigua, se dirigió hacia la puerta y cruzó a toda velocidad.

Había salvado la parte más difícil de su misión. Ya estaba en el corazón mismo del castillo. Recordaba cada una de las partes de la fortaleza gracias a que había memorizado el plano que le facilitó el maestro de obras.

Respiró con profundidad y comenzó a subir las escaleras. En esa planta, el personal de servicio andaba de un lado a otro, deprisa. Las órdenes de la condesa habían sido claras y nadie quería quedarse atrás. Entre idas y venidas, se cruzaba también algún soldado que trasladaba baúles y sacos hasta los principales ventanales.

Tranquilizado por el caos que se vivía entre aquellas paredes, enfiló el ancho pasillo imitando los movimientos del resto de personas. Parecía ser invisible. A nadie le importaba aquel soldado que se cruzaba en sus caminos. Al llegar al final, giró a la derecha por una pequeña antesala, abrió el portón decorado con remaches de hierro forjado y se introdujo en la capilla de San Cristóbal. Fue en ese momento cuando empezó a sentirse algo nervioso. Notaba cómo la sangre corría por sus piernas, por sus brazos, cómo bombeaba hasta su cabeza.

Trató de serenarse y observar el habitáculo, de izquierda a derecha. Al fin la vio. Allí estaba, brillante, con las dos hojas afiladas y la empuñadura perfectamente reconocible. Reposaba sobre una tela de terciopelo roja sin más defensa que su propia leyenda. Era ella, sin duda. Era la Lobera.

Don Alonso corrió hacia la reliquia, la miró, se aseguró de que era la verdadera y respiró con profundidad. Después, envolvió la empuñadura en cuero, tapó toda característica reconocible, la cogió por el filo y la enfundó con cuidado en su propio cinturón. Era la única forma de sacarla de la fortaleza sin que nadie sospechase. A la vista de todos pero etérea.

Los gritos de una mujer en el patio le devolvieron a la realidad. Por un instante, sintió temor, el suficiente para saber que su trabajo aún no había concluido. Corrió hacia la puerta, la atravesó y se camufló, de nuevo, entre los trabajos del personal de servicio y los soldados. Después, todo fue muy rápido. A pesar de lo que creía, le resultó más fácil salir del palacio, primero, y de la fortaleza, después.

Caminó sin mirar atrás durante más de veinte minutos. Atravesó la población, igual de revuelta que el castillo, hasta llegar al barrio lindante con el río. Montó en su caballo, ajustó bien las riendas y miró hacia la torre principal.

—Sor Isabel estará contenta con el resultado de esta misión. Nadie mejor que ella para devolver a la catedral de Sevilla la mítica espada —pensó para sí mismo.

El capitán sonrió de forma sarcástica, tensó las riendas del caballo, tiró hacia atrás y puso en movimiento al animal. Comenzaba el camino hasta la capital andaluza. Por fin cerrarían uno de los temas pendientes con el Adelantado.

Al día siguiente, como cada mañana, doña Juana se dirigió, acompañada de su ayudante de cámara, a la capilla de San Cristóbal para realizar las primeras oraciones. Iban en silencio, aún adormecidas por el escaso descanso de la noche anterior. La condesa se arrodilló en el reclinatorio, frente a la imagen de Cristo, apoyó sus codos en la pequeña repisa aterciopelada y alzó la mirada hacia el altar.

—¡Beatriz! —Doña Juana se puso de pie de un solo movimiento—. Cierra la puerta de inmediato.

—Sí, señora —corrió a pasar la llave al portón—. ¿Ocurre algo?

—¿Dónde está la Lobera? Míralo bien, solo verás la tela roja que la envolvía.

—Eh, pe... pero ... —tartamudeó sin saber qué contestar.

—¿Quién ha entrado aquí? ¿Quién ha osado robarme?

La condesa estaba furiosa. A duras penas mantenía la calma. Intentaba controlarse mientras su corazón bombeaba más y más fuerte. Sentía que su pecho iba a reventarle. Se acercó hasta el altar y cogió la tela roja. Al llevarla hasta ella, oyó un golpe metálico chocar con el suelo. Bajó la mirada, se agachó, recogió el objeto con sus manos y se incorporó.

—Es una medalla —sonrió con gesto nervioso—. Es el escudo del Papa Luna. ¡Esos necios nunca perdonarán a mi esposo! La han robado ellos, Beatriz. Ya no la volveremos a ver.

—Tranquilícese, señora.

—Cómo quieres que mantenga la calma. Era el arma definitiva, la reliquia con la que vencer a esa arpía de doña Isabel. El motivo último para luchar. ¡Hasta mi esposo se encuentra ahora en peligro!

—Soy consciente, Juana. Pero no podemos perder la compostura. Cientos de personas están ahí afuera dispuestos a seguirle para defender su vida y la de ellos mismos. Si se muestra derrotada, todo se habrá perdido.

La condesa se sentó en una de las jamugas que había junto al altar. Se sintió vencida, abatida por una circunstancia que no había previsto. Durante más de media hora permaneció en silencio junto a su ayuda de cámara, desencajada, derrotada por un enemigo invisible.

—Levantaos, Beatriz —tendió la mano a su amiga para que acercara a ella—. Nadie debe saber que ya no tenemos la reliquia. ¡Nadie! Todo el mundo debe pensar que sigue en esta capilla. Mantenla cerrada, a cal y canto, y no hables de lo ocurrido con ninguna persona. Quizás no todo esté perdido.

La reina María, en sus aposentos del palacio real de Valencia, acababa de recibir las últimas noticias de su hermano Juan sobre el condestable. Estaba sola. Con tranquilidad, se acercó a una pequeña mesa de madera con incrustaciones de marfil en la que había un ajedrez con las piezas desplegadas sobre el tablero. Durante algunos minutos, miró la posición de cada una de figuras. Después, alargó la mano hasta la dama blanca, la desplazó tres escaques y sonrió.

—Jaque, don Álvaro. Le quedan muy pocos movimientos.

54

2 de junio de 1453, Valladolid

No tenía miedo. En su fuero interno anhelaba el descanso. Llevaba medio siglo de lucha, de pelea constante, de eterna batalla por mantener el máximo poder. Ahora miraba hacia la plaza con una tranquilidad inalterable. Quería tener al público como testigo de su dignidad.

—Al fin ya no me preocupa nada —pensó mientras permanecía en pie—. Nunca he podido disfrutar de la despreocupación absoluta, de la serenidad que alcanza una persona cuando su único pensamiento es el reposo sosegado del cuerpo y del alma. ¡Qué ironía! Tiene que ser ahora cuando viva, por fin, esa paz de la que tanto me habló mi tío.

Decenas de personas se habían congregado en la plaza del Mercado, a pesar de ser primera hora de la mañana. Murmuraban de forma constante, temerosos de que en cualquier momento se truncase aquel acto y la ira vengativa del condestable se desatara sin freno.

Don Álvaro de Luna observó a su paje Morales, abatido, con la mirada hundida en el suelo. Como un acto reflejo, por oposición, recordó los ojos de ira de don Diego de Estúñiga cuando lo trasladaban desde el castillo de Portillo a Valladolid. Era un enemigo insaciable. Uno más. Pero el destino, en un golpe irónico al que siempre acostumbra, había hecho que no tuviera más remedio que prestar su palacio como cárcel y asociarlo de por vida al condestable. Quiso don Diego alojar al preso en casa de otro noble de la ciudad, sin mucho éxito, lo que le obligó a ensuciarse las manos de sangre.

La familia Estúñiga, parientes directos de los Zúñiga de Sevilla, había destacado en los últimos meses por su apoyo entusiasta a la figura del rey frente al poder que ejercía don Álvaro. A nadie le extrañó, pues, que don Diego encabezara el escarnio público de su enemigo cuando llegó a la ciudad. Para ahondar en la humillación, ordenó a dos de sus soldados hacer guardia en la puerta durante toda la noche. Era su forma de transmitir a la ciudad entera que el condestable estaba prisionero y que él era quien lo custodiaba.

Sobre las cinco de la madrugada, cuando la noche comenzaba a clarear y las estrellas dejaban atrás su intenso brillo, don Álvaro fue despertado, dio confesión, oyó misa y tomó la comunión. Después, disfrutó de un plato de cerezas y un vaso de vino. Hacía muchas horas que su mente estaba lista, pero ahora también su cuerpo le acompañaba.

La comitiva había salido del palacio rumbo a la plaza del Mercado a las nueve de la mañana. El condestable iba cubierto con una capa negra y montado sobre un mulo. Al llegar a su destino, observó al fondo, con sosiego, una tarima sobre soporte de piedra.

—Ese es mi destino. Así me pagan por los muchos servicios realizados al rey y a la Corona. Cuantiosos, sin duda. Tantos que ese cadalso se queda demasiado corto —oyó decir un comerciante que había acudido intrigado por el alboroto general.

El soldado ayudó al condenado a bajar del mulo y lo condujo hasta el entarimado. Nada se oía en la plaza, salvo el eco de los pasos tristes del condestable. Una vez arriba, don Álvaro se quitó el anillo y se lo regaló a su paje Morales, que no pudo contener el llanto.

—No lloréis, amigo mío. Recordadme a través de él.

El condestable se giró hacia una cruz de madera que había al frente e hizo una reverencia, se volvió a quedar de pie y perdió su mirada en el infinito.

—Solo siento paz —se escuchó en sus pensamientos.

El verdugo le ató las manos a la espalda y le pidió que se arrodillara. Las nubes, que aumentaban desde hacía media hora, cubrieron por completo el cielo. Los murmullos se hicieron más persistentes, como si no creyeran lo que sucedía. Aquel encapuchado, grande y robusto, obligó, agarrando con su mano el pelo del reo, a mantener la cabeza alzada. Entonces, se quedó erguido, agarró el cuchillo, lo alzó al aire y esperó a que el silencio sepulcral ensordeciera la plaza.

Un grito de mujer retumbó por las paredes. De un solo movimiento habían degollado al condestable. La sangre brotó descontrolada y se desparramó sobre el suelo de madera, a la vista de cuantos habían acudido al macabro evento. No se escuchó nada más, ni siquiera una leve sonrisa.

Cuando el verdugo se cercioró de la muerte del condestable, procedió tal y como le habían ordenado. Lo decapitó sin temblarle el pulso y mostró a los asistentes la cabeza aún caliente del ajusticiado. La sostuvo en alto durante algunos segundos para, acto seguido, colocarla en un gancho preparado sobre un poste de madera.

Los presentes no daban crédito de lo que eran testigos. Ninguno se movía de su sitio hasta que algunas gotas comenzaron a caer del cielo. Como si despertaran de un mal sueño, empezaron a circular en silencio hacia sus hogares y empleos.

La macabra escena permanecería viva en la mente de los vecinos durante décadas. Por si no fuera suficiente, don Diego ordenó que la cabeza y el cuerpo continuaran en ese mismo escenario durante tres días. Después, retiraron el cuerpo, aunque la cabeza aún quedaría por seis jornadas más expuesta a todos los vallisoletanos.

55

29 de junio, Sevilla

El Adelantado de Andalucía había demorado afrontar la culpabilidad o la inocencia de don Alfonso de Pimentel durante semanas. No encontraba el momento oportuno y, ante las preguntas reiteradas de sor Isabel, se limitaba a dar largas.

La situación cambió con las noticias que llegaban de Segovia. El condestable había sido ejecutado y la reina parecía más fuerte que nunca. La nobleza buscaba reubicarse ante el nuevo contexto mientras los seguidores del condestable cambiaban de bando a gran velocidad.

Por fin había llegado el día. Don Perfán iba a escuchar el alegato de la monja y a decidir el futuro de los Pimentel en Sevilla. Sor Isabel vestía sus hábitos de clarisa, como de costumbre, a excepción de un cinturón estrecho de tela negra del que colgaba una media luna en cada extremo. La monja se situó junto a una mesa, sobre la que había depositado una carpeta humilde junto a un pequeño cofre.

Durante más de una hora argumentó su tesis sobre las muertes acontecidas en Sevilla desde la desaparición del maestro Carlín hasta la del obispo García. Estaba segura. Confiaba en las pruebas, en las evidencias, en las entrevistas y testimonios que había llevado a cabo. El Adelantado la escuchaba con interés, sin interrupciones, observaba cada gesto, cada papel que sacaba de la carpeta, cada prueba que había protegido en el cofre. La intensidad del discurso fue en aumento hasta que, una vez finalizado, don Perfán tomó la palabra.

—Le he escuchado con atención, hermana. Sus argumentos son sólidos y sus pruebas irrefutables. Ha llegado el momento de resumir en un alegato claro y conciso el delito que durante tanto tiempo ha perseguido. No solo eso, sino también proponer el castigo adecuado que corresponde aplicar al culpable.

—No necesito mucho tiempo para resumir los hechos, don Perfán. Si alguna duda podía caber con la aparición del jubón con los mismos botones de metal que el aparecido en la mano del curtidor, esta se disipó al encontrar en los aposentos de don Pedro de Pimentel un pequeño recipiente de vidrio con arsénico árabe. Era el mismo veneno que se utilizó para asesinar al obispo. Don Pedro tenía acceso al palacio arzobispal gracias a la relación de parentesco de su familia con el condestable de Castilla. Varios testigos han confirmado que las visitas del hijo de don Alfonso fueron asiduas durante las semanas anteriores al asesinato. Por tanto, nadie podía sospechar de sus movimientos por dentro del palacio —la monja hizo una breve pausa, volvió sobre sus pasos y se puso a la altura de la mesa donde tenía las pruebas—. Bien, don Perfán, tenemos al asesino, tenemos las pruebas, sabemos cómo lo hizo. Pero, ¿por qué llevó a cabo esas muertes? ¿Cuál era el motivo? No me cabe la menor duda que don Pedro solo era el brazo ejecutor de su padre, don Alfonso. ¿Con qué motivo? Su apellido. Doña Juana de Pimentel, esposa del condestable, acudió a él para lograr dos objetivos: desmontar el apoyo que parte de la nobleza sevillana da a la reina de la Corona de Aragón, doña María de Trastámara; y reforzar la posición del príncipe Enrique entre la nobleza de la ciudad para hacer frente a la reina Isabel. Ello debilitaría su posición frente al rey y devolvería el poder al condestable.

—Y qué hay de don Juan de Cervantes. El cardenal debe estar involucrado de una u otra forma. ¡Estoy seguro!

—No sé hasta qué punto estaba al corriente de los hechos. Es cierto que don Alfonso y don Juan han mantenido contactos en diversas ocasiones a lo largo de todos estos meses. Incluso hemos descubierto que el cardenal ha facilitado alguna ayuda. Pero pienso que no han coordinado sus acciones. Es más, me atrevería a decir que don Alfonso se adelantó en sus asesinatos a los planes de don Juan y de los Zúñiga. Le recomiendo que no pierda de vista al cardenal. Es mucho más peligroso que los Pimentel.

—Me gustaría oír qué castigo cree que se debe aplicar al culpable.

—Esa decisión es suya. Llegué a Sevilla para resolver la muerte del maestro Carlín, no para impartir justicia. Ese trabajo le corresponde a usted —la monja escondió las manos en su hábito, se acercó unos pasos y miró al Adelantado a los ojos—. Pero cuando se siente a pensar en la condena, piense que don Pedro solo es un joven malcriado y obediente que cumplió las órdenes de su padre. Don Alfonso es tan culpable como él.

—Ni la nobleza ni el pueblo entenderían un baño de sangre a costa del padre y del hijo.

—Nadie va a entender su decisión, sea cual sea. Ningún familiar de los asesinos va a celebrar su sentencia, puesto que no dejaron linaje en Sevilla. Quizás debería valorar esto. Imponga su pena en clave interna, sin que se haga pública ni la investigación ni el castigo. La nobleza apreciará mejor su generosidad y tendrá más cerca el objetivo de pacificación en Sevilla.

—Inteligente y eficaz. ¿Cree que los Pimentel aceptarán?

—Solo queda intentarlo.

56

3 de julio de 1453

Doña Juana había acudido, como cada mañana, a la capilla de San Cristóbal, la que más le gustaba de las dos que tenía en el castillo de Escalona. Era el único momento de relativa calma en mitad de esos días tan convulsos. Rezaba por su esposo difunto, pero, sobre todo, por sus hijos, que se habían refugiado con ella en la fortaleza.

Un emisario de Montalbán le había traído la terrible noticia de la decapitación de su esposo hacía cuatro días. Había entrado en el castillo justo antes de que la condesa divisara la espesa polvareda de las tropas reales avanzar hacia ella. Casi sin tiempo para llorar su ausencia, ordenó a los soldados que cerrasen todos los accesos, preparasen las defensas, estableciesen las hileras de cañones y se dispusieran a defender con su vida la plaza.

El ejército del rey asediaba el castillo. No parecía dispuesto a atacar de forma inminente, pero día tras día sus hombres realizaban pequeñas maniobras ante la mirada de los defensores. Durante los dos primeros días, los cañones del ejército real disparaban desde su posición, pero la situación elevada del castillo impedía que la munición llegase siquiera a rozar las murallas. Doña Juana se hacía más fuerte a medida que pasaban las jornadas.

En el interior, los soldados se habían contagiado de la fuerza y determinación de la condesa, que confiaba en la victoria. Obedecían sus órdenes y aguardaban con serenidad nuevas instrucciones.

—Ni yo voy a morir ni esa mezquina portuguesa se va a salir con la suya. No entregaré mi vida como ha hecho mi esposo.

—¡Señora! —contestó asustada doña Beatriz—. Sería mejor negociar con ellos. Miles de soldados están ahí fuera preparados para asaltarnos.

—¡Jamás! —Doña Juana se revolvió con rabia—. ¿Acaso has visto alguna vez que se respete la vida de un vencido? Nos quieren matar, pero no podrán.

—No quiero morir, condesa.

—La vida solo respeta a los valientes. Los cobardes retroceden hasta que ya no queda espacio. Y entonces, los matan con mayor saña.

Doña Juana había preparado la defensa del castillo desde que intuyera el destino del condestable. Hizo llamar a sus hijos para que se encerraran con ella, alertó del probable ataque a sus nobles más cercanos y aceleró la construcción de todo tipo de estructuras para hacer inviable el asalto.

Aquella mañana, se sentía animada. Rezaba con mayor rapidez, impaciente por divisar las tropas acampadas de don Juan. Sabía que la reina le acompañaba y, según uno de los vecinos que había logrado saltar el cerco y llegar hasta el castillo, su Lobera iba con ella. A los diez minutos de comenzar las oraciones, entró un soldado en la capilla con la respiración entrecortada, hizo una pequeña reverencia y se quedó de pie tras ella.

—Dígame, ¿qué quiere? ¿Tan importante es como para no dejar que termine?

—Condesa, un emisario del rey viene hacia nosotros.

—Cuando esté a tiro, disparad los cañones.

—Pero, señora ...

—Ha oído bien. Disparad los cañones. No quiero ni una flecha. Sólo cinco cañonazos. Esa bruja de doña Isabel debe saber que mi voluntad no se compra ni se negocia.

—Sí, condesa.

Doña Juana esperó a que saliera el soldado y, sin concluir los rezos, se dirigió a toda velocidad a sus aposentos. Mandó llamar a doña Beatriz y comenzó a desnudarse. Cuando su amiga entró, le pidió que le ayudara a vestir el traje con armadura que había ordenado confeccionar a principios de junio. Estaba dispuesta luchar delante de todos los soldados.

—Beatriz, traed la espada de don Álvaro. Es hora de hacer creer que es la Lobera.

—Señora, ¿y si descubren que ya no está en vuestras manos, que no es la espada de Fernando III?

—Para cuando lo hagan, será demasiado tarde, querida. Ha llegado el momento de la verdad. Recuerda para qué conseguí el arma —aquí, se detuvo un instante y miró con firmeza a su ayudante—. Para que los demás la temieran solo con nombrarla.

—Pero la situación ha cambiado. Ahí fuera hay un ejército dispuesto a aplastarnos...

—¡Y yo no quiero dar la oportunidad a la portuguesa de que su rostro sonría al verme vencida! La vamos a mostrar, a dejar que los rayos del sol deslumbren a la reina al verla en lo alto de la Torre del Homenaje. Provoquemos su temor, su duda, su prudencia.

La condesa se quedó en silencio durante algunos minutos. Después, ya vestida con la armadura, con el pelo suelto sobre las hombreras de metal, cogió del brazo a su amiga y avanzó hacia la puerta.

—Lleva la espada a la torre, envuelta en el terciopelo rojo. Te espero allí.

Mientras andaba hacia el ala norte del castillo, mandó llamar al capitán de su pequeño ejército y le ordenó que los soldados formasen de inmediato en el Patio de Armas. Al llegar a lo alto de la torre, salió hasta el borde mismo y se situó a la vista del ejército enemigo y de todos los soldados que formaban en su fortaleza. Se quedó de pie y esperó a doña Beatriz.

Esta llegó a los diez minutos acompañada por dos soldados, cada uno de los cuales portaba un candelabro de pie que situaron junto a la condesa.

—Colocad la espada apoyada sobre los candelabros y aseguraos bien de que brilla con el sol. Después, retiraos hasta la puerta —indicó.

—Sí, señora —respondió doña Beatriz. Mientras los soldados situaban el arma en la posición, esta se acercó a la condesa para susurrarle al oído—. La reina está allí delante, con sus ojos puestos en usted. Téngalo por seguro.

—Lo sé, amiga mía.

Cuando doña Juana se quedó sola, se acomodó junto a la falsa Lobera, miró al frente, desenvainó su espada y la alzó lo más alto que pudo.

—Jamás nos venceréis.

El estruendoso grito que emitieron los soldados del castillo eclosionó con una fuerza sonora de tal calibre que llegó atemorizante a los oídos del ejército real. A la vez, los cinco cañones que había dispuesto doña Juana dispararon su munición contra el ejército real.

Allí, montados sobre sus caballos, protegidos de los disparos, el rey y la reina miraban sorprendidos la actitud desafiante de la condesa.

—Quiere usar la Lobera, Isabel. Con ella en las manos del condestable vencimos a los insurgentes de Toledo.

—Yo también tengo una Lobera.

—Nuestros soldados saben que la de ella es la verdadera.

57

5 de agosto de 1453, Sevilla

Al entrar en el pequeño salón, don Alonso vio a sor Isabel junto a la ventana. Hacía más fresco del habitual para esa época del año. Las lluvias se habían precipitado en al inicio de julio para convertir Sevilla en un vergel de exuberancia vegetal y agradable temperatura, más propia de la primavera que del caluroso verano.

La ciudad se había tranquilizado tras diversas intervenciones del rey. El Adelantado de Andalucía, en nombre del monarca, había puesto orden y freno a las ansias de poder de su hijo Enrique en la ciudad. El cardenal y los Zúñiga pactaron un tiempo de tregua a cambio de aceptar el destierro de don Pedro lejos de Andalucía y el sometimiento de los Pimentel y sus propiedades a la tutela del propio don Perfán.

Sor Isabel seguía acogida, de forma temporal, en un palacete de la familia Rivera. Esperaba preocupada noticias de don Alonso, sobre todo tras conocerse la ejecución del condestable. Pasaban los días y nada sabía del capitán ni de la Lobera. La tensión aumentó al extenderse el rumor por toda Sevilla de que la esposa del condestable resistía a las tropas reales a fuerza de cañonazos.

—Buenos días, hermana. La noto mucho más tranquila que de costumbre. Será que necesita la acción más que yo —una carcajada rebotó por todas las paredes.

—Don Alonso, gracias a Dios —la monja se acercó a abrazar al capitán—. Temía por su vida.

—Y por la reliquia también, ¿no? —de nuevo, una sonrisa dibujó el rostro del capitán mientras se separaba de ella—. Pues aquí la tiene, tal y como le prometí.

El trainer se giró y recogió de la mesa que tenía a su derecha un fardo de tela vieja y basta, como las que se usan para los sacos. Extendió las dos manos como si suplicara al cielo, las pasó por debajo y levantó el fardo para mostrarlo a sor Isabel.

—Aquí está, hermana. Nadie sospecharía que esta es la reliquia por la que han matado hombres y mujeres. Se me ocurrió esconderla entre estos pobres harapos para que nadie sospechara.

Manteniendo el bulto en posición horizontal, apoyado sobre la palma de la mano izquierda, el capitán utilizó la derecha para separar la basta tela y dejar al descubierto la espada. Volvió a sostenerla con sus dos manos y se la ofreció a la monja.

—Es toda suya. Disfrute de la reliquia más importante de esta ciudad y, quizás, de la Corona. Mire cómo brilla, cómo ilumina su mirada la afilada hoja. Sienta su poder, cómo le llama, cómo le atrae, cómo le invade. Pero asegúrese de no caer en sus redes. Esta arma sólo quita vidas, incluida la de su portador. Yo lo he sentido. Todo aquel que la empuña se ve arrastrado por su autoridad hasta que esta acaba también con su vida. Le ha ocurrido a cada uno de sus propietarios. El último de ellos, el condestable.

—No parece que le afectara a doña Juana, la esposa de don Álvaro —matizó la monja.

—Ella nunca empuñó la espada. La condesa sabía lo que le ocurriría y se previno muy mucho de que su mano se cerrase en torno a la empuñadura de la Lobera.

—Entonces, ¿para qué la quería en su poder?

—Para especular con su propiedad. Para asustar, para generar miedo en su más temible enemiga: la reina Isabel. Doña Juana ha sabido jugar a la política como pocas personas durante los últimos años. Ha sido capaz de mantener el poder de su esposo, ya decadente, enfrentarse a la corte segoviana, hacer frente al pujante príncipe y erigirse como la mujer más poderosa de la Corona sin librar ninguna batalla. Una mujer fuerte y temible. Admiro su valía.

—Ella estuvo también detrás de los asesinatos del maestro Carlín, del curtidor y del obispo don García.

—¿En serio? Eso es una novedad. ¿No teníamos como sospechoso a don Juan de Cervantes?

—Así es. Pero el autor material de las muertes fue don Diego de Pimentel, hijo de don Alfonso y, por tanto, del mismo linaje que doña Juana. Esta tramó toda la operación para desestabilizar la influencia de nuestra reina María y de la Corona de Aragón. Sin embargo, la pujanza del príncipe don Enrique produjo un acercamiento de los Pimentel y el apoyo tácito del grupo de los Zúñiga, incluido el cardenal. Creo que don Juan de Cervantes tenía conocimiento de los planes de don Alfonso de Pimentel, incluso me atrevería a decir que se le adelantó. Por eso entorpeció nuestra investigación y se posicionó a favor del asesino en el momento en que el Adelantado tuvo que impartir justicia.

—Vaya, parece que ha estado entretenida estos meses —el capitán hizo un gesto con su cabeza—. Pero ¿quiere coger con sus manos la espada o espera que mis brazos se agoten solos? —una sonrisa irónica dibujó sus labios.

—Voy, don Alonso. Que impaciencia.

—¡Cuidado! Le he dicho que no debe empuñarla nunca.

El trainer retiró sus manos hacia atrás a la vez que su risa sorprendía a la monja. Esta , en un gesto de enfado, acercó con rapidez las manos a la hoja de la espada, la cogió y se fue hacia la mesa. Tras mirarla durante algunos segundos, la depositó sobre ella. El sol intenso que iluminaba una parte de la espada le hacía resplandecer hasta entorpecer la mirada. Sor Isabel percibía el poder del que hablaba don Alonso. Sentía su fuerza, su imbatibilidad, su historia. Durante algunos segundos estuvo tentada de empuñarla y levantar al cielo su filo, pero el capitán le interrumpió.

—¡Hermana! Ni lo piense. Solo traerá muerte a su alrededor. Deje que el peso de los años la sepulte en una vitrina. A nosotros nos queda mucho trabajo por delante.

—Tiene toda la razón —contestó la monja mientras daba un paso atrás—. Tenemos aún labor por delante. Devolvamos la Lobera a su urna y esperemos las instrucciones de la reina María.

—Imagino que no tardarán en llegar —sonrió de nuevo el capitán.

Sor Isabel dejó la Lobera sobre la mesa. Se acercó hacia la ventana y permaneció en silencio. Dudaba. No sabía si era o no prudente implicar al capitán en algo que parecía afectarle solo a ella.

—Hay algo que tengo que contarle, don Alonso. Ni siquiera don Perfán lo sabe.

58

Sitio de Escalona

La reina se sentía poderosa desde el arresto y ejecución de don Álvaro de Luna. Ejercía todo el poder y trataba de someter la voluntad del rey a diario. Pero ver a doña Juana junto a la espada que creía la Lobera, en lo alto de la Torre del Homenaje, turbó por momentos su alma. Su esposo, que empezaba a mostrar signos de profundo arrepentimiento por el final del condestable, aprovechó la ocasión para tomar la iniciativa y negociar la rendición del castillo.

La propuesta fue aceptada a regañadientes por la condesa. A pesar de evitar de forma exitosa el asalto de las tropas del rey, era consciente de su debilidad, de los pocos apoyos que le quedaban, de que ya no poseía la verdadera

Lobera y, por tanto, de la necesidad de pactar el fin de las hostilidades.

La hora fijada para la firma fue las ocho de la tarde, al caer el sol, cuando las aguas del río Alberche amansaban su ruido y sosegaban el ánimo de los soldados. Ambos bandos habían accedido a montar una tienda de campaña ante el castillo, a cielo raso, a suficiente distancia de los arqueros que protegían las murallas y de la infantería real que acampaba en las afueras. En el interior, una mesa sencilla y dos sillas enfrentadas era el único mobiliario presente. La tela blanca inundaba el espacio mientras el oscuro tono de la madera ponía el contrapunto necesario.

De pie, junto a la reina, esperaba don Juan con semblante serio, cansado, envejecido desde hacía varios meses.

—Buenas tardes, doña Juana. Nuestras condolencias por el fallecimiento de su esposo, quien tanto hizo por esta Corona —indicó el rey con ánimo conciliador.

—Buenas tardes, Majestad. Vos sois los que enviasteis al condestable al cadalso a pesar de haberos entregado a diario su esfuerzo y trabajo —contestó seria pero serena la condesa mientras llegaba a la mesa.

—Pensemos ahora en el futuro de tantas personas y, en especial, de sus hijos y usted misma. Estamos aquí para evitar un derramamiento de sangre que no servirá a ningún propósito.

—Vos sabéis que mi vida, mi castillo y mis hombres os costarán mucho más de lo que pensáis. La sangre de vuestros soldados teñirá de rojo el río que tenemos a nuestras espaldas. —El tono de la condesa iba en aumento—. Así que, por favor, evitemos la falsa bondad de sus palabras y sellemos un acuerdo respetuoso entre ambas partes.

—¡No sois más que una anciana que debe respetar a su rey! —interrumpió la reina.

—¡Callaos, Isabel, por Dios! Ya se ha derramado suficiente sangre. —El monarca, cansado, agotado por el propio desgobierno, frenó a su esposa con la intención de acelerar la firma del acuerdo—. Por favor, doña Juana, estampad vuestra rúbrica en ese documento que tenéis delante y el cual ya habéis leído con detenimiento.

—Os entrego el castillo de Escalona, en el que habéis pasado tantas noches con mi marido, a cambio de que respetéis la vida de mis fieles, de mis hijos y la mía propia. Además, mantendré entre mis posesiones el condado de Montalbán y el de Arenas de San Pedro, incluido sus castillos. Son míos por herencia de mi padre, que lo entregó como dote cuando me casé con don Álvaro de Luna.

—Ya sabéis que he accedido a todo ello. Está escrito en el documento que espera vuestra firma.

—Lo sé, pero quiero oírlo de vuestra propia boca.

—Respetaré vuestra vida, la de vuestros hijos y la de todos cuantos os acompañen. De igual modo, mantendréis las posesiones que habéis nombrado. Eso sí, a cambio, no volveréis a involucraros en la política ni el gobierno de la Corona.

—¡Ay, don Juan! —la condesa sonrió con asentimiento—. Nunca os habéis dado cuenta de que vuestro mayor enemigo no era el condestable. Quizás ahora lo descubráis.

—Juan, por favor —interrumpió de nuevo la reina—. Haced que os entregue la Lobera. No puede quedar en su poder.

—Doña Isabel, niña mía. La espada de la victoria ya no está entre esos muros —una mueca de orgulloso desprecio salió de sus labios—. Pero no dude que, si la necesitase, volvería a traerla junto a mí. Su poder no cesa nunca.

Doña Juana separó la silla de la mesa para tomar asiento. No dejó que nadie le ayudara. Necesitaba gestos que pusieran de manifiesto su carácter y fuerza de voluntad. Retiró con elegancia el vestido hacia atrás y se quedó sentada a la espera de una acción similar del rey. Cuando los dos estuvieron cara a cara, el secretario real entró con el resto de los documentos que debían firmar ambas partes. Nadie pronunció una sola palabra. Tan solo se oía de vez en cuando el relinchar de los caballos atados en el exterior de la tienda.

El primero en rubricar los papeles fue el rey. Después, lo arrastró por la mesa hasta la posición de la condesa y retiró las manos hacia atrás. Doña Juana cogió la pluma con lentitud, miró a los ojos de don Juan, volvió sobre el documento y estampó su firma.

—¿Por qué ha escrito *La triste condesa*? —preguntó el rey.

—¿De verdad cree necesario que se lo explique? Quizás usted lo sepa mejor que nadie.

59

Sor Isabel dio media vuelta y se acercó a don Alonso. Pensó que quizás la confesión al capitán le ayudaría a decidir qué hacer al respecto de los pensamientos que le perseguían desde que registraran la estancia del hijo de don Alfonso de Pimentel.

Estaba casi convencida, pero el pequeño aliento de duda que anidaba en su cabeza le había hecho ser prudente.

Antes de dirigirse a él, notaba cómo aumentaban sus nervios. No se sentía tan segura como en el resto de la investigación.

—¿Qué le ocurre, hermana?

—Es sobre mi secuestro, capitán —hizo una pausa en este punto—. No quiero que piense que estoy obsesionada con ello, pero creo saber quién fue el responsable.

Don Alonso se puso en guardia. Todo su cuerpo se tensó. Recordó que, mientras cabalgaba de vuelta a Segovia, se prometió a sí mismo acabar con el autor intelectual de aquel rapto.

—¿Han fructificado las investigaciones de los hombres de don Perfán? —preguntó impaciente don Alonso.

—No. No han sido ellos. Le he preguntado de forma recurrente al Adelantado pero la respuesta siempre ha sido la misma.

—¿Entonces?

—Creo haberlo descubierto yo —hizo un descanso prolongado—. Mientras estaba encerrada, cada vez que aquel hombre entraba en la celda para golpearme, veía su vestimenta, su espada, su cara. Cada centímetro de aquella imagen la tengo grabada en mi cabeza. La puedo ver con tanta nitidez como le veo a usted ahora.

—¿Qué vio?

—Antes de que los golpes me desmayaran, una y otra vez, miraba aquella concha bordada en la empuñadura de su espada. Era como una vieira de las que se entregan a los peregrinos de Santiago, pero con las alas más exageradas y los surcos remarcados en la media luna. La vi tan significativa, tan diferente, tan peculiar, que no tuve dudas al descubrirla en los aposentos del hijo de don Alfonso. Allí estaba, bordada en el cabezal de la cama. Era su emblema, el mismo que portaba mi captor. También debió conocerla el boticario, puesto que cuando volví a la tienda para que me enseñara su libro de contabilidad, le pregunté por ese emblema y se puso muy nervioso. Casi no tengo dudas de que el instigador fue el joven Pimentel, a sabiendas del padre, puesto que las veces que le he interrogado ha caído en sucesivas contradicciones.

—¿Está segura?

—Casi por completo, capitán. Pero aún no tengo su confesión.

—Ni la tendrá. Si lo admitiera, el Adelantado estaría obligado a encerrarlo en Segovia. Es demasiado castigo para esa familia mientras tenga el respaldo del príncipe.

—Le ruego que no haga nada, capitán. Es solo mi opinión.

—Es más que eso.

—No es concluyente.

—Le recuerdo que yo no estoy al servicio de don Perfán, del rey de Castilla ni de su fallecido condestable. Obraré según nos dicte la justicia.

—El único que puede impartir justicia a los hombres es el Señor, recuérdelo.

60

Segovia, octubre de 1453

Por las calles de la ciudad circulaban multitud de rumores. Comerciantes, soldados, religiosos de todos los credos, vecinos, campesinos y nobles aún no salían de su asombro por la ejecución del condestable.

La reina, ajena al revuelo, supervisaba la educación de la pequeña Isabel mientras aprovechaba el desconcierto para controlar resortes de poder que aún no estaban en sus manos. Mantenía reuniones en el alcázar y recibía a los representantes de la nobleza que seguían fieles a su causa. Había aumentado la presión sobre su marido, consciente del vacío generado por don Álvaro de Luna.

Enfrente, los movimientos del príncipe y su valido no se hicieron esperar. Ambos ganaron el favor de parte de la nobleza castellana que había apoyado al condestable. No obstante, su fuerza era insuficiente para consolidar el acceso a la corona. Además, el nacimiento de su hermanastra había debilitado opciones, por lo que buscó alianzas con Francia y parte de la curia romana enfrentada a la Corona de Aragón.

—Pase usted. Siéntase como en su casa. El tema que nos ocupa no puede tratarse con estrecheces —doña

Isabel intentó ser hospitalaria con el enviado especial de la reina María, don Jorge Roig.

—Gracias, Majestad.

La anfitriona rehusó acomodarse en el trono para atender a su invitado. Se acercó hasta él y, tras el besamanos protocolario, comenzó a pasear junto a los ventanales de la sala.

—Hasta la fecha he cumplido los compromisos que adquirí con su reina. —Don Jorge contemplaba expectante—. En nuestro poder está la Lobera. Bueno, una de ellas. La otra, pronto lo estará. El condestable ha desaparecido de escena y su mujer ya no es una amenaza para nuestro gobierno. Como puede ver, ni uno solo de los deberes ha quedado en el tintero.

—Cierto.

—Pero aún tenemos por delante un enemigo difícil: el príncipe Enrique y su inseparable secretario.

—No sé aún dónde quiere ir a parar —interrumpió el invitado.

—Bueno, don Jorge, en el fondo ya lo sabe. Traslade a su reina que estoy dispuesta a luchar contra él, pero que deberíamos cerrar en mis herederos un vínculo definitivo con su Corona.

—Sea más precisa, doña Isabel.

—No es usted muy perspicaz —una gran carcajada dibujó el rostro de la reina—. Me refiero a la necesidad de acordar un matrimonio de cualquiera de mis hijos, presente o futuro, con la casa aragonesa de los Trastámara. No podemos dejar ningún cabo suelto, ni siquiera para que un aspirante salido de la nada pudiese reclamar la corona.

—Entiendo, Majestad. —El emisario se quedó pensativo durante algunos segundos—. Trasladaré su propuesta a mi reina.

—Por si no ha sido capaz de seguirme, me refiero a que la reina María me garantice que su sobrino Enrique, hijo de Beatriz de Pimentel, no pueda, en ninguna circunstancia, reclamar derecho alguno al trono.

—Lo había entendido, majestad. También esa circunstancia había sido prevista por mi reina. —Juan Roig se puso en pie, se acercó a la mesa y cogió el paquete que había traído con él—. Aquí tiene un regalo de la reina María para su sobrina Isabel con el deseo de que disfrute tanto de él como ella.

La anfitriona quitó la tela con cuidado, intrigada por lo que escondía, abrió la caja de madera y descubrió su interior.

—Un ajedrez precioso. Unas figuras talladas al estilo castellano, con la delicadeza que requiere una reina —Isabel se detuvo un instante—. Dígale a doña María que he entendido el mensaje. Mi hija aprenderá todo lo que debe saber a través de este tablero.

61

27 de noviembre de 1453

Hacía dos días que los trabajos en la catedral se habían detenido. En lugar de canteros, carpinteros, escultores y trabajadores de diversa índole, decenas de personas limpiaron el interior de las obras, en especial la capilla de San Hermenegildo. Había prisa por tenerlo todo a punto para la ceremonia que iba a tener lugar aquella tarde.

Lo más preciado de la sociedad sevillana se dio cita en el templo, a medio construir, para despedir al cardenal don Juan de Cervantes. Su muerte se había producido por sorpresa, como suele llamar la naturaleza a quienes llegaban a sobrepasar los setenta años.

Algunos ensalzaban su labor caritativa, como haber fundado el Hospital de San Hermenegildo, dedicado a la curación de heridos. Otros, sin embargo, no podían olvidar las intrigas políticas de la ciudad y su apoyo al bando del príncipe Enrique, de cuya boda fue oficiante. En sus últimos días, todavía se le escuchó algún lamento por no haber sido nombrado obispo de Sevilla. Incluso criticaba en público al rey Juan y al desaparecido condestable.

A la liturgia habían acudido sus más fervientes feligreses, procedentes de toda familia insigne que se preciara. La mayor parte estuvo más pendiente del conjunto escultórico de Lorenzo Mercadante que del salmo responsorial por su alma. Se cruzaban miradas, se analizaban conductas, se estudiaban vestidos. El acto se convirtió en un encuentro social donde, una vez concluida la ceremonia, pudieron comenzar a compartir críticas o alabanzas hacia el fallecido.

—Hay que reconocer que le preocuparon las obras de esta nueva catedral, sor Isabel. No hay más que echar un vistazo a las puertas laterales de entrada para darse cuenta de la velocidad con la que se trabaja —indicó con un susurro el capitán—. Cualquier día de estos, terminan y no nos habremos dado ni cuenta.

—Siempre tan exagerado, don Alonso —contestó con sorna la monja—. Apartémonos a un lado mientras sale el resto de personas.

—No soy exagerado. ¿Se ha enterado que en su testamento deja todo a favor de las obras de la catedral? Ahí va a haber lío.

—Eso dicen. Si su pretensión era que este templo se convirtiera en el más grande del mundo, lo va a conseguir. —La monja se acercó al oído del capitán—. Lo importante es que los planos diseñados por el maestro Carlín no han sufrido variación. don Juan no pudo descubrir lo que escondían sus dibujos y cálculos, así que el objetivo de la reina María y la Corona de Aragón sigue igual. Debemos esperar a que en Roma habite un pontífice cercano a nuestra obra.

—Mire, hermana. Por allí desfila la familia Zúñiga. Veremos cómo se moviliza para que el nuevo obispo sea afín a sus ambiciones, no muy lejanas a las del príncipe Enrique y su valido Pacheco.

—¡Cómo le gusta a usted la política! —una mueca pareció dibujar en sus labios el contorno de la sonrisa—. Mientras el Adelantado de Andalucía sea don Perfán, nuestros intereses pueden estar tranquilos.

La monja y el capitán fueron de los últimos en abandonar la capilla. Salieron por el lateral, despacio, al mismo ritmo lacónico que el resto de asistentes. Al llegar a la entrada de la capilla, sor Isabel se quedó parada unos instantes. Le gustaba aquel templo en construcción. Parecía una nueva aljama, más sólida, más robusta, más cristiana, con unas impresionantes cinco naves que daban la sensación de infinito a aquel espacio dedicado a Dios. Le sobrecogía la altura de las columnas que sostenían la nave central. Inmensas, inacabables, dispuestas para sostener una techumbre casi intangible.

Al llegar al final del desfile de feligreses, ambos se encontraron de cara con el Adelantado de Andalucía. Una amistad sincera les había unido de forma profunda, aunque llevaban varios días sin coincidir. Durante ese tiempo pudo consolidar las alianzas con algunas familias frente al avance del príncipe y sus nobles en Sevilla.

—Es la historia de nunca acabar, hermana —abrió conversación don Perfán—. La nobleza de esta ciudad se está reorganizando después de la desaparición de don Álvaro de Luna y, sobre todo, de la importancia que adquiere la reina Isabel.

—Supongo que usted estará con don Juan y su esposa —matizó con ironía la monja.

—Sabe usted bien, hermana, que la unión de las dos Coronas no tardará. Y esa estrategia solo la respalda doña

Isabel. Nosotros siempre pensamos en el futuro, a diferencia de los Zúñiga. Tarde o temprano serán y se sentirán derrotados. Tarde o temprano reinaremos también en Roma. Tarde o temprano veremos el sueño cumplido.

—¡Hombre, el Adelantado y sus lacayos! —interrumpió don Alfonso de Pimentel—. Espero que no hablaran de una nueva conspiración.

—No sea usted insolente. Debería dar las gracias a diario porque se le perdonara la vida de su hijo y se le respetara a usted su libertad —respondió don Perfán.

—Si el condestable no hubiera sido ajusticiado, mi situación sería bien diferente. Sabe bien que solo obedecía órdenes de doña Juana.

—Eso no le exime de culpa —intervino don Alonso—. usted le quitó la vida a varias personas y debe pagar por ello.

—¿Acaso no lo ha hecho también la familia Zúñiga? La única diferencia es que el príncipe sigue vivo y disputa el poder al rey. Pero tengan en cuenta que doña Juana no ha muerto. Su pacto con la reina le habrá quitado poder y propiedades, pero no su orgullo ni su valor. ¿Creen que no intentará volver a pisar la Corte?

—Su tiempo ya pasó, hijo mío —añadió la monja—. Y ella lo sabe. Quien no parece entenderlo aún es usted. Le aconsejo que preste más atención al futuro que al presente.

—Perdónenme, señores. Acabo de ver a Pedro Millán y necesito hablar de forma urgente con él. Si me disculpan ...—el Adelantado se retiró unos pasos y detuvo al escultor.

En las últimas semanas, Pedro Millán se había hecho cargo del conjunto escultórico que honraba la memoria de don Juan de Cervantes. Tras fallecer el maestro escultor Lorenzo Mercadante de Bretaña, el peso ornamental de la catedral cayó sobre sus hombros. Él remató las puertas del Nacimiento y del Bautismo, además de encarar el resto de los trabajos del nuevo templo.

—¿Me permite unos minutos, Pedro?

—Buenos días, Adelantado. Por supuesto, aquí me tiene, a su servicio.

—Me ha gustado mucho el toque sutil pero evidente que ha dado a alguna de las esculturas que homenajean la memoria del cardenal.

—Gracias. Me gusta la proporcionalidad y el cuerpo humano más que al difunto maestro Lorenzo. Espero poder desarrollarlo en la portada del Bautismo, donde me había prometido el cardenal que trabajaría.

—No debe temer por ello. Es más, de eso mismo quería hablarle. Me gustaría encargarle la realización de algunas piezas para la iglesia que está bajo mi protección. ¡Faltaría que no tratásemos con cariño a un escultor sevillano!

—Será un verdadero placer. Aunque espero poder alternarlo con los encargos de ornamentación de la Catedral. He oído que quieren tenerla terminada para el cambio de siglo.

—Espero que así sea.

—Don Perfán, es un placer ver cómo se preocupa por la cultura de nuestra ciudad. ¿Quizás prepara el terreno por si hay un cambio de monarca? —interrumpió de forma provocativa don Diego López de Zúñiga.

—Un placer volver a hablar con usted, conde. Si no le importa, diríjase a mí como Adelantado de Andalucía, representante del rey en nuestra ciudad y en todo el reino.

—Les dejo hablar en privado —afirmó el escultor algo incómodo.

—Muchas gracias, Pedro. Piense, en serio, mi propuesta —mientras se despedía, se giró hacia don Diego—. Y a usted, quiero recordar que, de momento, no parece que vayan a mudar de aires las cosas por Segovia, a su pesar.

—En la ciudad son cada vez más los que nos sumamos a los aires de cambio que representa el príncipe Enrique.

usted debería unirse también a la fuerza que impulsa Pacheco y que acabará por dominar la Corona, como en su día hizo don Álvaro de Luna.

—Nada se puede esperar de un hombre, el príncipe, que, de forma escandalosa, repudia a su mujer por no darle un vástago. El caso de doña Blanca de Navarra solo generará más enemigos a un futuro rey dominado por el Señor de Villena. —Don Perfán hizo una breve pausa—. Haría usted bien en no apostarlo todo a esa carta. La situación es demasiado inestable.

—¿Usted cree?

—Bueno, solo tengo que recordarle que del episodio de don Alfonso de Pimentel se libró su familia por los pelos. Y soy yo, por el momento, el que imparto justicia en Sevilla.

—¡Don Perfán!, menos mal que le recupero —sor Isabel apareció en el momento más oportuno—. ¿Tiene un minuto?

—No se preocupen por mí —indicó don Diego—. Ya me marchaba. Espero que nos veamos pronto, Adelantado.

El conde de Miranda se alejó en dirección a la familia de don Juan de Cervantes, con quién había trabado una intensa amistad. Ambos constituían el pilar fundamental del príncipe Enrique en Sevilla, a los que se habían unido otros nobles de menor rango. Todos ellos esperaban que su oportunidad apareciera con el fallecimiento del rey don Juan.

—Dígame, hermana. No sabe el favor que me ha hecho ahora mismo. —Una carcajada silenciosa les llenó de complicidad—. Creía que se habían marchado ya.

—No, don Perfán. Antes quería comunicarle que ayer llegó un correo de la reina María.

—No me diga más. Se marchan.

—Así es. Nos han encomendado una nueva misión más al norte y debemos abandonar Sevilla. Tanto al capitán como a mí nos gustaría poder despedirnos de usted y de otras personas con las que hemos trabajado codo con codo, de la forma más estrecha posible.

—No solo eso. Les prepararemos una gran cena de despedida para pasado mañana. Aún estarán aquí, ¿no? Sí, seguro que sí. Y si habían pensado en salir antes, no va a ser posible. Les espero pasado mañana en mi palacio.

—Gracias, don Perfán. Así lo haremos. La mesa del rey Salomón y Pacheco pueden esperar unos días más.

62

Valladolid. Diciembre de 1453

La reina María entró en el salón de la Chimenea ante la mirada atenta de su hermano, postrado en la silla debido a una extraña enfermedad. Era media tarde.

Vestía elegante, sin ostentación de riqueza, con un exquisito silueteado de cintura que causaba todavía expectación a pesar de su edad. Medio siglo de vida no había sido suficiente para deformar el cuerpo de una reina sin herederos que había hecho valer su fuerza y determinación en cada decisión que había tomado.

Estaba en el zénit de su mandato. Dominaba la situación en la península. Gobernaba la Corona de Aragón, controlaba la política de su hermano en Castilla, mediaba la de su cuñado en Navarra y había establecido un plan definitivo para la unificación de los reinos en torno a los Trastámara.

—Querido hermano, debes cuidar mejor tu salud. Este invierno es más frío que en anteriores ocasiones y conviene que no te alejes mucho del calor que te proporciona esa chimenea.

—Lo sé, María. Pero ya no me quedan ánimos para luchar.

—¡No digas tonterías! Tienes tres hijos por los que vivir.

—Uno de ellos ya no me quiere en este mundo.

—Enrique es una marioneta en manos de Pacheco. Está enfermo y es débil.

—Hermana, ya sabes que mi deseo es que reine Alfonso.

—Sí, lo sé. Hemos trabajado con tu esposa para que así sea. Y vuestros hijos, Alfonso e Isabel, estarán preparados en su momento para acceder al trono y lograr lo que tanto hemos perseguido.

María, que continuaba de pie, se aproximó al borde de la chimenea y apoyó las manos en el respaldo de la silla donde estaba acomodado su hermano. La luz anaranjada del llameante fuego daba a la madurez de la reina un brillo especial. Se sentía condescendiente, con la confianza que dan los años para percibir el éxito.

—Acabamos de firmar la paz entre Navarra, Castilla y Aragón. No hay por delante más obstáculo que Pacheco para lograr nuestro triunfo.

—Esa paz es obra tuya, como todo cuanto ha sucedido en mi reinado. Puedes estar satisfecha.

—Será tu hijo, o quizás tu hija, la que vea cumplidos los sueños de nuestra familia. Ahora es tiempo de descansar.

—Te queda la última batalla por librar. Pacheco y mi hijo Enrique no te lo van a poner fácil.

—El destino está escrito hace tiempo. Yo lo redacté con mi propia mano y en él no estaba presente ninguno de los dos. Solo falta conquistar Roma. Y no tardaremos.

—¿Y qué armas tenemos para lograrlo?

—Parece mentira que me lo preguntes, Juan. Poseemos las mejores reliquias del cristianismo. Yo aporté el Santo Grial y tu reino la espada Lobera. La unión de la vida y la victoria. Nada debemos temer.

—Nada temo por mí, que me siento más fuera que dentro de este mundo. Es por vuestros sueños por los que siento angustia.

—Mi reinado comenzó con la boda oficiada por un papa aragonés. No pienso marcharme de este mundo sin volver a conquistar Roma.

63

Segovia, marzo de 1454

Las tabernas cercanas al Alcázar no solían cerrar hasta bien entrada la madrugada. El vino, de no muy buena cosecha, corría ligero a esas horas por los cuerpos desnudos de las jóvenes que servían en la Cruz Dorada. Cualquier persona no podía acceder a ella, tan solo los que llegaban con los bolsillos bien cargados de monedas de oro.

En aquel rincón olvidado de la ciudad disfrutaba cada noche el hijo menor de don Alfonso de Pimentel. Desterrado por el Adelantado de Andalucía, pasaba los días a la espera de que el príncipe Enrique accediera al trono y levantase su condena.

Esa noche, la luna nueva oscurecía las calles de la ciudad, iluminadas solo con las serpenteantes llamas de algunas antorchas. Desde hacía un par de horas, la mayoría de los segovianos dormía, cobijados de los últimos ecos del frío invierno.

Nadie acompañaba al menor de los Pimentel a su casa. Se arrastraba por las paredes mientras el alcohol inundaba cada vena de su cuerpo. A pocos metros del portón del pequeño y modesto palacete donde vivía, una sombra le envolvió hasta llevarlo casi en volandas.

Cruzaron el arco de medio punto sobre el que lucía el escudo familiar. Una vez dentro, la extraña sombra cerró de golpe, colocó el pasador y se puso frente a él.

—Bien, don Pedro. Ha pasado ya el tiempo suficiente como para que nadie se preocupe de usted.

—¿Qui… quién eres? Yo a ti… —el alcohol no dejaba pronunciar con acierto más de tres palabras seguidas— te conozco. Sí, tu cara me es familiar, a pesar de que te veo más bien doble —una sonrisa desfondada resonó entre aquellas paredes.

—Por supuesto que me conoce. Y si no, conocerá a mi compañera.

—No, no me habré, bre, acostado con ella, ¿verdad? Lo, lo, lo siento muuucho ssssssi.

—A decir verdad, don Pedro, cuando ordenó que la raptaran no creo que esa fuera su intención, la de acostarse con ella. Más bien creo que quería matarla.

El rostro del menor de los Pimentel se quedó blanco. A pesar de estar bebido, fue consciente de lo que acababa de oír. Un millón de recuerdos le vinieron de golpe a la cabeza, incluido el rostro malherido de la monja.

—¿Por qué lo hizo? ¿Era necesario ensañarse así con ella?

—No sabe usted lo peligrosa que podría llegar a ser —el miedo comenzó a entrar en su cabeza a la misma velocidad que desaparecía el alcohol—. Era ella o la supervivencia de mi familia.

—¿Conocía tu padre la maniobra?

—No. Fue idea mía. Lo mismo que castigarla a golpes para obtener una confesión. A estas religiosas hay que tratarlas mal, solo así se sienten identificadas con el Señor y se abren a cualquier propuesta.

—Ya sabe para qué estoy aquí.

—Lo intuyo. Ha tardado en llegar más de lo que pensé en un principio.

El capitán desenfundó su espada, con lentitud, con veteranía. Alzó a media altura el brazo y miró a los ojos del joven.

—No volverás a disfrutar más con la violencia. Los Trainers impartimos justicia divina allí donde se necesita.

—Haced lo que os plazca. Tampoco creo que podáis cambiar de idea con mis palabras.

El capitán lanzó su brazo contra el cuerpo etílico de don Pedro. La espada le atravesó hasta encontrar la dura piedra del suelo y comenzó a emanar sangre a borbotones. Después, sacó el arma del pecho malherido y le marcó con una letra «T» la mejilla.

—Sor Isabel no aprobaría el destino que he reservado para usted. Pero no me importa. Pagará con su vida como quiso cobrar con la de ella su apego al príncipe.

—No crea que me importa nada de lo que diga. Mi destino no estaba escrito, pero tampoco me importó mucho hacia dónde me llevaba —Don Pedro hizo una pausa para respirar. Con la mano en el pecho, como si quisiera parar la hemorragia, trataba de tomar algo de aliento consciente de que se le escapaba la vida—. ¿Teme a la muerte, capitán? Yo no.

—Debería, don Pedro. Las malas personas están destinadas a pasar la eternidad en el infierno.

El trainer pisó con su bota la palma de la mano izquierda del joven Pimentel. Alargó la punta de su espada y rasgó la muñeca hasta dejar que la sangre comenzase a encharcar el suelo.

—No se merece una muerte rápida, pero tampoco le causaré más dolor. Dedique los próximos minutos a pedir perdón, si es que el Altísimo quiere escucharle.

64

Valladolid. 20 julio de 1454

La ciudad era un revuelo. La muchedumbre se movía de un lugar a otro a pesar de que los comercios habían decidido cerrar sus puertas al mediodía, cuando se conoció la noticia del fallecimiento del rey.

Juan II de Castilla había pasado a mejor vida tras seis meses enfermo. Nadie entendía bien qué le ocurría. Llegó a Valladolid en otoño y ya no abandonó la ciudad. El duro invierno había sido testigo de cómo menguaba, poco a poco, su aspecto físico desde el ajusticiamiento de don Álvaro de Luna.

Los rumores sobre su salud habían corrido como el agua a lo largo de esos meses. Achacaban su enfermedad a los remordimientos que sentía por la ejecución del condestable, hacía casi un año. Otros, al mal de amores tras haberlo sentenciado. Pero por una u otra razón, el monarca dejaba escapar la vida día tras día. Ni siquiera la visita de su hermana, la reina María, fue capaz de alimentar nuevos bríos en su deteriorada salud.

Su hijo Enrique, acompañado siempre de Juan Pacheco, se había instalado en Valladolid unas semanas antes. Intuía el final del padre, por quién no profesaba cariño alguno. Anhelaba la corona, empujado por las ansias de poder de Pacheco. Ahora, tras el fallecimiento, se aprestó a proclamarse rey con la mayor de las celeridades posibles para evitar que otros, en nombre de sus hermanos, pudieran reclamar la corona.

Pacheco dispuso que al día siguiente del último suspiro de Juan II se llevase a cabo la ceremonia que invistiera a Enrique como rey. No quería sorpresas. Era consciente de la estrategia de la reina María y de su cuñada, la ahora viuda doña Isabel, para elevar al trono a Alfonso o a la pequeña Isabel.

Francia apoyaba a Enrique. Era su última baza para frenar el ascenso de los Trastámara y la toma de Occidente. En ese pequeño juego diplomático se apoyó el nuevo rey y su valido al objeto de doblar el pulso a la Corona de Aragón y al reino de Navarra. Roma y Castilla serían, pues, el centro de la última de las batallas por el control del mundo.

65

Roma. 8 de abril de 1455

Las campanas de Roma no dejaban de doblar en honor al nuevo pontífice. Desde las estancias papales, aquel sonido parecía de trompetas celestiales. Era la culminación de una vida, de un proyecto, de un objetivo. El mundo conocido se postraba a los pies del valenciano Alfonso de Borja.

La mañana amaneció en la Ciudad Inmortal con un sol brillante, intenso, llena de la misma luz que bañaba a diario la costa levantina. Hacía ya unos años que no pisaba la tierra que le vio nacer, pero no le importaba. Había llegado a lo más alto que un hombre podía, siquiera, soñar.

Su humildad le recordaba que había sido acompañado en ese tránsito hasta el zénit de la gloria, ayudado por personas a las que consideró amigas. El papa Benedicto XIII, la reina María, el rey Alfonso, Vicente Ferrer, sor Isabel de Ribera. Y de entre todos ellos, sobresalía el Santo Grial. El objeto al que invocó su futuro. El símbolo de un proyecto que se remontaba a aquellos pocos caballeros templarios que defendieron el cristianismo frente a los musulmanes. Creía en ellos. Creía en su labor. Los tiempos habían cambiado, las personas, el nombre de las órdenes militares, religiosas, ambas cosas a la vez. Pero el objetivo siempre fue el mismo.

Llegaba al poder para facilitar, por fin, la meta última. Él, la reina María y la reina Isabel, debían preparar el camino para un mundo dirigido por el *Rex Bellator.* Los infantes Juan e Isabel, hijos de la reina de Castilla, aseguraban el triunfo. Tan solo algunas medidas más, algunos compromisos nuevos, y la expansión de su reino no tendría límites. La Cruz de la Orden de Cristo, de la Orden de Montesa y de la Orden Hospitalaria surcaría los mares.

—Buen amigo. Yo conocí a Benedicto XIII. Luchó contra Francia y contra su títere en Roma como no he conocido a ningún otro. El fruto de aquello que sembró acaba de tomar posesión. Justo es que devolvamos el favor a quienes empujaron en el mismo sentido, ¿no le parece?

—Así es, Santidad. Pero mañana será un día de idas y venidas. Mejor deje la toma de decisiones para la próxima semana. Roma quiere celebrar el nombramiento de su nuevo Papa.

—No, Juan. Elevar a Vicente Ferrer a la santidad, traer a mi sobrino Rodrigo a Roma y conceder jurisdicción eclesiástica a la Orden de Cristo es algo que no puede esperar.

—¿Con qué armas cuenta para ello? Acabamos de aterrizar en el cargo y nuestra posición es débil. Los Orsini estarán siempre al acecho.

—¡Ay, amigo Juan! Valencia custodia el Santo Grial y Sevilla la Lobera. Eternidad e imbatibilidad. Pongámonos a trabajar ya.

EPÍLOGO

María de Castilla
Reina de la Corona de Aragón

Adoro el ajedrez. Supone una representación, un ensayo de la vida real. Tanto es así que, cuando juego, me gusta poner rostro a las figuras, blancas y negras, a las personas que encarnan la eterna lucha entre el bien y el mal.

Por supuesto, yo muevo la reina, la dama blanca sobre el tablero. La figura más importante de la partida que, no solo manda, también protege. Es la mujer. Ella es la que se alza por encima de los hombres, de peones, alfiles, caballeros y reyes.

Cuando juegas, pones a prueba la concentración, el análisis y la capacidad de sacrificio. Pero también aprendes a desarrollar la paciencia y la disciplina como arma infalible, a adelantar movimientos y evitar batallas.

Espero que mi sobrina Isabel, si llega a reinar algún día, ame tanto el ajedrez como yo. Será el mejor espejo en el que reflejar el mundo que le rodee. Será la mejor ayuda para ejercer el poder.

AGRADECIMIENTOS

Agradecer la ayuda que, de una u otra forma, han aportado a esta historia personas tan diversas como Eva Valero, Juan Miguel Barea o José María Canós. Las grandes historias nunca se escriben a solas.

Este libro se terminó de imprimir en su primera edición, por encargo de la editorial Almuzara, el 18 de junio de 2021. Tal día del 1649, fallece Juan Martínez Montañés, escultor e imaginero español.